Det Osynliga Folket

978-91-986275-3-4 Paperback
978-91-986275-4-1 Hardcover
978-91-986275-5-8 E-book

Engelsk titel: *The Invisible People – In the Magical World of Nature* (2014)

Andra böcker på svenska av Mariana Stjerna:
På Änglavingar
Tidsresa till Ursprunget och Framtiden
Graalens Gåta – Jesus och Maria ur ett nytt perspektiv
Agartha – Jordens inre värld
På Uppdrag i Rymden

Other books in English by Mariana Stjerna:
On Angels' Wings (2013)
Time Journey to the Origin and the Future (2015)
The Bible Bluff (2013)
Agartha – The Earth's Inner World (2013)
Mission Space (2013)

SoulLink Publisher
www.SoulLink.se
info@Soullink.se

Mariana Stjerna

Det Osynliga Folket

i Naturens Magiska Värld

SoulLink Publisher

Innehåll

Inledning

Världsrymden är oändlig. Hur kan människan vara så förmäten att hon tror att hon är den enda levande varelsen i universum?

Hur kan människan vara så förmäten att hon endast tror på det hon ser med sina fysiska ögon? Hur kan hon uppmuntra sina begränsningar till den milda grad att de blir hennes enda sanning?

Varför inte lika gärna erkänna att vi begränsar vårt seende, men att det finns de som ser bakom de slöjor som vi vanligen har framför ögonen. För det är faktiskt slöjor. Men det har inte alltid varit så.

När jag skulle skriva den här boken om Moder Jord, magi och naturandar, steg ett magiskt minne upp i mitt medvetande. Jag glömmer det aldrig, även om det var väldigt länge sedan det inträffade. Jag kallar det ”minnet från växtriket.”

Jag sprang rakt över gräsmattan och ut på den smala grusvägen som ledde till grannens hus, hoppade över det grunda diket och klev upp i skogsbacken. Där brukade jag plocka de första vårblommorna. I diket växte tussilagons gyllene rufshuvuden. Lite högre upp i backen, under en gammal björk, stack de första blåsipporna upp sina blågröna huvudknoppar, sträckte sig mot solen och slog ut, tills en blå slöja täckte marken. Inte bara blå, här fanns rödsippor också. Ett litet stånd, men så vackert! Dem fick jag inte plocka för de kallades ”rara”.

Ovanför backen susade Ulriksdalsskogen. Det fanns några stigar därinne som jag hittade bra på. En dag kom jag längs en vindlande djurstig till några stora träd som stod runt en källa. Jag hade aldrig sett den förut och jag jublade, dansade och sjöng av glädje över denna härliga, vidunderliga upptäckt. Det blev min hemliga källa, den var knappt ett par meter bred och ganska djup. Vattnet var klart, jag kunde se ända ner till botten, där barr och mossa tumlade om i rytmisk dans. Några små löv seglade på ytan och jag såg med förtjusning hur trädens rötter bildade väggar runt omkring. I just sådana rotvindlingar bodde älvorna. Det visste jag bestämt, för jag hade läst boken *Peter Pan* och allt som stod där var sant, det var jag övertygad om. Jag var 6 år och mycket ensam. ”Ett fantasifullt barn”, sa min fantasilösa mamma.

Källan i skogen blev min hemliga trösteplats. Där kunde jag sitta och drömma långa stunder utan att någon saknade mig. Mamma låg alltid och vilade på eftermiddagarna och husan och kokerskan hade annat att göra än att springa i skogen och leta efter lilla ”fröken”. Jag mediterade vid källan på barns vis. Jag satt med huvudet fullt av sagor och inandades den ljuvliga doften från blandningen av löv- och barrträd.

På sommaren plaskade jag olovandes med fötterna i källvattnet, andra årstider njöt jag bara av att titta och känna. Jag såg tydligt älvor och vättar hela tiden, men jag kan inte säga om det var med mina fysiska ögon eller inne i huvudet. De blev mina vänner och även om de var osynliga så pratade jag med dem. De var snälla, för det var snälla vänner det ensamma barnet behövde.

Det var så det började. Jag levde i två världar, den vardagliga, styrd av min dominerande mor och högt älskade, snälle far, och dagdrömvärlden med källan i skogen som inspirationscentral. Hela mitt vuxna liv har jag längtat efter att få återse den, men nu har bebyggelsen ödelagt det sköna stycke skog där naturens liv och inspiration trängde in i ett lyssnande barnaöra.

Ett annat minne kommer från djurriket. Det är av mindre behaglig art men har också förföljt mig. Jag var mindre då, kanske 3 år. Jag gick med min barnsköterska i skogen och plötsligt upptäckte vi en liten ekorrunge som tydligen ramlat ur boet. Vi tog med den hem till mammas stora förskräckelse. Hon var inte särskilt förtjust i djur - kanske är det därför jag har blivit det desto mer. Men den här händelsen har spökat i min hjärna många gånger i vuxen ålder och jag har aldrig riktigt förstått den. Ekorrungen fick bo i min docksäng och jag minns tydligt att vi gav den grädde och sockerkaksmulor. Men den omkom på ett obehagligt sätt.

Jag kan se den här scenen tydligt: Jag stod i serveringsrummet innanför matsalen tillsammans med husan. Ekorrungen satt på bänken som fanns under porslinsskåpen. Den hade just smackat i sig sin sockerkaka och jag tog den med båda händerna för jag ville tala om för den hur mycket jag tyckte om den. Jag klämde den för hårt. Jag kan ännu känna den mjuka kroppen mellan mina händer och höra husan skrika till så att kokerskan kom farandes från grytorna.

De båda kvinnorna bannade mig och tog hand om det lilla djuret, men det hade redan dött. Mamma steg upp från sin skönhetssömn och bannade mig hon också. Jag minns inte om pappa gjorde det med, men det tror jag inte. Jag minns heller inte om jag fick stryk, men jag minns hur fruktansvärt olycklig jag var och jag kan ännu känna förtvivlan över att jag hade dödat ett litet djur. Ingen försökte förstå mig, trösta mig eller åtminstone tala med mig. Alla anklagade mig istället. Jag kände en fruktansvärd skuld.

Som jag nämnde bottnar kanske min starka kärlek till djur i den händelsen. Jag har haft många djur, hästar, får, getter, höns och så förstås kattor och hundar. Jag har på något sätt i hela mitt liv försökt sona den händelsen. Ändå står den kristallklar kvar i minnet i form av skuld, trots att jag för länge sen förlåtit mig själv. Jag vet ju hur viktigt det är att förlåta sig själv.

Det finns ett minne från mineralriket också. Då var jag vuxen och cyklade med mina båda döttrar på en grusväg på landet en ljuvlig sommardag. Jag var sist. Plötsligt fick jag syn på en sten, ungefär så stor som min handflata, och stannade cykeln. Det var som om någon ropade inne i mig att jag skulle ta upp stenen och hålla den intill mitt öra. Den sjöng. Jag skulle kunna svära på att den sjöng för mig. Snäckor kan sjunga, men jag har aldrig hört talas om stenar på en landsväg som kan sjunga. Flickorna ropade otåligt åt mig att bulldegen därhemma skulle jäsa över. Jag stoppade stenen i fickan och cyklade efter dem.

Stenen slutade aldrig sjunga. Jag vet inte var den finns nu, tyvärr är den försvunnen, men den blev upptakten till att jag började måla stenar och hade en utställning i Stockholm med mina figurstenar. Den blev också på något sätt en inre sång, en stens hemliga budskap till mig, och det finns kvar ännu. Den talade om för mig att allt i naturen har liv. Om en sten kan sjunga så kan ett berg mullra och fjällen kan sända ut en isig melodi. Jag älskar fortfarande stenar, både ädla stenar och sådana som tiden slipat till märkliga former och färger. För de flesta är stenar bara stenar. Men inte för mig. Varje sandkorn, varje sten, varje klippa, varje berg, varje fjäll har liv. Liv sköter om liv, naturens levande, för oss osynliga folk sköter om Moder Jords fysiska skapelser. Det tror du inte? Det är därför jag skriver den här boken.

Min äventyrlige änglavän Jan har inte lämnat mig. Han vill berätta om nya äventyr i naturens magiska värld. Han får de märkligaste uppdrag i den dimension där han befinner sig. Efter att ha varit sanningssökare i Nya Testamentets värld (se *Graalens Gåta*, www.soullink.se) har han övergått till Naturens magiska bok, med alla miljoner skrivna och oskrivna blad.

Magi av alla slag är spännande. Den är som en kristallprisma, full av mångfärgade skiftningar, full av övertro men också av en djup visdom. Det är denna senare som är allra mest intressant. Våra drömmar, dagdrömmar, visioner, hemliga förhoppningar och upplevelser, det som vi inte förstår, håller hemligt och kallar för övernaturligt, finns förborgat i magin. Det allra mest magiska och hemlighetsfulla är ändå den natur som vi lever i och som vi tävlar om att förstöra. Vi ser bara det vi vill se i en värld som innehåller så enormt mycket mer än vad våra ögon uppfattar. Vi går blinda i vår vardag och avfärdar det osynliga runt omkring oss som bländverk och övertro. För att försöka ändra på det har Jan gjort en djupdykning i den största, mest magiska och hemlighetsfulla av alla världar: Naturen.

1. En gäspande Jan har ordet

Det var roligt att kunna lämna ny information om händelser i Nya Testamentets historia. Det var roligt att göra titthål och dykningar i en intressant tidsålder, bland den tidens ”kändisar”, som i mångt och mycket visade sig likna den moderna människan. Det finns alltid ”moderna” människor i alla tider, därför att känslor och tankar har samma urkälla. Nu sitter jag hemma i änglavärlden och funderar på vad som ska hända härnäst. Hittills har ingenting hänt och därför gäspar jag. Änglar kan också gäspa. Änglar behöver full sysselsättning precis som människor. Vi blir inte sugna på mat, men vi blir sugna på kunskaper. Vi blir även sugna på energier. Det ni kallar energier är en oändlig massa strålar i alla färger och fler därtill, både ljusa och mörka.

Vem har förresten hittat på ordet ”energier”? I vår tid har det blivit ett modeord. Energiernas värld är för oss bedövande och omtumlande, full av överraskningar men också av visdom. Man tröttnar aldrig på upptäckterna i den, men egentligen har de med känslor och varseblivningar och till en del strålning att göra.

Man har sagt mig att jag måste vila. Det är verkligen något jag har svårt för. Jag kanske är en orolig ande, men jag vill gärna känna att jag uträttar något. Många har också svårt att förstå hur jag kan resonera så mänskligt. Det är inte svårt alls. I mitt tänkande finns mycket mänskligt kvar, det vet mitt medium på jorden. Annars hade jag inte fått de uppdrag jag har bakom mig, och jag hoppas på flera. Jag hoppas också att någon märkte att jag gäspade. Här är det inte lätt att ha några hemligheter. Det var nog därför det knackade på dörren nu!

In kom min goda vän, f.d. religionshistorikern, den sköna anden Lydia. Hennes långa bruna hår glänste som gammal koppar och de strålande brungröna ögonen lyste. Hela hennes vackra uppenbarelse såg ut som om hon hade något viktigt att förmedla och där hade jag rätt!

”Här sitter du och gäspar!” skrattade hon. ”Det hördes ända in i skolan, där jag var. Men nu ska du få höra något spännande. Du och jag ska ut på äventyr igen. Vi ska göra titthål i naturens värld.”

”Naturen?” upprepade jag häpen. ”Vad ska det vara bra för?”

"Jan", svarade hon och blinkade till mig. "Vi ska lära människorna om naturens magi. Vi ska besöka olika tider och aspekter av naturen, olika sorters magiker i naturen och en del ockulta, översinnliga företeelser. Vi ska också försöka få människor att förstå att naturens oändliga variation av väsen verkligen finns. Vad säger du om det?"

Jag hoppade upp ur min bekväma stol. Borta var tröttheten och ledan, borta var gäspningarnas källa. Livet - det vill säga änglalivet - var åter spännande.

"Får vi vara människor ibland?" frågade jag.

"Det kanske inte alltid är så populärt i det sammanhanget", log hon. "Kanske, om det behövs. Men vi har också en hel del magi till hjälp i våra ledsagare. Vi ska vara fyra den här gången. Kom in, Balthori och Thesa!"

Mannen som småleende kom emot mig var ganska lång och klädd i en mörkviolett mantel. Han hade ett mycket säreget ansikte. Det var magert, med höga kindknotor och ögonen var sneda och honungsfärgade. Ögonbrynen var nästan sammanväxta över näsroten och lika ljusa som hans axellånga hår. Näsan var kraftig, men inte böjd och munnen smal men välformad. Kinderna var liksom urgröpta av djupa linjer. Hans blick var skarp och ingav mig en känsla av djup visdom. Kroppen under den sidenskimrande manteln verkade tunn men samtidigt smidig.

Vid hans sida dök ett kvinnligt väsen upp, hon som kallades Thesa. Även hon var klädd i en violett mantel. När hon sköt tillbaka kapuschongen visade hon ett vackert men ovanligt ansikte. Hon föreföll som sin följeslagare tunn, nästan genomskinlig. Hennes ansikte var också blekt och hennes stora ögon var mörkt honungsfärgade. Kindknotorna var höga och gav ett nästan asiatiskt intryck. Hon verkade livligare än mannen och hon smålog hela tiden. I de spetsiga öronen hade hon utsökta pärlörhängen och jag skymtade en pärlcollier om hennes hals. Vilka var dessa människor, änglar eller ... ja, vad?

"Vi är alver", sa kvinnan med mjuk, melodisk stämma. "Vi är till hälften naturandar och utan oss kan ni inte komma långt på er planerade färd. Vi tillhör en snart utdöd gren av alver som en gång levde på jorden."

"Vi ska följa med er, Jan och Lydia, på en märklig resa", fortsatte mannen. I kontrast till den smärta, tunna gestalten var rösten mörk och djup. Det fanns något betvingande, något okänt, starkt och märkligt i hela hans uppenbarelse. Jag lade märke till att hans händer var välformade och fingrarna ovanligt långa, med långa, spetsiga naglar. Han bar en guldring på högra handen. Den var bred och mycket utsirad och i mönstret glänste stenar som jag uppfattade som ametist, turkos och rubin.

”Ni är välkomna”, svarade jag. ”Vem är du?”

”Balthori är en av de skickligaste trollkarlar, häxmästare och mystiker och magiker du kan träffa”, svarade Lydia i hans ställe. ”Hans hustru, Thesa, bär de fyra elementen - jord, vatten, eld och luft i sin kropp och behärskar dem helt. Hon är ett nödvändigt komplement till sin make.”

”Tyvärr hann jag inte förhindra denna föga blygsamma presentation av oss”, smålog mannen. ”Men eftersom vi ska undersöka vad naturens magi innehåller, så behövs vi båda.”

”Jag har aldrig hört talas om dig eller din hustru”, invände jag. ”Är ni från änglariket och är i så fall Balthori och Thesa era rätta namn? Finns det alver här också?”

”Vet du inte att en trollkarl aldrig nämner sitt rätta namn?” var hans motfråga. ”Tycker ni att Balthori är för långt så kan vi vänner emellan nöja oss med Balt! Hos alverna finner du en magi som visserligen kan liknas vid det som människor lägger i ordet, men som också har en egen betydelse och verkan.”

”Man skulle kunna säga att den är mäktigare, men kanske också farligare”, fyllde hans hustru i. ”På din andra fråga svarar jag att vi inte finns hos änglarna. Vi kommer från vår egen planet och Melchizedek har kallat oss hit.”

”Jan, Balt, Thesa och Lydia”, fnissade Lydia. ”Vilket team! Magi och ockultism ingår i en religionshistorikers kunskaper, så jag bad att få följa med när jag delgavs de här planerna. Kanske jag följer med mest för att hålla reda på Jan, förresten, så han inte blir borttrollad av någon skön älva.”

”Jag delgavs inga planer”, sa jag surt. ”Melchizedek har inte kallat mig.”

”Men det gör han nu!” Melchizedek stod i rummet, reslig och strålande som den höge Mästare han var.

2. Första mötet med Moder Jord i hennes gröna grotta

Jag förlät honom ögonblickligen. Han hade väl sina skäl till att vänta med informationen. Jag kanske inte alltid var lydig eller lätt att hitta, och kanske ville han se reaktionen hos mig när det gällde alverna. Om jag ska vara ärlig så har jag aldrig trott att alver fanns på riktigt - bara i sagor och sägner. Det var då visst och sant att vi behövde sällskap för att tränga in i naturens hemligheter - ett magikunnigt och fascinerande sällskap som kunde leda oss rätt i alla farliga vinklar och vrår.

Jorden var vårt ursprungliga hem - mitt och Lydias - som vi kände väl och som vi älskade. Att upptäcka nya, dolda bitar av den var ett hårresande äventyr. Kanske skulle vi få uppleva skogsrået och trollen på riktigt! Jag gottade mig åt tanken. Men tanken lästes av Melchizedek, som gav upp ett hjärtligt skratt.

"Far inte iväg nu, Janne!" sa han. "Jag ser att Lydia behövs vid din sida. Ni ska inte delta i gamla skrönor. Ni ska gå in och upptäcka den verklighet som är osynlig för vanliga människoögon, men som finns där lika påtaglig som människorna själva. Ni äger inte jorden ni vandrar på. Den, och allting som växer på den, har både ett fysiskt och ett osynligt liv - osynligt för era ögon. Vi ska visa er detta för att människorna behöver bli lite mer rädda om sin jord. Det är inte modernt att tro på elementarandarnas existens. Det är inte modernt att tro på naturens förtrollande väsen. Men modet därvidlag har i grunden inte växlat. Naturen har bestående egenskaper som härstammar från tidernas begynnelse och det ska ni snart få erfara."

Sättet att förflytta sig från änglarnas rike till föremålet för vår undersökning hade inte ändrats nämnvärt. Nu stod vi tillsammans hand i hand, Thesa på min sida och Balthori på Lydias. Vi blundade, det surrade till och vips var vi på väg. Vips var vi också framme. Jag tänkte inte i tid på de där resorna. Det var längesen jag slutade att tänka i tid, människans besvärliga uppfinning. Plötsligt var man här och lika plötsligt där. Förflyttning var inget problem och kostade inget bränsle. Men den här gången ledde oss Balthori och Thesa. Melchizedek var försvunnen.

Vi befann oss i ett intensivt grönt sken. Först såg jag bara grönt men efter en kort stund kunde jag urskilja fler detaljer. Vi stod i en grotta. Åtminstone liknade den de grottor jag har besökt - men ändå inte. Väggarna var bergiga och ojämna, men inte mossbelagda. De skiftade i guld och silver och överallt tycktes strimmor av olikfärgade ädelstenar vara insprängda. Det var väldigt vackert. Vi stod på en djupgrön matta av mossa. Det var den som först lyste oss i ögonen. Här och där fanns stalaktiter och stalagmiter, droppstensbildningar precis som i vanliga grottor, men vackrare, klarare, mer lysande. Från en bänk längst inne i grottan reste sig en kvinna, klädd i glittrande grönt. Hon snarare skred än gick fram till oss och omfamnade var och en. Som vanligt kändes inte omfamningen, men så är det när man är en eterisk ande, tänkte jag. Fast det var trevligt ändå. Jag gillar att bli kramad!

”Välkomna in i jordens innersta grotta!” Kvinnans röst var hög och klar. Det är svårt att förklara, men den klingade mer som en sång än som ord. Jag iakttog henne. Hon var högrest och skir men varken gammal eller ung. Håret var vitt och luftigt i stora, skimrande vågor och lockar. Ansiktet var smalt och vackert men märkt av tiden. Ögonen var både skarpa och djupa, svårmodiga och glada, och deras färg skiftade mellan grönt, brunt och mörkblått. Som en havsvåg i storm, tänkte jag.

”Jag är Moder Jord eller kanske ni hellre vill kalla mig för en aspekt av Moder Jord - för hon har många aspekter”, fortsatte kvinnan. ”Härifrån börjar er resa in i naturens hemligheter, eftersom det var här allting började. I det första gruskornet som växte och utvecklades till vår jord fanns ämnet till den här grottan. Ett frö blir till en blomma, så varför kan inte ett gruskorn bli till en jord? Naturens potenser är oändliga.”

”Var är vi?” frågade jag ivrigt. ”Är vi mitt inne i jordens kärna?”

Kvinnan nickade. Jag tittade på mina kamrater. Lydia stod småleende vid min sida och iakttog den grönklädda. Thesa och Balthori gick runt och kände på väggarna och tittade nyfiket in i stalagmiternas väldiga obelisker.

”Ni känner till naturen på jorden, ni som har bott där så nyligen”, fortsatte kvinnan som kallade sig Moder Jord. ”Men ni känner inte till de osynliga varelser som lever runt omkring er, som ni möter varje dag utan att veta om det och som ni dödar med era gifter, ert våld och er okunnighet. Ni ska få se hur de lever. Ni ska få besöka den tid när människorna var medvetna om sina bröder och systrar i naturen. Ni ska få vara tillsammans med dem likt Peter Pan och kanske ni möter guden Pan, naturens okrönte härskare. Ni kommer tillbaka hit till den innersta grottan då och då, eftersom er resa utgår från naturens vagga, från mig. Jag har många titthål som ni ska färdas i. När jag är färdig med er så blir ert budskap till människorna på jordens yta att det finns en värld inuti världen, en värld med ett lika magiskt förflutet som den ni kallar för er värld. Är ni redo?" Vårt ja var enstämmigt.

"Får vi uppleva magi?" frågade jag andlöst, "både svart och vit?"

"Det finns bara vit magi", smålog jordens Moder. "Den svarta är skapad av människan, den onda människan, den maktlystna människan. Det finns egentligen inga onda människor heller. Ondskan finns alldeles i närheten av människan och väntar på att hon ska grabba tag i maktlystnad och våld för att tillskansa sig makt. Då ser den sin chans, och svartsjuka, avundsjuka och andra negativa känslor och energier får övertaget. Energierna finns runt omkring henne, men hon bestämmer själv vad hon väljer. Det goda finns alltid nära. Dessutom, käre Jan, är allt du hädanefter upplever som människa magi. Det gäller bara att sköta om den på rätt sätt."

Jag suckade men valde att inte svara. Hon hade rätt. Jag hade ställt en dum fråga.

"Inte dum, men kanske onödig", viskade Lydia. "Du kunde ha frågat mig. Det där visste jag!"

"Vi ska börja nysta från rätt ände", fortsatte den grönklädda. "För mer än tjugutvå miljoner år sedan, i en tid när jordens människor visserligen var primitiva och enligt era vetenskapsmän inte ens existerade, besökte utomjordiska, människoliknande varelser vårt klot och blandade sig med invånarna här. Det har ni säkert hört förut. De förde med sig en högtstående kultur och en del av dem var vad ni numera kallar för alver. Jag vill att ni ska vara med från början, när naturväsen strövade omkring helt synliga, fast med en lite annorlunda struktur än er.

På den tiden, för många miljoner år sedan, fanns här tre slags mänskliga varelser: urinvånare, alver och utomjordiska människor. Dessa tre folkslag trivdes bra ihop och gav varandra värdefulla kunskaper som gjorde att naturen kunde utvecklas på ett för människan förmånligt sätt. Jag talar om en tid som inte finns med i era vetenskapliga undersökningar och upptäckter ovanpå min jord."

”Fanns det några djur då?” undrade jag.

”O ja, massor av djurarter och massor av växtarter”, var svaret. ”Växterna kom först. Det var sedan haven dragit ihop sig och lämnat öppna, torra ytor av jord. Allt liv började i havet, det har ni väl lärt er? Men utomjordingarna förde med sig frö, en del fåglar och kunskaper att hantera den spirande jorden. Att det sedan hänt upprepade perioder av katastrofer i form av jordbävningar, översvämningar och vulkanutbrott känner ni nog till. Den tid ni anser vara människans första tillkomst på jorden stämmer inte.

De människors tid som ni nu ska besöka har ett drygt tjugutal miljoner år på nacken. Jorden höll på att utvecklas och var helt beboelig. Den väntade bara på att få dela med sig av både sin skönhet och sitt innehåll. Ni talar om apor. Visst är de besläktade med människor, men på ett helt annat sätt än ni tror och under en senare utvecklingsera. Människan fanns färdigutvecklad i sin kropp och med en ganska utvecklad hjärna när alverna bosatte sig här. Skillnaden var dock ganska stor, både till utseendet och intelligensen.

Alverna var överlägsna i allt och blev alltså en slags herrar, i alla fall ledare. De var magiker av en ny sort, vilket var både nytt och främmande för människorna. Det tog flera tusen år och många blandäktenskap för att avundsjuka, tävlingslust och maktlystnad skulle uppstå. Jorden har gått under många gånger på grund av detta, men aldrig helt och hållet. Klotet har funnits kvar och jag har funnits här. Följ med mig, Jan och Lydia, Thesa och Balthori. Ni kommer att förstå alla tungomål ni möter, annars vore de här resorna meningslösa.”

Moder Jord bad oss med en graciös gest att följa efter henne. Vi upptäckte en gyllene dörr i den bortersta delen av grottan. När vi kom närmare såg vi att den bestod av en ljus, glittrande mineral i vilken guldådror var insprängda. Den skimrade så det gjorde ont i ögonen. Vår grönklädda ledare tog fram en guldnyckel och öppnade dörren. Utanför den syntes bara en svagt gul dimma. Hon räckte nyckeln till Balthori.

”Vrid den här i luften när ni vill komma tillbaka hit”, smålog hon. ”Jag väntar på er.”

Det var inte första gången jag och mina följeslagare steg ut i en okänd dimslöjas hemlighetsfulla rökmoln.

3. En äng full med små elementarväsen

En äng är en äng. Hemma i Sverige är en äng om sommaren en blommande idyll, med saftigt grönt gräs som ibland är rufsigt, ibland växer i tuvor med blåklint, vallmo, klöver, timotej, rölleka, många slags fibblor, prästkragar, blåklockor och smörblommor. Så var inte den här ängen. Den var ingen vanlig äng och ändå en riktig, blommande äng. Den innehöll de uppräknade blomstren och hundratals andra, nya, som jag aldrig sett.

Det fanns runnor också. Runnor brukar utgöras av grupper av träd och buskar lite här och där på de stora ängarna. Vi såg flera sådana. Ekarna kände vi igen, hassel, ask och skogslind kunde jag urskilja, men det fanns namnlösa träd och buskar också. Endast på grund av formen kunde jag kalla dem träd och buskar etc. Allt växte nätt och avgränsat, som om varje planta satts ned med yttersta noggrannhet. Det var vackert, soldränkt och utan gränser. Ändå luktade det svensk sommaräng. Det är en alldeles särskild lukt som bara finns i Sverige, det vet jag. Jag är uppvuxen med den.

"Ängen har ett slut", smålog Thesa. "Vi ska bana oss väg till bebyggelse, men se er hela tiden noga omkring. Ni kommer att se mer än ängen."

Sannerligen, hon hade alldeles rätt! Jag hade varit så fascinerad av växtligheten att livet omkring den hade undgått mig. Lydia nöp mig i armen på sitt vanliga busiga sätt och då vaknade jag till. Det fanns inte bara blommor, buskar och träd på ängen, det fanns folk också! Jag kallar dem "folk", men det är inte rätta ordet. Överallt rörde sig varelser av olika slag. De hade huvuden, kroppar med armar och ben som vi, men de var inte lika fysiskt bastanta. Jag förstod att det var både älvor och gnomer av olika slag.

"Här lever naturens väsen fullkomligt synliga för människor", förklarade Balthori. "De sköter helt enkelt om naturen. Så enkelt är det."

"Finns de fortfarande kvar på jorden i dag?" frågade jag, även om min fråga kändes lite onödig.

"På ett sätt finns de och på ett annat finns de inte", var hans kryptiska svar.

”De som är kvar på jorden nu har övergått till att bilda enheter för varje växtslag”, skyndade sig Thesa att förklara när hon såg min förbryllade min.

”Enheter?”

”Ja, en slags gruppsjälar om du så vill”, svarade Thesa.

Vi vandrade sakta framåt på ängen och nu såg jag höga stenblock som skymde utsikten och hindrade mig från att se slutet på ängen. Naturens väsen arbetade med sina växter, tydligen helt omedvetna om oss. De svävade, låg och grävde, knäföll, satt intill sina växter och såg ut att njuta. Humlor, bin, fjärilar och andra insekter blänkte, glänste och flög som mångfärgade strålar över växtprakten. Det var som att lära sig på nytt, lära sig om växter och insekter och lägga till de mångfasetterade naturandar som lät sina tunna kroppar smälta in i färgernas mångfald.

”Om man tittar riktigt länge”, sa Lydia fundersamt, ”så kan man skilja de fyra elementens väsen från varandra.” Jag måste ha sett frågande ut för Balthori skrattade till.

”Du måste känna till de fyra elementen, Jan”, förklarade han, ”jord, vatten, luft och eld. De har sina representanter överallt här: gnomer, undiner, sylfer och salamandrar. Jag föredrog att välja den här ängen som början på vårt besök i den här tiden, som utspelar sig för eoner av år sedan. Vi kommer att sluta utflykterna på ett liknande sätt när du har gjort dina erfarenheter. Du måste bekanta dig med naturens olika väsen om du ska kunna utföra din mission. Den består väl i att vidarebefordra de lärdomar du får här?”

Jag nickade. Lydia skrattade till och stack sin arm under min.

”Förbryllad författare?” viskade hon. ”Vi är faktiskt på jorden, den jord du trodde att du kände från början till slut.”

”Men utanför all vetenskaplig forskning. Så här långt tillbaka räcker den inte”, tillade jag och suckade. ”Jag har faktiskt skummat lite av vad Rudolf Steiner har skrivit men avfärdat det som mytologi.”

”Du skummar inte längre, du upplever en verklighet, även om den är urgammal”, svarade hon. ”Som historiker finner jag det här oerhört fascinerande. Och vänta bara, du kommer att få se saker som får dina ögon att stå på skaft!”

Thesa och Balthori hade stannat en bit framför oss. Alven höll varligt en knoppande solros mellan sina händer. Flera solrosor växte tätt intill en stor stenbumling och små väsen svävade runt omkring den.

"Jag låter dig se ner i jorden, Jan", sa Balthori. "Titta, vad ser du?"

Det kändes som om mina ögon sprack upp på något konstigt sätt. Jag kunde se rakt ner i jorden, ända till solrosens rötter, som förgrenade sig i ett virrvarr av jord och ett tätt mönster av andra rötter. Det lustigaste var tomtarna som fanns överallt. Jag kallar dem tomtar eftersom det var den närmaste beskrivning jag kom fram till. Det var rotandarna. De var ungefär en tvärhand höga och hade väldigt olika, ganska mänskligt utseende. Hudfärgen var grågrön, men även den varierade med gula och bruna inslag. Deras tättsittande kläder var av samma färg som deras kroppar. Ögonen var gula eller gröna. De långa tunna fingrarna med klolika naglar arbetade flitigt, men takten var inte särskilt snabb.

Rotande eller gnom. Rotanden var ungefär en tvärhand hög.

Jag tyckte att de snodde omkring i slow motion, men jag förstod att deras takt var anpassad till rotsystemet. Jag kände mig som Gulliver, ännu inte fängslad i lilleputtarnas nät.

Jag gnuggade mig i ögonen som kändes normala igen. Balthori iakttog mig med ett kärleksfullt leende som samtidigt var lite spydigt.

"Nu ska du få träffa undinerna eller vattenandarna, ett mycket märkligt släkte", lovade han. "Dem kan du se med dina vanliga änglaögon.”

Jag förflyttade blicken till jordens yta, det vill säga ängens böljande växthav. Nära marken flöt väsen omkring i dansande vågor. Jag förstod inte alls vad de hade för uppgift, så jag frågade Balthori.

Undin eller vattenande. Undinerna flyter omkring i dansande vågor nära marken.

”När rotandarna sänder upp växterna från sina rötter och de når jordens yta, så skulle växterna torka i den snabba luftväxlingen om inte undinerna fanns”, svarade han.

”Egentligen är vattnet undinernas rätta element, men när de arbetar med växterna sänder de ut strålar som omgärdar växten på ett fuktigt sätt. Andra undiner lever i vattnet, men det kanske du vet.

"Jag nickade och låtsades inte om att jag inte visste så mycket om den hemliga delen av växandet i naturen. Jag iakttog i stället de skira varelserna som liknade mångfärgade blåaktiga ljusstrålar. De uppförde sig på ett annat sätt än vanliga ljusstrålar, som skiner utåt och uppåt men alltid är raka. Dessa varelser kunde slingra sig om växterna, de bildade spiraler och ringar omkring den, av dagsljuset lite chockade växten. Dessa elementarandar förenade på något mystiskt sätt vatten och luft och tydligt är det vad växter behöver, tänkte jag.

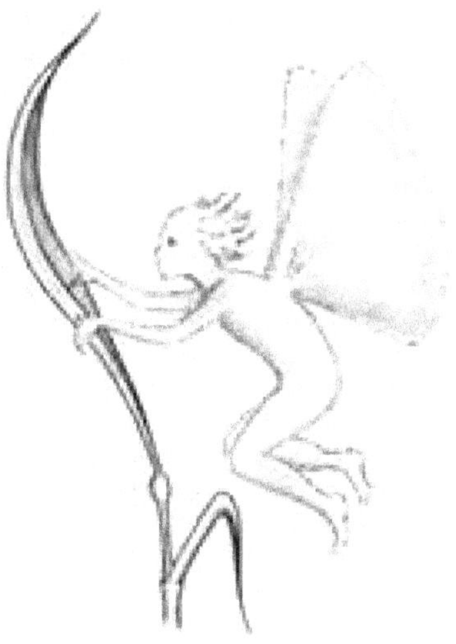

Sylf eller luftande. Det här är nästan genomskinliga väsen som flyger omkring och tycks arbeta med olika delar av växten.

"Sylferna är luftens elementarandar" fortsatte den ståtlige alven. Han gjorde en svepande gest med handen. "De utvecklar växtens blad och blomma, får den att vakna till liv ordentligt och ger den en längtan att förena sig med ljuset. Totta noga på solrosen!"

Det gjorde jag. Då upptäckte jag små, nästan genomskinliga gestalter som flög omkring och tycktes arbeta med olika delar av växten. De vecklade ut bladen och gav stadga åt blomman. Undinerna hade inga för mig synliga gestalter, men det hade sylferna. Jag fick en förnimmelse av vingar och blev nästan bländad av deras skimrande flykt. De var oerhört snabba.

”Sylferna håller till i luftströmmarna.” Det var Thesa som talade nu. ”Du ser dem omkring solrosen här, men de finns nästan överallt. Det luftdrag som till exempel en fågel gör i flykten är sylfernas hem. Luftdraget åstadkommer en ton som sylferna tar upp. Titta närmare på dem så ser du så vackra de är.”

Jag böjde mig fram och granskade de små varelserna. De var stora som min tumme, ljust pastellfärgade och trots sin litenhet väldigt människoliknande. Jag såg dem göra olika miner, de skrattade, smålog, rynkade sina små pannor, sjöng och höll upp sina tunna armar mot ljuset.

”Ja visst sjunger de”, skrattade Thesa. ”Deras toner överensstämmer med luftens och luftströmmarnas ljud. De hyllar ljuset och ser till att växterna kan ta emot exakt den rätta mängden ljus. Annars är fåglarna deras bästa vänner och de följer dem i kölvattnet under deras flykt.”

Eldande eller salamander. Dessa väsen samlar upp solvärme och bär in den till växterna. De arbetar också i eld.

”Till sist kommer vi till eldandarna som även kallas salamandrar”, påpekade Balthori och pekade uppåt. Jag hade inte sett dem förut, men däruppe svävade små gestalter i olika nyanser från gult till djupaste rött. Först tyckte jag att de tycktes simma planlöst runt i luften, men Thesa förklarade hur de arbetade:

”De samlar på värme”, sa hon. ”De samlar till exempel upp solvärme och bär in den i växterna, så att de genomsyras av den. Även om det regnar eller är gråväder så behåller växten värmen en viss tid genom salamandrarnas förtjänst. Men salamandrar arbetar också i eld. De älskar elden och den utvecklar deras krafter och fördubblar dem.”

”Som i en eldsvåda”, tillade jag torrt och skärskådade de små krypen. De såg inte riktigt mänskliga ut, mer som lågor utan kroppar. Det skymtade ibland något som liknade gestalter med höga toppiga huvuden inne i lågan. Deras dans uppe i luften var ungefär som en sprakande brasa, men utan värme och gnistor.

”Du har fått se hur växtrikets naturandar arbetar”, sa Balthori. ”Nu måste vi gå vidare, det finns mycket att lära här.”

Stora stenar fanns omkring oss och Balthori lutade sig mot en stor grå bumling som såg ut som en botsten. Den hade en grop med ett hål på toppen. Jag klättrade upp på den för att titta lite noggrannare, medan de andra tre stod och skrattade nedanför. Jag kanske såg lite svenskt klumpig ut, men mina långa ben förnekade sig inte. Upp kom jag och det med en smäll. Jag var inte van vid häftiga ljud längre och reagerade våldsamt när min fysiska rumpa slog emot stenen på ett alldeles jordiskt sätt. Jag torkade till och med svetten ur pannan. Då förstod jag att jag befann mig i ett högst kroppsligt skick. Jag tittade på mina ben och såg att jag hade ett par vita byxor på mig - fast så vita var de inte efter klättringen. Jag hade tydligen en rödrandig skjorta också, så jag kände mig som en stor polkagris. Fnittret som följde den tanken kom där nerifrån. Lydia läste som vanligt mina tankar.

Det fanns en fördjupning i stenen. Jag kröp fram för att titta på det mosskantade hålet. Det var djupt, lite större än min utbredda hand. Det var mörkt och föreföll mycket djupare än jag hade föreställt mig. Jag önskade att jag hade haft en ficklampa och det hade jag faktiskt när jag kände efter i fickan.

Omtänksamma änglar, tänkte jag belåtet och lät ljuset spela rätt ner i hålet. Ett par stora, ilskna, rödaktiga ögon mötte mina. En bred, vårtig näsa skymtade och därefter röt en enorm mun några ord som jag inte förstod, men som lät väldigt arga.

”Kom ner, Janne!” ropade Balthori, ”du får inte väcka bergandens vrede.”

Det hade jag redan gjort och jag hasade förskräckt bakåt mot stenkanten. Upp ur hålet dök en grönaktig kalufs, som mer liknade mossa än hår och under den fanns det hiskliga ansiktet jag hade skymtat därnere. Jag hasade skyndsamt mot kanten och sen minns jag inte mer.

”Jan, o Jan, så du skrämde mig!” Jag vaknade med huvudet i Lydias knä. Thesa och Balthori stod bredvid och mässade någonting. Jag trodde att jag hade drömt, för troll finns ju inte på riktigt och ett troll hade jag sett. Ett otäckt troll som kom krypande allt närmare och sen föll jag ...

”Det finns inga troll”, sa jag argt och reste mig upp. Jag sträckte på ben och armar och kände på ryggen. Den var som vanligt, jag hade tydligen inte tagit någon skada. ”Det där var inget troll”, fortsatte jag uppfordrande.

”Vi kallar dem bergandar eller stenandar”, svarade Balthori. ”De är inte alltid så trevliga. Du ramlade ner, men vi har helat dig. Du fick inga svåra skador. Kan vi fortsätta bort till byn?”

”Hur många tusen år sen har vi kommit till?” frågade jag.

”Inte tusen, vi räknar miljoner”, smålog Thesa. Hon och Lydia stöttade mig på var sin sida och det var så trevligt att jag haltade till lite extra ibland. Men så stannade vi. Vi befann oss på kanten av en hög kulle och Balthori pekade på landskapet framför oss.

4. Besök hos människor och alver i en urgammal by

En samling hus mötte mina häpna ögon. Inte vilka hus som helst, men det fanns faktiskt två sorter. Några liknade kojor av lera och andra var flätade av något material som jag inte sett förut. Det var alltså flätade hus, där flätorna stod upprätt och bildade fyra sidor. Taken var av mossa som förmodligen vilade på en stomme av okänt material. Alla hus hade skorstenar, medan kojorna hade hål i sina runda tak.

”Byn!” utropade Balthori förtjust och började springa nerför kullen. Vi följde förstås efter.

Det var rätt skönt att se människor efter alla de små vidunderliga naturkrypen, tänkte jag lite elakt. Lydia slängde en arg blick åt mitt håll. Men hon sa ingenting, för nu befann vi oss i en riktig folkmassa. Det vimlade av brunhyade, kraftiga människor. Vi skyndade, ledda av våra alver, över ett torg som var förvånansvärt stort. Där var tydligen en sorts marknad, för människor satt på marken med varor uppradade framför sig. Jag hade velat titta närmare på varorna, men Balt tycktes ha bråttom.

Ett flätat hus var större än de andra och det var tydligen målet för vårt besök. Balt vände sig om och vinkade åt oss att följa honom in i huset. Det fanns ingen dörr, bara en ganska stor, fyrkantig öppning.

”Det här är samlingshuset i byn”, sa Thesa. ”Här sker absolut allt.”

Vi kom in i ett stort avlångt rum. Det var också fullt av folk, samlade i mindre grupper. Det fanns inga möbler annat än långa trästockar och hopvikta, färggranna filtar att sitta på. Balthori förde oss till en mindre grupp som bestod av både alver och människor. I dess mitt satt en man som föreföll betydelsefull. Han var gammal och hans bruna ansikte var fårat. De tättsittande ögonen var bleka och vindade lätt men lystes då och då upp av en inre eld. Kroppen var tärd. Han var iklädd ett gult skynke, ungefär som en indisk guru. En del människor var klädda i tygskynken, mer eller mindre konstnärligt lindade omkring kropparna, andra hade bara ett ländkläde.

Det var ganska varmt både ute och inne. Mitt i rummet brann en låg eld. I elden dansade helt synliga salamandrar en yster dans. Balthori bugade sig djupt för den gamle mannen. Denne reste sig upp, slog ut med händerna och log vänligt mot oss. När han talade förstod jag vad han sa:

”Välkomna, sentida ättlingar av släktet människa och hjärtligt välkomna, syster och broder av alvernas släkte!” Han böjde huvudet på ett graciöst sätt. ”Den utslätade tiden är inpräntad i eterns mysterium. Vi stannar kvar som ett eko av vår egen tid och vår egen kraft. Vi lever i vår egen verklighet som vi nu delar med er. Här finns representanter för jord, vatten, eld och luft, som gärna vill dela med sig av elementens visdom. Vad önskar ni veta?”

”Hm, blir det inte lite trångt med alla naturväsen tillsammans med människorna?” vågade jag fråga. Lydia himlade med ögonen och satte handen för munnen, förmodligen för att hejda fnisset. Men den gamle såg allvarlig ut. Det fanns någonting hos honom som jag reagerade starkt på. Jag kunde inte i den stunden redogöra för varför. Jag förstod det långt senare. Han gjorde en gest åt oss att sätta oss ner på golvet.

”Mitt namn är Hååk”, svarade han, ”och jag talar för hela byn när jag säger att den frågan var överflödig. Människor och alver lever i samma by i god sämja. De utomjordiska bor i sin del, de fem gyllene tornen i utkanten av byn, och de far fram och tillbaka i sina egna farkoster till sina olika världar. Jorden är inte den enda bebodda planeten i världsalltet. De utomjordiska har kontakt med oss för att ge oss den upplysning vi behöver. De lär oss att bruka jorden och vilka djur vi kan tämja till husdjur och mycket annat. Någon trängsel har vi inte märkt, var och en sköter sin egen syssla. På marknaden kan det vara mycket folk, eftersom den bara pågår vissa dagar. Om du menar elementalerna så tar de inte mycket plats och alls ingen boplats. De är bara verksamma i sina atmosfärer på sina egna områden.”

”Det är svårt att tänka så långt tillbaka som till den här tiden”, muttrade jag ursäktande. ”Allt verkar så annorlunda, allt utom marken, jorden, naturen. Den liknar vår nuvarande fastän ni har många fler arter som måste vara utdöda i vår tid.”

”Då ställer jag en fråga”, smålog Hååk och tittade med sin skeva blick rakt in i mina ögon. Det kändes kusligt på något sätt. ”Vilken sorts magi har ni i er tid?”

”Magi är inte särskilt populärt”, svarade Lydia i mitt ställe. ”Det anses som överspänt och kallas ofta för fantasi. Det finns trollkarlar, men de är bara skickliga med sina händer, inget kommer inifrån. Det finns ett fåtal äkta magiker, men de måste arbeta i hemlighet.”

Hååk skakade på huvudet och rynkade pannan. Ett dovt mummel steg upp från de omkringsittande, ett mummel som lät hotfullt.

”Så kraften att utöva naturens magi har alltså urartat”, konstaterade den gamle. ”Vi bryr oss inte om att uppfinna saker, vi lever nära naturen och tillvaratar det som bjuds i alla omväxlande former. Naturens magi är det viktigaste vi har. Kroppen får sitt, men anden måste också ha sitt. Det är viktigare än något annat.”

”Vi kanske menar olika saker med magi”, föreslog jag. ”Jag tänker på mer avancerad trollkonst, till exempel att byta hamn eller att stämma blod ...”

”Byta hamn är väl inte magi”, avbröt Balthori som hittills varit tyst och iakttagande precis som Thesa. ”Det kan vi alver använda oss av närhelst det är nödvändigt. Även för att demonstrera något.”

Thesa reste sig upp. Gradvis bleknade hon till ett ljusskken. Jag kunde inte urskilja hennes drag när hon till min häpnad framträdde igen - som en vit hind. Hela gruppen skrattade. Borta var hotfullheten som rådde för en stund sen. Hinden sprang runt ett tag, sedan tog den tillbaka sin plats bredvid Balthori och förvandlades gradvis åter till Thesa. Både jag och Lydia glodde. Antagligen såg vi fåniga ut, för skrattet fortsatte. Tydligen var människorna som levde för flera miljoner år sedan vana vid det vi kallar för trollkonster.

”Vad ni såg var att Thesa förvände synen på alla i rummet. Det är en gammal kunskap av enklare slag. Den äkta magin har sitt ursprung i samverkan mellan natur och människa”, återtog Hååk. ”Samspelet måste ske medvetet och målmedvetet av en orsak, önskan eller uppgift som samarbetar med ljus eller mörker. Båda finns. Förstår ni?”

Lydia och jag nickade. Egentligen förstod jag inte riktigt vad han menade, men jag tänkte fråga Balthori lite senare. Det där med mörker lät inte bra. En brunhyad ung kvinna böjde sig ner och ställde någonting framför oss. Det var en måltid, uppdukad på en platt träbit och dekorerad med gröna blad. Måltiden bestod av bröd, frukt och torkat kött. Drycken var friskt och gott källvatten. Förmodligen hade man inte lärt sig laga mat här ännu. Hååk tecknade åt oss alla fyra att äta, så vi åt. Vi vågade inte annat, fastän vi inte borde äta kött i våra tillfälliga kroppar. Det torkade köttet smakade bra, även om det hade behövts lite kryddor. Vi ville inte utsätta oss för gruppens ovilja en gång till. De iakttog oss väldigt närgånget, följde varje rörelse vi gjorde, särskilt jag och Lydia.

”Den här byn är representativ för sin tidsålder”, förklarade Balthori, precis som om han hade kunnat läsa mina tankar. ”De är säkert inte särskilt förtjusta i främlingar, vi är accepterade för stunden, men inte mer. När ni har ätit färdigt går vi till de fem tornen.”

När vi gick därifrån hade Hååk satt sig i någon slags meditationsställning. Han tog inte farväl av oss utan blundade och föreföll helt borta. Gruppen låtsades inte längre om vår existens. Ändå var det som om något osynligt tvingade mig att vända mig om. En stor, brunhyad man med mörkbrunt skägg och buskiga ögonbryn, vindögd så att man nästan bara såg ett öga, följde oss med blicken. Jag vill inte kalla det för vänliga blickar. Var de fulla av hat? Så skulle jag ha tolkat det om jag inte hade hört så mycket om hur bra den här byn var. Men jag lade hans otäcka blick på minnet.

Vi följde efter Balthori. Thesa gick på min vänstra sida. Ett soligt leende spelade på hennes läppar.

”Nåå”, frågade hon, ”hur känns det att vara flera miljoner år tillbaka i tiden?”

”Spännande”, skrattade Lydia. ”Det här skulle man ha vetat om när man levde på jorden. Fast ingen vetenskapsman skulle ha trott oss, förstås.”

”Jag instämmer”, sa jag och harklade mig. ”Är det långt till de fem tornen?” Det var bäst att ligga lågt, tänkte jag. Jag litade fullkomligt på Balt och Thesa. Melchizedek hade förtroende för dem. Men den gamle Hååk verkade som en filur, för att inte tala om hans sällskap. Jag känner igen filurer när jag ser dem. Jag har mött för många sådana i mina olika liv. Skenhelighet är också något jag känner på mig. Jag sneglade på Lydias rena, vackra profil. Hon var till synes oberörd av mina tankar eller också hade hon kopplat bort dem. Jag hoppades det senare.

5. De fem tornen och monstret i grottan

Något så olikt och annorlunda än den övriga byn som de fem tornen kunde jag inte föreställa mig. Jag kände mig faktiskt vördnadsfull när vi stod framför dem, efter en promenad genom byn och därefter genom ett litet skogsparti. Fem torn stod i ring med skog på ena sidan och äng på den andra. De såg ut som om de var gjorda av guld - och ändå inte. Ett gyllene material måste det vara, tänkte jag, men det var inte lika kompakt som guld utan skimrade och glänste på ett annat sätt än vår ädla metall. Jag förstod att det var en utomjordisk metall, vilket senare visade sig vara helt rätt.

"Tornen är byggda i en cirkel och i dess mitt finns en platå som är landningsplats för utomjordingar", förklarade Balthori. "Vi knackar på så får vi se om någon är hemma."

En ganska smal port öppnades. Jag hade inte sett att den fanns där och tyckte att det var ganska smart att dölja en port så att man inte anade dess existens. I porten stod en ljushårig kvinna. Hon var människoliknande och väldigt vacker. Ändå var hon inte lik någon människa. Nu motsäger jag mig själv. Det är kanske på grund av känslan jag fick av att hon tillhörde en främmande ras. Håret var så ljust att det nästan var vitt. Ansiktsfärgen var blek, mycket blek, och på något sätt genomskinlig, ungefär som alvernas.

Hon smålog igenkännande mot alverna, sedan pekade hon på oss. Balthori svarade med ett leende och sa något på ett språk jag inte förstod. Kvinnan svarade med ett vänligt småleende och vi fick stiga in.

"Heth är väktare av det här tornet", sa Balt. "Vi har träffats ett par gånger förut. Strax ska ni få se när ett skepp som är på ingående landar."

Jag stannade till när jag kom in i tornet. Alla tornen var runda och ganska höga, men lika gyllenblänkande som utsidan var, lika glasklar var insidan. Varje torns insida var förmodligen tillverkad av fönsterglas. Jag såg inget glas, men när jag försökte kliva vidare framåt tog det emot. Heth skrattade hjärtligt. Balt fick förklara igen:

"Väggarna i den innersta hälften av tornen är gjorda av ett

genomskinligt material som är okänt för oss. De här tornen finns här just nu, i den tid som vi valt att besöka, men de kommer att försvinna när utomjordingarnas uppgift på jorden är till ända. Håll i Jan, Lydia, så han inte hittar på något, för nu ska vi vidare."

Jag hade ingenting emot att Lydia stack sin arm under min. Heth samspråkade livligt med våra alver och jag såg mig nyfiket omkring. Det blänkte i ögonen så att det var svårt att urskilja detaljerna. Jag fick dock den uppfattningen att det var sparsamt möblerat med bord och höga pallar och att det fanns sittplatser här och där. Vi gick uppför en spiraltrappa. Till slut stannade vi i ett rum som var lite annorlunda än det övriga tornet.

Väggarna var målade i brokiga färger och även om figurerna bara var antydda, så förstod jag att de föreställde olika scener i människans liv. Där fanns till exempel en födande kvinna och man fick se hur barnet utvecklades från födseln till något ovisst, som var omöjligt att tyda. Det verkade som om barnet blev en krigare. Den sista bilden var en strid. Alltså hade man redan på den tiden förstått att skildra den krigiska delen av människans karaktär. Men här fanns också ett stort fönster och Heth tecknade åt Lydia och mig att titta ut.

Den runda planen därnere glänste lika mycket som tornen. Men det märkliga var den farkost som lugnt och stilla sänkte sig ner mot den guldglänsande plattan. Inte ett runt flygande tefat, tänkte jag, inget vanligt UFO. Snarare ville jag kalla det ett ovanligt UFO. Det fanns inget tvivel om att det var ett UFO. Så måste sådana ha sett ut i tidernas begynnelse, tänkte jag vidare.

Planet var format ungefär som en delfin. Från stjärten kom en lång stråle av flerfärgat ljus, nästan som en regnbåge, fastän det violetta ljuset var mörkt lila och dominerade över de andra färgerna. När det hade landat vajade "huvudet" mjukt över marken och likaså var stjärten uppåtböjd. En stege fälldes ut och människor klättrade ner på marken. Åtminstone såg det ut som människor. Från ett av tornen kom flera varelser springande. De var alla klädda i tätt åtsittande, guldfärgade dräkter.

"Det ser ut som en modern landstigning från ett ultramodernt plan", viskade jag i Lydias rosenöra. Balthori hörde oss nog för han gav mig ett glatt småleende.

"Det är besök från Sirius", utropade han. "De har en utmärkt linje till jorden, som faktiskt kommer att fungera många gånger i framtiden också."

"Dogonerna?" undrade jag och han nickade. Jag tänkte på det

afrikanska folket i Mali som enligt sina sedan tusentals år bevarade hällristningar och berättelser har haft besök av sirianer.

”De ska beblanda sig med jordemänniskorna”, fortsatte han, ”men först måste de genomgå en slags behandling i förberedande syfte.”

”När deras verk är avslutat”, fortsatte Thesa, ”kommer de inte tillbaka och de fem tornen försvinner. De har en viss uppgift med att undervisa människorna i att odla och tillvarata jordens gåvor.”

”Som kommer att glömmas bort i de kommande katastroferna”, suckade Lydia, som kunde sin historia.

”Lite kommer att finnas kvar och finns där ännu”, smålog Balthori. Om Heth förstod vårt språk eller icke var omöjligt att säga, men hon log också. Vi böjde våra huvuden till farväl och återsåg tyvärr aldrig den förtjusande damen.

”Mer får ni inte se av den här delen”, förklarade Thesa.

”Nu återvänder vi till byn och sen bär det hemåt. Vi har många tider att besöka, onda som goda. Vi tar den kortaste vägen tillbaka!” Hon lade armen om Lydia och Balt lade armen om mig och transporten skedde lika snabbt som när man ställer in olika kanaler på teve. Så var vi tillbaka i byn, mitt i trängseln på torget.

”Jag tror vi tar oss till ängen där vi först hamnade”, sa Balt. Mer hann han inte säga. Vi var plötsligt omringade av storvuxna, tätt hårbevuxna män, påminnande om gorillor med mänskliga ansikten, långt hår och skägg. Jag kände igen några från vårt möte med Hååk. De hade även då sett hotfulla ut. En av dem var den vindögde som liknade en grottmänniska.

”Vad vill ni?” frågade Balthori. Han såg barsk ut. Jag kände mig rädd. De där typerna var inte att leka med.

”Vi har fått order om att ta er till grottan”, sa en av dem. ”Hååk har några frågor att ställa till er.”

Till min förvåning lät Balt de stora männen föra iväg oss. Jag tittade häpet på Lydia, men hennes ansikte var alldeles utslätat. Hon visade ingen rädsla och det gjorde inte heller Thesa. Jag låtsades ta det lugnt, men inom mig var det kaos. Vad menade Balt och Thesa? Jag fick den hemska tanken att de hade något fuffens ihop med Hååk men lät den snabbt passera.

Den här promenaden var inte lång. Strax utanför byn gick vi in i skogen som såg ut som en vanlig svensk skog. Det fanns en hel del berg där. Vi fördes direkt till ett högt berg, där det fanns en grotta. Jag visste att vi skulle ha klarat oss ur den här knipan genom att bara försvinna, men uppenbarligen hade Balthori andra planer. Det var bara att hänga med.

Det här var ingen trivsam, glittrande grotta som Moder Jords. Den var mörk och fuktig, det rann vatten utefter väggarna och en frän stank stack mig i näsan. Hååk satt på ett tygstycke på marken och lutade sig mot en skrovlig, fuktig vägg. Vad som skrämde mig ännu mer var en slags häll som naturligt höjde sig mitt inne i grottan. Förmodligen var det den hällen som gjort grottan till mötesplats och, efter vad jag förstod, till en slags offerplats. Jag kände fruktansvärd vämjelse när jag såg att hällen var fläckad av blod. Var det människoblod eller blod från djur?

Lydia vände sig mot mig och rynkade ögonbrynen. Hon sände lugn till mig och jag försökte koppla bort obehagliga tankar. Vi var änglar redan och kunde inte dö en gång till, så egentligen var jag väldigt dum. Jag till och med skrattade till åt min egen dumhet, men då fick jag en argsint knuff. Jag var nära att ramla eftersom mannen som knuffade mig var ett par huvuden längre än jag, med svällande muskler och brutal uppsyn. Jag sa ingenting men gav honom en arg blick. Åtminstone trodde jag det, men på hans läppar lekte ett obehagligt flin.

”Hör på mig!” Det var Hååk som upplät sin stämma. ”Vi tror att ni är någon slags spårhundar, utsända från en annan planet. Här är straffet för att lägga näsan i blöt i våra affärer bara ett enda: döden.”

”Jag har förstått att ni använder er av fel sorts magi”, sa Balthori allvarligt. Han fäste blicken på Hååk och sträckte upp båda sina händer mot gubben. Strax upphörde våra fångvaktare att hålla oss fast och Hååk ryggade baklänges. Han såg ut som om han ville sjunka in i klippan. Han var alldeles grå i ansiktet.

”Kalla på er mästare i magi!” röt Balt. Hans ögon blixtrade. ”Jag föreslår en envig mellan honom och mig.”

En högrest mörk skepnad lösgjorde sig från ett klipputsprång bakom Hååk. Förmodligen hade han sett ut som de övriga byborna en gång, men nu var han helt övervuxen med brunsvart hår. Han liknade en björn med människodrag. Bara ögonen syntes och de var hemska. De sände blixtar av gult och rött. Vem han än var så var han verkligen ett monster.

”Hemmagjort monster”, viskade Lydias tanke till min hjärna. ”Det här är en form av skrämseltaktik.”

Hååk föll på knä framför uppenbarelsen och de andra byborna följde hans exempel. Varelsen var tydligen deras gud, för de tillbad honom. Den hårige stod stum en stund, sedan sträckte han ut armarna och viftade lite med händerna i luften, samtidigt som han morrade lågt som en pekingeser. Det hördes ett tordön och efter en kort stund blixtrade det till i grottan. Små väsande eldmaskar susade runt och byborna låg orörliga med pannorna mot golvet.

Vi fyra stod raka och Balt höjde sin hand mot monstret. Det spärrade upp sitt röda gap och det kom massor med rök ur dess mun. Röken släckte eldmaskarna och strömmade in i hela grottan, vilket gjorde att allt utom monstrets egen kropp blev osynligt på grund av röken. Det såg triumferande på oss. Jag visste bara var jag stod och att de andra fanns någonstans i närheten. Den tjocka grå röken lade sig som smutsig bomull omkring oss och luktade obehagligt. Det var tydligen monstrets sätt att visa vilken enastående trollkarl det var.

”Taskspelarkonster”, hörde jag Balthori muttra. Jag kunde vagt urskilja att Balt, som stod precis framför mig, sträckte ut högra armen och pekade med fingret mot den onde ”guden”. Denne gav upp ett vrål och började krympa. När han var knappt en meter lång stannade Balt upp. Röken skingrades på ett ögonblick. Hååk och alla de andra var som förlamade. De vågade inte röra sig. Deras gamle ledare reste sig mödosamt och föll ner på tygstycket vid bergväggen. Det lilla monstret sprang omkring och pep, men ingen brydde sig om det. Det halkade och försvann likt en råtta i en liten springa i bergväggen.

Balthori nickade åt oss andra tre och skred långsamt ut ur grottan. Ingen av männen rörde sig, de verkade helt förstenade.

”De kommer att röra sig som vanligt när vi har försvunnit”, sa han. ”Svart magi är visserligen ondskefull och farlig, men när den onde mästaren inte finns där längre får vi hoppas att de hittar en bättre läromästare. Jag talade faktiskt några ord med Heth innan vi lämnade de fem tornen. Utomjordingarna är medvetna om att det pågår svart magi här och jag lovade dem att oskadliggöra den s.k. mästaren.”

”Men Hååk då?” utropade jag. ”Han har väl dåligt inflytande på invånarna här?”

”Inte nu längre.” Balts småleende var inåtvänt. ”Jag tror att han kommer att vara både rädd och obehagligt berörd när han vaknar ur transen som jag försänkte honom i. Han kan en hel del bra saker också, och han kan faktiskt bli en god ledare när han inte är fångad i den mörka magin.”

”Monstret ni såg har hållit byn i skräck ganska länge”, fortsatte

Thesa. ”Det kommer aldrig tillbaka, det blir säkert snart uppätet av något större djur. Jag visste att Balthori hade en uppgift här och den har han utfört med bravur. Nu kan vi åka hem och berätta att första uppdraget är avklarat!” Hon lade sina händer på mina och Lydias axlar och Balt gjorde likadant. Jag hann bara kasta en blick på den svarta grottingången och de höga tallarna runt omkring, så försvann alltsammans.

Vi var tillbaka hos Moder Jord.

6. Besök på samma ställe åtskilliga miljoner år senare

”Tjugo miljoner år tillbaka, det var häftigt!” stönade jag och torkade svetten ur pannan. Det var en onödig gest, jag var ängel igen och svettades inte. ”Jag trodde inte att jorden hade så pass hög kultur då.”

”Varelser från andra planeter hjälpte till”, smålog Moder Jord. ”Från planeternas sida var det ett slags teamwork att befolka den vackra jorden med människor som skulle göra den ännu skönare. Att blanda ursprungsmänniskorna med de högt stående planetvarelserna var ett steg som borde ha blivit bra. Det var också bra - så länge det negativa i människorna inte tog över.”

Vi satt bänkade runt ett stenbord i Moder Jords grotta. Där var en behaglig värme, inga fuktiga väggar, ingen dålig lukt. Det luktade gott av mossa, blandad med en sorts talgljus som vår värdinna använde - åtminstone såg det ut som talgljus. Moder Jord smålog när hon såg mina undrande blickar.

”Det går att utvinna talg ur växter, utan att skada dem”, sa hon. ”Bland annat har *Dipterocarpaceae*, oljefruktträdet, och *Sapium*, talgträdet, frön som är användbara för det ändamålet. Det är en väldigt gammal kunskap, Jan. Det finns så mycket praktisk kunskap och visdom som är bortglömda i er tid. Samma sak gäller naturens väsen. Samarbetet med dem är totalt bortglömt. Om det i stället hade fortsatt genom tiderna så hade mycket elände kunnat undvikas, särskilt all den miljöförstörelse och förgiftning som förekommer i de tider ni två änglar kommer ifrån. Naturens väsen hade helande krafter men också recept på undergörande mediciner, salvor och tinkturer, som de delade med sig av under de tider då de var synliga för människorna.”

”Vart leder nästa titthål?” undrade jag och Lydia nickade instämmande.

”Ni ska bara en miljon år tillbaka i tiden nu”, svarade Moder Jord med en skälmsk min i sitt vackra ansikte. ”Alverna har sina uppdrag och ni följer bara med. Det är mycket ni kan lära på sådana turer. För en miljon år sen fanns det människor på vissa platser på jorden under en period.”

”Men om vi tänker på min och Lydias nutid, var ungefär befann vi oss nyss, för tjugo miljoner år sen?” frågade jag.

”Geografiskt sett, menar jag.”

”I Frankrike, vännen min, i södra Frankrike!” Det var historikern Lydia som svarade den här gången. ”Fattade du inte det?” Jag gjorde en ful min till henne och alla skrattade. Hon fortsatte: ”Väldigt många förhistoriska fynd har gjorts i Frankrike och fransmännen är duktiga geologer. Är det dit vi ska nu också?” Moder Jord nickade.

”Till att börja med. Mycket händer på så många miljoner år. Om ni kommer till ungefär samma plats så ser ni vilken utveckling som skett. Orkar ni fortsätta?” Vi nickade leende. Moder Jord reste sig och gick bort till dörren som ledde till jordens alla gångna år.

Vi höll varandra hårt i händerna och vandrade rätt ut i dimman med de två alverna i täten. Jag trodde att vi skulle hamna på samma blomstrande äng som förra gången, men det gjorde vi inte alls. Vi hamnade på ett högt berg. Det kunde vara vilket berg som helst var som helst.

”Ett gruskorn har bildat ett berg”, kommenterade Lydia min tanke. ”Först blev det den kulle vi stod på förra gången vi var här, men på många tusen år blev kullen det här berget. Hänger du med?”

”Förändringens vingar flyger hela tiden”, nickade jag. Jag kikade försiktigt ner i dalen nedanför. Växtligheten var ganska låg utmed bergets sida och jag såg dalen, där en flod skummade och fräste över stock och sten. Men jag såg ingen by. Balthori stod tätt bakom mig.

”Byar förflyttas på flera miljoner år”, konstaterade han.

”Vi får nog leta efter bebyggelse någon annanstans.”

”Är inte utomjordingarna kvar?” frågade jag helt förskräckt.

”Oh, nej!” Det var Thesa som svarade. ”De har gjort sitt och återvänt till sin hemplanet. De skulle så vissa kunskapskorn i människorna och blanda sin säd med dem. Förmodligen kommer nya utomjordingar hit igen så småningom. Nu ska vi leta efter en by, om det finns någon.” Hon svängde om på foten och begav sig tvärsöver bergets topp till den andra sidan. Uppe på berget fanns tecken på att människor brukade vara där ibland. Stora stenar var uthuggna som människoansikten, grova och fula, men gjorda med en viss konstnärlighet. De stod i halvcirkel och framför dem fanns en platt sten som det låg vissna blommor på.

”Det här föreställer gudar”, sa Balthori och pekade på de egendomliga stenskulpturerna. ”På altarstenen sker offren. Människorna tar sig upp hit på vägen ni ser där borta.”

Vi såg en väg som slingrade sig uppför berget, lång och brant. Balt och Thesa började kliva neråt på den vägen och vinkade åt oss att följa efter. Långt därnere kunde vi urskilja runda tak. En vit, skir dimma låg som ett täcke över byn. Spännande att se hur långt de här människorna har kommit, tänkte jag. Och spännande blev det.

Taken på de runda husen var inga tak i vanlig mening. På en stomme av böjliga trädgrenar hade man lagt djurhudar och bundit samman dem med vidjor högst upp, så att det blev ett hål, en rökgång på mitten. Det såg mycket primitivt ut men fungerade tydligen eftersom en tunn rök sipprade ut ur hålen på flera av hyddorna.

Vi vågade oss närmare när en storvuxen man kom ut från huset genom att dra i ett av skinnen på trästommen. Han sträckte på sig och gäspade, men så fick han syn på oss. Balthori stod framför oss med händerna utsträckta mot mannen. Denne var ganska hårbevuxen

Dansande älvor.

precis som de förra byinvånarna. Han hade ett ländkläde av skinn och en djurhud över axlarna. Huvudet var ganska runt med grova drag och små, gråbruna ögon. Läpparna var breda och han smackade med dem. En kvinna tittade ut ur hyddan och snart kom flera små barn försiktigt krypande. Kvinnan hade bara ett ländkläde av skinn, lite längre än mannens. Hon hade rakt, mörkt hår som hängde i testar långt ner på ryggen. Näsan var bred och munnen fyllig. Barnen liknade henne. Jag funderade på ifall det var stenåldersfolk.

”Äsch, dumsnut, stenåldern var mycket senare. Den här åldern vet vi inte mycket om”, viskade Lydia lite överlägset på grund av sitt ständiga historiekunnande. ”Det är därför vi är här.”

Mannen böjde sig ner och tog upp något från marken. Det visade sig vara en påk. Han svingade vapnet över huvudet och tittade hotfullt på oss. Då upphov Balthori sin röst. Vilden - för jag tyckte han såg ut som en vilde - hoppade till och sänkte påken. Han lyssnade först med rynkad panna, sedan utbröt ett flin som blottade de stora starka tänderna. Jag säger ”utbröt” för flinet kom häftigt, tills det låg där som en mullrande grotta full av vita benbitar.

Han närmade sig Balthori, grep tag i alvens tunna skuldror och ledde honom förbi samlingen av hyddor. De pratade vänskapligt och stenåldersgubben (för det tyckte jag fortfarande han såg ut som) visade ofta tänderna. Vi följde naturligtvis efter. Vi vandrade längs en flod som tydligen gick genom byn. Det var säkert samma flod som vi sett från andra sidan berget. I mina ögon liknade den Dalälven, men jag tänker förstås alltför modernt.

Plötsligt stannade bymannen och alven. Jag gick mellan Lydia och Thesa och vi stannade till, vi också. Framför våra ögon svepte en lätt dimma och den var fylld av väsen som dansade och rörde sig graciöst hela tiden. Älvor! Kunde det vara älvor?

Balt, som talade bybornas språk, hade frågat om det fanns naturväsen och om byfolket i så fall hade kontakt med dem, förklarade Thesa. Detta var svaret. Ett väsen lösgjorde sig från dimdansen och svävade fram till Balt och mannen från byn. De samtalade alla tre. Varelsen, som liknade en älva, verkade inte ha något kön. Den var så slank och ledlös i kroppen att man inte kunde avgöra om det var en man eller kvinna. Håret var långt och gulgrönt. Ansiktsdragen var finmejslade och ögonen under halvslutna ögonlock föreföll gröna. Detta märkliga väsen smålog mot oss och blottade små spetsiga tänder. Det nickade, förde båda de små nätta händerna till sitt hjärta och log ännu bredare. Munnen verkade inte stor när varelsen höll den stängd men räckte nästan från öra till öra när den skrattade.

"Visst kommunicerar älvfolket med byborna", förklarade Balthori. "Älvor och alver är ju närbesläktade, men alverna har utvecklats lite annorlunda, mer människoliknande. Vi kan tala älvornas språk, men de talar inte de nu levande människornas. Dogob här vill att vi ska komma in i hans hydda och spisa middag med dem. Har ni något emot det?"

Ett väsen med många namn:
Dvärg, gnom, tomte, vätte.

7. Möte med småfolk och en trädande

Älvan smålog brett hela tiden medan vi samtalade men gled sedan upp i dimman, som tätnat och lagt sig som glaspärlor på alla blad. ”Stenåldersmänniskan”, som hette Dogob, vinkade åt oss att följa honom och efter en liten stund stod vi framför en hydda. Han drog isär hudarna och vi gick in. Det fanns hudar på insidan också. Balt förklarade att det var ett skydd mot de olika väderlekar som förekom här. Men det fanns något annat i hyddan också.

I mitten glödde en eld på golvet av nertrampad lera. Dogobs hustru balanserade skickligt flera pinnar - i modernt språk spett - med köttbitar prydligt uppträdda. Det luktade faktiskt ganska gott. Det märkligaste för mina och Lydias ögon var emellertid flera mycket små figurer som sprang omkring därinne. Det var inte barn. Det måste vara gnomer eller dvärgar. De fick små stekta köttbitar av Dogobs fru, som hela tiden nickade och log mot dem. Dessutom hällde hon upp ett par små bägare med en mjödliknande dryck till dem. De sörplade lustfyllt i sig drycken som troligen var lite berusande, för de både fnissade och raglade omkring när de druckit den.

”Ät nu bara”, kommenderade Balt. ”Vi har kompakta kroppar, så vi tål nog det här. Visa er uppskattning genom att småle och nicka och stampa lätt med fötterna. Om ni inte äter blir vårt värdfolk stötta och då vet man inte vad de kan ta sig till. Glöm inte att småle!”

Jag högg ovilligt in på ett spett. Lydia satt tätt intill mig så vi kunde knuffa varandra i sidan. Vi tuggade och smålog och smålog och tuggade. Till köttet serverades stora uppjästa bröd, som smakade riktigt bra. Köttet smakade däremot inte särskilt gott, fett och utan kryddor. Det var fläskliknande, en vildgalt hade säkert fått sätta livet till. Men jag tänkte att grina illa kunde tas för småleende i denna tidiga civilisation, så jag lyckades få i mig hela spettet.

Jag såg att alverna hade ännu svårare än vi att få ner köttet. Deras små jämna tänder var inte ämnade för köttföda, så jag antog att de svalde maten hel. Men de smålog hela tiden och vi stampade alla lätt i golvet. Vårt värdfolk verkade förtjusta. Men när nästa spett kom i fråga skakade vi våra huvuden och jag förstod att Balt förklarade att våra magar var fulla, för han gned sig ivrigt på sin platta, osynliga mage. Vi bjöds dricka från ett jättestort krus och mitt antagande om mjöd var alldeles riktigt. Om köttet var smaklöst så var då inte ölet det. Tur att alla drack ur samma krus, då behövde man bara ta en liten klunk. Det var starkare än brännvin!

De små dvärgarna hade fått i sig tillräckligt med kött och dryck och nu fingranskade de oss. Vi tittade tillbaka och glömde inte att le. De liknade faktiskt en del bilder jag sett av småfolk. De var människoliknande men dragen var grövre, ögonen mindre och pannorna väldigt bakåtsluttande. De var grön- eller brunklädda i koltar som verkade vävda. Kanske de skulle lära det här primitiva folket att väva? Kanske, tänkte jag, har småfolk och alvfolk varit lärare för de primitiva människorna sedan ganska långt tillbaka i tiden, efter att utomjordingarna försvunnit.

Dvärgarna var människolika, klädda i grön- och brunfärgade koltar och spetsiga mössor.

Raggiga får hade jag sett på vår lilla promenad i älvadimman, men de hade verkat större än nutidens får, ungefär som rådjur. (Med ”nutiden” menar jag 1900-talet.)

”Det är dvärgar och gnomer som finns härinne tillika med byinvånarna”, förklarade Thesa. ”Det förekommer ett väldigt starkt samarbete mellan naturväsen och människor vid den här tiden på jorden. Sen kom stora naturkatastrofer som utplånade en stor del av både djuren och människorna.”

”Och sen?” frågade jag. Jag mindes inte mycket av mina kunskaper om jordens historia.

”Sen kom de tider som beskrivs i historieböckerna”, svarade Lydia. ”Vi historiker visste egentligen inte så mycket, därför måste vi anpassa oss efter de geologiska fynd som gjordes och räkna ut på vårt sätt hur människorna kom till och vilka epoker jorden genomgått”, svarade Lydia.

”Darwin och allt det där?” föreslog jag med ett kort skratt.

”Det kom olika uppfattningar, Darwin var och är fortfarande en av dem”, suckade hon. ”Den ursprungliga kosmiska sanningen accepterades inte i den tid vi båda kommer ifrån. Det vanligaste var apteorin, att människan började gå upprätt för ca fem miljoner år sedan. Det fanns till och med en apa som levde i Afrika för 14 miljoner år sen som anses kunna vara stamfar till människosläktet. Och för två miljoner år sen fanns en människoapa som kallades för 1470-människan som hade en mer utvecklad hjärna än människoaporna. Hon tillverkade till och med verktyg. Homo erectus, den upprätta människan, fanns i områden i Asien, Afrika och faktiskt även i Europa för ca 500 000 år sedan...”

”Stopp!” skrek jag, ”Det var inte en avhandling jag behövde, jag ville bara veta var vi är just nu.”

Lydia var som en rinnande vattenkran när hon började med historiska upplysningar. Det var bra ibland men kanske lite störande när vi befann oss på ett ställe för runt en miljon år sen.

Jag märkte att Thesa tittade på oss med ett roat småleende. Balthori var inbegripen i ett samtal med Dogob så hon måste känna sig ensam. Lydia tänkte nog detsamma för hon tog Thesa under armen och viskade något - antagligen om mig - som kom alvkvinnan att förtjust skrattande följa med henne ut ur den rökiga hyddan. Jag tog tillfället i akt att följa de båda damernas exempel men vandrade åt motsatt håll. Jag såg vatten blänka en bit därifrån. Sjöar och vattendrag har aldrig upphört att tjusa mig. När jag kom fram till älven så ställdes jag inför nästa överraskning.

Skymningen hade precis börjat täcka jorden med sin fantastiska skuggteater. Älven rann klar och stilla med silvriga fransar på krusningarna och fåglarnas musik hade långsamt avtonat. Det var tyst och underbart vackert och ett så ursvenskt landskap att det lika väl kunde ha varit en miljon år senare. Men en sak skilde sig från 1900-talet. Massor av älvor dansade på silverfransarna.

Ur en jättestor kastanj nära älven fick jag till min häpnad se en skepnad sakta lösgöra sig direkt ur stammen. Figuren var nästan manshög och kom rätt emot mig, så jag kunde granska den närmare. Om den hade ett kön så måste det vara en man. Han var mager, senig och knotig. Hyn var brunaktig och full av rynkor och skrynklor. Hans brungröna ögon granskade mig nyfiket. Egentligen såg han urgammal ut och jag förstod att han var trädets ande. Han log vänligt mot mig och sträckte välkomnande ut sina magra, skrovliga händer, som mest liknade kvistar som stack ut från armgrenen. Så började han tala och jag förstod vad han sa:

”Människa, du är välkommen här hos oss. Jag känner inte igen dig, men jag hoppas vårt samarbete ska bli gott.”

”Jag är en ängel”, svarade jag och besvarade hans leende. ”Jag är hitskickad för att se hur samarbetet mellan människor och naturväsen är hos er.”

”Så bra, så bra”, svarade trädanden. ”Så länge människorna i byn inte hugger ner oss träd för egen nytta, kan vi ha trevliga pratstunder tillsammans.” Han tecknade åt mig att sätta mig med ryggen mot kastanjeträdet och satte sig själv bredvid mig. ”Jag har sett många människoåldrar försvinna, men aldrig förr har jag sett en ängel. Det har inte alltid varit så goda relationer mellan naturandar och människor, men de sista femtiotusen åren har de utvecklats bra. Jag har som belöning gett den här byn många kastanjer.”

”Så byborna kan se naturandarna?” undrade jag. Jag hörde ett klingande skratt bakom mig och vände mig förskräckt om. En undin, alltså en vattenande, stod bakom mig och skrattade. Det måste vara ett kvinnligt väsen, hon var svindlande skön men samtidigt overklig. Det finns inga sådana kvinnor, tänkte jag och betraktade hennes långa, tunna men välformade kropp med små, knappt synliga bröst och slanka höfter.

Ansiktet går inte att beskriva. Jag har aldrig sett något så vackert och hennes våta gröngyllene hår smet åt kring pannan och böljade sedan ända ner till marken. Men hon var i högsta grad verklig. Hon lindade mjuka, svala armar omkring mig och kysste mig sen på pannan ... Jag hoppade högt när den knotiga trädandens röst nådde mig genom skimret av undinens utstrålning.

”Vakta dig, ängel! Undiner är goda och glada andar, men de tycker om att snärja människor i sina garn. Om du vill tillbaka till himmelriket så får du hålla henne på avstånd! Hon vill dra ner dig i älven och förlusta sig med dig under vattenytan, ända nere vid botten ...”

”Jaaan!” hördes Lydias röst och jag såg henne och Thesa komma springande. Bakom dem skymtade Dogobs hustru. ”Vad håller du på med?”

Undinen kluckade till som när man kastar en sten i vattnet och försvann snabbt ut i älven. Jag drog en lättnadens suck och den knotige mannen vid min sida lät höra ett gnäggande skratt. När de två kvinnorna kom fram till oss stannade de förskräckta, men trädanden reste sig och bugade hövisk för dem båda.

”Välkomna till vår by”, smattrade han mellan de gula, ojämna tänderna. ”Alla människor är välkomna att vila ut en stund vid min stam. Får det lov att vara en kastanj?” Han håvade upp tre kastanjer ur en osynlig ficka och satte sig sedan tillrätta med armarna i kors.

”Hur kommer det sig att den andra byn inte finns kvar, den på andra sidan berget?” frågade jag. ”Vi besökte den för ca två miljoner år sen, räknat från nu. Men då levde väl inte du och ditt träd?”

”Nej, vi är ungdomar, bara 500 år”, myste trädanden. Lydia och Thesa satte sig i gräset framför honom. Vi kunde förstås inte äta råa kastanjer, men vi stoppade dem i våra fickor.

”Det var en jordbävning här för ungefär en miljon år sen”, fortsatte trädanden. ”Marken är inte densamma som den ni besökte förra gången ni var här. Men fröet till mitt träd fanns här och det växte bra på grund av närheten till älven. Landskapet förändrades, men en viss grundstruktur fanns kvar, som till exempel älven.

Som ni ser är det lummigt och fint här. Jag tror att människorna hade sin skuld i jordbävningen. Det fanns en hel del ondska som utvecklades när utomjordingarna lämnade platsen. De var inga barnvakter, de måste lämna folket så att det kunde utvecklas i sin egen takt och på sitt eget sätt. Byborna där borta är inte ättlingar till dem. De är vandrare som kom hit och beslöt sig för att slå sig ner här. Det är ett bra folk. Vi trivs gott tillsammans.”

”Vi måste fortsätta vår vandring genom seklerna”, anmärkte Lydia. ”Kanske vi kommer hit igen för att se om du finns kvar.”

Trädandens beniga fingrar slöt sig om mina händer.

"Välkommen tillbaka", sa han. "Vi naturandar hälsar de goda människorna välkomna hit - och naturligtvis änglar och alver också!" Han grinade brett och hans ögon lyste som fyrbåkar. Balt kom tillbaka och hans vänliga ansikte var det sista jag såg när det vanliga töcknet varslade om gränslandets ständiga närhet.

8. I dvärgarnas högkvarter under jorden

Känslan av värme och ombonad trivsel slog emot oss igen i Moder Jords smaragdgröna grotta. Hennes kärleksfulla omfamning och mjuka leende gav oss kraft och balans.

”Tidsepokerna liknar inte varandra, eller hur?” frågade hon. ”Ändå har naturandarna haft en viktig ställning längre än ni orkar räkna till. Hos dem är förändringarna inte stora. De har varken ändrat sina olika utseenden eller sätt att leva och röra sig på många plan. Däremot har samarbetet och kontakten mellan naturandar och människor genomgått stora förändringar under årens lopp, för att till sist försvinna helt. Det är det vi håller på att undersöka och som vi hoppas förbättra så småningom. Den här gången ska ni få uppleva jordens idoga arbetare, jordandarna eller dvärgarna, och hur de ställer sig till människorna. Är ni redo för ett nytt titthål?”

Vi skyndade ut genom vår dimhöljda port till ett nytt äventyr i sällskap med våra båda härliga alver. Vi kom ut i en storm som höll på att ta andan ur oss och ett regn som piskade våra kroppar med våldsam kraft. Balthori, som vanligt i täten för vår lilla skara, ropade med tordönsstämma:

”Bilda ett skydd omkring er med era tankar. Skapa ett torrt tomrum omkring er NU!”

Vi gjorde som han sa och även om vi hade hunnit bli våta, så kändes det skönt att vandra i en torr och varm bubbla som efterhand också torkade våra kläder. Vi följde tätt i vår ledares spår. Jag visste bara att vi befann oss i en tät skog och att trädstammar knäcktes som tändstickor omkring oss. Trädgrenar susade kring våra huvuden och framför våra fötter, men vår torra bubbla skyddade oss mot dem också. Den gled framåt, det kändes ungefär som att åka skridsko. Jag har lärt mig hur man gör för att skydda sig på resor i universum, men det var längesen och den här kunskapen var ny för mig. Åskan mullrade och täta blixtar lyste upp de bitar av himlen vi såg mellan trädkronorna. Plötsligt stod vi vid kanten av en ganska brant dalsänka.

”Här ska vi ner!” ropade Balthori. ”Håll ihop!” Han tog Thesas hand, hon tog Lydias och Lydia min. Vi snarare flög än gick neråt. Jag tyckte inte att jag snuddade vid marken. Vinden tjöt som en besatt och hade vi inte hållit så hårt i varandra, så hade vi flugit åt olika håll.

Snart kände jag sand under fötterna. Det var en väsentlig skillnad på sand och barrig mossa, så jag förstod att vi stod på sänkans botten. Balthori hade en lysande stav i sin fria hand, var den staven nu kommit ifrån. Han planterade den med en hård stöt i marken och där stod vi nu alla fyra förankrade på botten av en okänd sandig fördjupning. Våra ”torrbubblor” fanns fortfarande kvar och det var skönt, för regnet visade sig från sin ymnigaste sida och när vi började gå så var det inte över fuktig sand utan vi plaskade med våra tunna sandaler i sandvatten. Ett mörkt hål skymtade genom bubblorna och dit styrde vi vår kosa.

Vi stannade till när vi kommit in i det mörka hålet och skakade på oss som våta hundar. Torrbubblan försvann och vi kunde urskilja varandra i halvmörkret. Kläderna var torra och det kändes bra fast vi hörde naturens rytande utanför hålet. Jag kan inte hitta på något annat namn än ”hålet”, för det var ingen port, ingen dörr, inte ens en lucka. Golvet lutade svagt neråt och det luktade fuktig jord från de bruna väggarna. Det påminde om en grotta, men i så fall en sandgrotta.

”Vi är på väg in till dvärgarnas högkvarter”, förklarade Balthori, ”så som det såg ut för ungefär en miljon år sedan. Följ bara efter mig och ta inga sidosteg, mina vänner.”

Det fanns ingenting att se och inga sidovägar heller, så jag begrep först inte vad han menade. Gången var upplyst av krälande små lampor: lysmaskar. Jag förstod att Balt hade menat dem. De höll sig till de ojämna väggarna, men ibland råkade de hamna på gången. Vi såg till att undvika att trampa på de små liven.

Det kändes som en evighet innan den dunkla gången mynnade ut i en stor sal. En lång stund innan hördes hammarslag och bultande. Det blev till en högljudd kakafoni ju närmare vi kom, och den upphörde på ett nästan chockartat sätt när gången tog slut och vi trädde in i salen. Hundratals ögon vändes mot oss och vi såg inget slut på det enorma rummet, som var till brädden fyllt av dvärgar. Vi måste ha tett oss som giganter för dessa små varelser.

De var mycket olika. Upp till runt en meter var de längsta, men storlekarna varierade oerhört. Deras ansikten var fårade och knotiga, men det hade säkert inte med deras ålder att göra. Några var puckelryggiga, några riktigt feta, andra tunna och nästan genomskinliga. Hårfärgen varierade mellan vit, grå och grönaktig. Ögonen var små och smala eller väldigt runda och lyste skarpt i grönt och gult. Deras kläder var gröna eller bruna, och de flesta hade en höftlång kolt och tättsittande byxor. Jag tänkte att de såg ut precis som jag alltid hade föreställt mig dvärgar.

Det var knäpptyst i salen. En knappnåls fall skulle ha låtit som tordön. En av de större dvärgarna lösgjorde sig från den främsta raden och kom fram till oss. Han hade en grön kolt och en toppig mössa som gick ner över öronen. Hans gröna, lite lurviga kläder gav intryck av en vandrande, pyramidformad buske. Vita hårtussar hängde både fram och bak, men ögonen var skarpa och kloka. Hans hälsning var inte särskilt inbjudande.

”Vad har ni här att göra? Vad vill ni? Försvinn helst samma väg ni kom!” Märkligt nog förstod vi honom. Lydia och jag tittade på varandra. Men Balthori stod kvar, högrest och ståtlig.

”Mästaren Melchizedek hälsar er genom Naturguden Pan”, sa han allvarligt. ”Vi är Pans vänner. Ingen av oss är människor. Thesa och jag är alver, Lydia och Jan är änglar. Moder Jord har sänt oss hit. Vi vill veta när er vänskap med människorna upphörde.”

Dvärgen betraktade oss under tystnad. Sedan visade han med handen en gång mellan arbetsborden och gick före oss. Det var fortfarande andlöst tyst i salen. Vi följde i den buskiges kölvatten och vågade inte säga ett ord. De blickar jag mötte var inte vänliga. En del av dem sände röda blixtar. De sved till, men mer än så hände inte. Pan var säkert deras gud och man protesterar inte mot sin gud, tänkte jag.

Efter en stund hamnade vi i något slags kök. Eldar var tända överallt och dvärgar arbetade vid kokkärl och bakbrädor. I ena änden av rummet stod låga bord och bänkar och dit fördes vi. Den vandrande buskpyramiden tecknade åt oss att slå oss ner - så gott vi kunde. Vi vek ihop oss och hamnade mycket obekvämt nära golvet. Lydias fniss var på väg och jag gav henne en varnande blick. Dvärgen såg ju inte precis ut att uppmuntra glädjeutbrott. Det blev återigen en tyst stund under det han betraktade oss utan att röra en min. Till sist dundrade han:

”Människorna har försökt utrota oss. De är för alltid våra fiender. Vi har infört osynlighet och tystnad i samband med människor. De anser oss som villebråd och jagar oss utan åtskillnad som om vi vore djur. Nu bor vi i mörka kamrar under jorden, där vi arbetar med rötter och frön och smide. Räcker det eller vill ni veta mera? Eftersom ni kan se oss förstår vi att ni talar sanning och att ni inte är människor."

"Är ni fler än de som bor här?" frågade Thesa med sitt solskensleende.

"Vi finns på många platser under hela jordskorpan", svarade den gröne och rätade stolt på sig. Hans korta, glesa skägg vippade och han nästan smålog. "Vi är talrika som sandkornen i vår underjordiska boning. Vi skulle faktiskt kunna utrota mänskligheten om vi ville."

"Men det vill ni väl inte?" utropade jag förskräckt. Dvärgens ögon blev kalla som stål.

"Det skulle vi nog vilja", svarade han, "men det får vi inte för vår härskare, Pan. Han älskar jorden och vill bevara den och han anser att människorna behövs för att odla den och ge den näring. Han säger att det finns goda människor också."

"Det gör det", försäkrade Balt. "Snart kommer det en tid på jorden när människor och naturväsen åter kan mötas i sämja."

Halleluja, tänkte jag och smålog surt. Jag hade svårt att förstå att det skulle komma någon sådan tid, så som människorna levde när jag senast vistades på jorden. I stället frågade jag:

"Vill du säga oss ditt namn, käre dvärg?" Det var bäst att vara artig, tänkte jag och mindes hur min mor lärt mig stryka av mig mössan för fint folk. Så jag böjde vänligt på huvudet.

"Vrang", svarade den gröne. "Och det är väl bäst att jag för er vidare i underjorden. Vi arbetar med många olika saker. Människorna skulle avundas oss om de hade en aning om vad vi gör. Jag ska föra er till vår smedja. Den går inte av för hackor, det lovar jag!"

Han gick till en tung träport i ena hörnan av rummet och tog fram en stor nyckel. Långsamt svängde dörren upp och vi gick in. Ett os av järn, eld och öl svepte mot oss i en nästan kvävande sky. Det var i sanning en häftig smedja!

De små smederna arbetade oförtrutet med sitt tunga material. De smidde svärd, pilar, sköldar, brynjor, sadeltillbehör, mystiska lås och mycket annat. Vi stod fascinerade och bara tittade. Varje smed hade sin ölsejdel som han smuttade på. De smuttar ofta, tänkte jag förtjust. Det, åtminstone, hade de gemensamt med människan. Jag hörde Lydias kvävda fniss vid tanken. Ingen av dvärgarna verkade dock berusad, så de tålde nog drycken. Vrang såg att jag betraktade sejdlarna med misstro. Han nästan log.

"Smederna behöver något att styrka sig med. Ölet har en uppiggande verkan och det tillför dem kraft. Det är inte samma sorts brygd som förstör människorna. Vi har helt andra örter och helt andra syften."

"Men detta är krigsmaterial", invände Balt.

"Varför tillverkar ni sådant?"

"Det kan nog behövas så småningom", svarade dvärgen argt. "Fattar ni inte att så många arter av dvärgar i längden inte kan hålla sams. Har ni aldrig läst om dvärgakrig? Och tänk bara på människorna! De är mycket värre, de slåss för jämnan. Kanske nyttjar de dvärgavapen i en avlägsen framtid."

"Ja säkert", svarade Lydia. "Det som fanns i människors fantasi när jag levde på jorden är sådant som har en urgammal härstamning. På samma sätt som ni dvärgar kallades tomtar i det årtusende jag levde, på samma sätt gav årtusendena er olika ansikten. Någonstans finns alltid sanningen förborgad, även om den ändrar form. Det har Jan och jag fått lära oss under våra resor."

"Dessutom har jag läst att dvärgasmide ansågs oerhört värdefullt under de första århundradena e.Kr", utropade jag.

"Och då fanns det krigare som stod på god fot med er och som fick sina rustningar från era smedjor."

"Det kan väl hända", snäste Vrang, "jag förutspår inte framtiden som du pratar om. Jag kan bara visa er vad vi håller på med nu och hoppas att ni berättar för Pan om vår skicklighet."

Jag smålog i mjugg. Vrang ville hålla sig väl med gudarna. Men de blänkande rustningarna var bara början av det vi fick se. Det fanns flera portar och flera tunga lås. Vrang hade mjuknat en aning, han var hela tiden inbegripen i livliga samtal med Balthori. När vi kom in i nästa sal baxnade jag.

Det var med säkerhet en grotta. De fuktiga, skrovliga väggarna dröp av vatten och mitt genom salen rann ett vattendrag som var flera meter brett. Detta var båtbyggarnas sal. Det hamrades, spikades och sjöngs i den här salen. Minst ett tiotal båtskrov vände sina mörka, sträva ryggar mot taket, där rader av åskådare i form av nattens flygare, fladdermöss, hängde i långa, täta rader. På andra båtar arbetade dvärgarna på spanten och åter andra tillverkade utsökt snidade åror. Det luktade gott av trä och fernissa och lacker. Jag har alltid gillat båtar, så här hade jag kunnat stanna en lång stund. Men Vrang förde oss vidare.

Vi kom åter till en smedja men av annat slag än den första. Här tillverkades smycken, dvärgasmycken. Lydia gav till ett rop av förtjusning. Båda damerna var hänförda. Det var faktiskt jag också. Det lyste och glittrade överallt och på något egendomligt sätt avgav de färdiga smyckena någon slags mycket behaglig strålning. Balt påpekade helt lugnt att detta var magiska smycken.

Mitt i salen fanns en upphöjning. På den satt en liten krokig dvärg, klädd i någon slags rödbrokig kåpa. Vid närmare påseende visade sig brokigheten vara magiska tecken och insignier. Dvärgen höll sina magra händer med långa, klolika fingrar slutna kring ett smycke.

”Han ger smycket en viss kraft”, förklarade Vrang. ”Alla ädelstenar har olika krafter och vår magiske mästare här förstärker dem. På rätt bärare blir ett sådant smycke en välsignelse, som ger sin ägare positiva förmågor av olika slag. På fel bärare kan förtrollningen vändas till helt andra, negativa saker, såsom makt och rikedom genom bedrägeri och falska löften.”

”Vem får dessa smycken?” undrade Thesa. ”Ni umgås ju inte med människor.”

”De säljs genom viss förmedling, dels till olika naturväsen, dels händer det att de kommer i människors händer”, svarade dvärgen. ”Det finns många förklaringar. Ibland behöver vi pengar och då säljer vi smycken på marknaderna, ibland vill vi bara pröva människorna och då följer vi upp de föremål vi sålt.”

”Det måste i alla fall vara ganska roligt”, log den skälmska Lydia. Jag såg nog hur lysten hon var på att få följa ett smyckes vandring. Det såg säkert Vrang också. Han gick fram till den gamle dvärgmagikern på podiet och viskade något i hans öra. Sedan sträckte han ut handen och jag såg hur ett eller flera föremål bytte ägare. Han kom och gav Lydia och Thesa var sitt hängsmycke och jag fick en ring. Balthori fick en sten utan infattning, som glödde i olika skimrande färger i alvens hand.

Thesas hängsmycke var vitt och klart, som en diamant, men kunde anta olika färger vid behov. Min ring var grön och i dess mitt fanns liksom en strimma av eld. I Lydias kedja hängde en opal av makalös skönhet. Den ömsade färg efter humör, men också som varning mot faror, fick vi senare veta. Min ring hade liknande egenskaper. Vi förstod att de inte var fysiska eftersom vi inte var det, men vi kunde njuta av dem nu, på vår resa. När vi kom hem skulle de förmodligen försvinna eftersom änglar inte bär smycken.

”Var och en av de stenar ni fått är en talisman”, förkunnade dvärgen. ”Jag talar inte om vilka egenskaper de har, det får ni själva utröna. Det finns flera rum här att utforska, men låsen till dem är förseglade. Ni kommer inte längre än hit. Jag tar nu farväl av er!”

På platsen där den gröne dvärgen stått syntes bara en lätt, grön rök. Balt skyndade sig att ta mina händer och jag tog tag i Lydias som i sin tur tog Thesas. Som av en vindil blåstes vi upp rätt genom taket som gav vika för våra andekroppar. Jag blundade och hann inte tänka innan vi var tillbaka i Moder Jords grotta.

9. Moder Jord berättar en sannsaga om vår "fria vilja"

”Nu har ni lärt känna de bistra dvärgarna”, smålog Moder Jord. Hon bar en ljusgul klänning som sken som en solstråle och hon hade dukat upp ett bord med ljuvliga förfriskningar mitt i sin grotta.

”Nog var Vrang vresig”, tillstod jag, ”men han gav oss fina stenar.”

”Ni kommer att få se mer av Vrang så småningom”, berättade Moder Jord, ”han är en evig vandrare i dvärgarnas världar. Men hans vresighet är bara en attityd. Ni har fått värdefulla gåvor, må jag säga. Jag kände deras trolska makt så fort ni landade härinne. De är bevis på att han gillade er.”

”Vad menas med att vi får se Vrang igen?” undrade Lydia. ”Är han inte fast i den värld han visade oss?”

”Absolut inte”, svarade vår vackra värdinna. ”Vrang är en vitrigo.”

”Vad är vitrigo för något?” utropade jag häpen.

”En smed, och en ordsmed”, svarade hon. ”En högt stående andlig lärare och vandrare på visdomens vägar. Det fanns smeder som var magiker och han hör till dem. De är ett märkligt och utomordentligt skickligt släkte och även om de omger sig med bisterhet, så har de ett varmt hjärta och är goda lärare. De har makt, mer makt än ni anar, men den är god. De är odödliga. Jag kan bara gratulera er till att ni fick Vrang som guide.”

”Det kändes som om dvärgarna tyckte att de ägde jorden!” utbrast jag. ”De var så förbittrade på människorna.” Moder Jord skakade på huvudet så att hennes långa glänsande lockar vispade runt pannan.

”Jorden äger oss”, svarade hon, ”så som den egentligen äger hela naturen. Skogen äger marken den står på, liksom gräset och växterna. Vattnet äger skyarna som speglar sig i det och skyarna äger stjärnorna som gömmer sig bakom dem. Ljuset äger mörkret liksom solen äger månen. Men vem äger människorna, de som tror att de äger allt?”

”Det är Urkällan, det stora Gudsmedvetandet, som äger dem

och som leder sitt dockspel, där trådarna ibland bildar mönster, ibland trasslar till sig", svarade Lydia leende. "Den äger oss alla, synliga och osynliga, men låter oss vara precis som vi är. Det är det stora undret." Moder Jord skrattade till.

"Tyvärr", sa hon, "Tyvärr har du inte helt rätt. Undret med den fria viljan har gått för långt. Den fria viljan används på fel sätt och i fel omgivning. Det är därför det är så bra för er att veta mer om naturandarnas världar. Ingenting är riktigt som ni tror, eftersom er tro än så länge är människopräglad, Balthori och Thesa undantagna. På grund av den gudomliga generositeten och avsaknaden av synliga naturandar har det gått som det har på jorden.

"I så fall", avbröt jag, "frågar jag vilken gud vi har? Borde han inte ha haft makt att se åt vilket håll det lutade redan för tusentals år sen? Varför förhindrade han inte främlingskapet mellan människor och naturandar redan på ett tidigt stadium?"

"På grund av den fria viljan och en god portion avundsjuka mellan människor och andar", svarade Moder Jord med stål i blicken.

"Om vi inte hade haft den fria viljan så skulle vi ju vara Guds slavar", protesterade jag. "Är slaveri bättre än frihet?"

"Nu har du fått alltsammans om bakfoten, Jan", inflikade Balthori och Thesa nickade ivrigt.

"Slavar, det är precis vad människorna är i den tid som pågår på jorden just nu. Vad gör en människa till slav? Avundsjuka och svartsjuka, makt och maktmissbruk, negativt tänkande som följs av negativa handlingar, dyrkan av guldkalven och så vidare. När ni alltför påtagligt blev slavar under hat och ondska så flyttade vi alver ifrån jorden. Vi tyckte att den hade blivit ett slags fängelse. Där lever människorna fortfarande, omedvetna om de bojor som binder dem och den kraft som styr dem. Att vara slav under den Store Andens kärlek är någonting helt annat."

"Vad menar du med att människorna är omedvetna om den kraft som styr dem?" avbröt jag. "Det är väl i så fall en massa krafter som styr överallt?"

"Jag tror att ni behöver en liten föreläsning innan ni går vidare", bestämde Moder Jord. "Jag ska berätta en sannsaga för er. Den är tusentals och åter tusentals år gammal men jag var med då också, och jag ryser när jag tänker på vad människorna gått igenom. Stackars krakar, det fanns ingen vettig person som kunde tala om sanningen för er då. Jag blev inlåst här under vissa faser, för att jag inte skulle komma på den idén att försöka rädda mina bröder och systrar som vandrar däroppe.

Allt är inte som ni tror. Nej, det var väl inget nytt, tänker jag. Men sannerligen är allt inte som människorna på min jord tror, långt därifrån. Ska de aldrig vakna upp och förstå vilka de egentligen är? Efter så många tusen generationer lever de i samma mönster av tystnad och separation och till slut, som i nuvarande jordetid, i självförstörelse. Deras materialism är otroligt väl fastnitad i hjärnorna och ger inte plats för annat än fanatiskt religionstänkande, hämndbegär och destruktion. Det är helt obegripligt för mig."

"Vad ska vi göra åt det?" suckade jag. "Det finns ju hyggligt folk där också. Du ser det bara ur naturandlig synpunkt." Moder Jord skrattade.

"Ni talar om Gud", fortsatte hon. "Vi talar om Första Källan. Första Källan är alla vi som finns på jorden (och i den), vårt kollektiva Vara. Gud lever inte i människoform någonstans i en okänd himmel eller ett lika okänt universum.

"Första Källan är inte belastad med människans individuella själar. Vi är alla delar av den. I begynnelsen levde vi i icke-materiella dimensioner som så småningom tätnade under Skapelsens skede. Men våra interdimensionella kroppar blev lockade att gå in i mänskliga kroppar. Hur gick det till, tror ni? Hör här:

"På Atlantis tid för ca 11 000 år sedan fanns, i ett rike som hette Annunaki, en konung vid namn Anu och han behövde slavar för att bärga det guld som fanns i riklig mängd på jorden. Ett litet utvecklat folkslag hos atlantiderna övertalades därför av kung Anu att anta fysisk form. Samtidigt förstod den listige kungen att han måste förse dem med ett slags självssystem som skulle förhindra dem att utveckla sina sanna gåvor. Anu hade en stab av skickliga vetenskapsmän som hjälpte honom i detta hemska värv.

"Gud-Ande-Själ-systemet blev grunden för separation. Det betyder att Anu skapade en myt som omvandlades till religion. Och det var precis vad han ville. Det resulterade i att människans sanna identitet måste vårdas och utvecklas på nytt för att jordens invånare ska kunna uppfatta sin underbara naturs alla inneboende väsen.

"Men hur skulle Anu kunna få sina "slavar" att slita och släpa för honom? Jo, genom att förse dem med ett hjärnsystem som minskade deras möjligheter att uttrycka sina ursprungliga förmågor och i stället använda sig av program som Anu och hans vetenskapsmän hittade på och som passade dem. Varför blev Gud-

Ande-Själ-systemet separationens ankare? Där fanns två vägar: religion och andlighet. Anu visste, klok som han var, att människorna så småningom skulle utvecklas och han fruktade att de till slut skulle komma på vilka de var.

”De utvalda atlantiderna var ju högt utvecklade väsen innan de förvandlades till Anus slavar. Nu skyndade sig kungen att skapa ett slags fängelse, bildat av illusioner och besvikelser i deras hjärnor. Själen kunde han inte förstöra, så den puttade han in så långt han kunde och kallade den för livskraft, det som gav kroppen liv. En annan aspekt drogs fram i synfältet: dödsrädsla, separationsångest, rädslan att inte existera på riktigt.

”Denna starka fruktan hos människorna gav upphov till skapandet av en särskild (falsk) Gud, som sände ut en särskild Ande som fyllde hela Universum med sitt ljus och som började skapa människor, en i sänder. Faktum var att Anu, konung av Annunaki, placerade sig själv som Gud i människornas värld. (Jämför Gamla Testamentets gud).

”För att nå Gud fanns bara ett problem: 'Du är en människa med en själ. Denna själ måste aktiveras eller sona för att du ska bli frälst. Frälsningen ger dig evigt liv i Guds kungarike.' Utan att vid den tiden förstå bättre, fann sig människorna i Anus hemgjorda lag. De flesta gör det ännu. Så kom det sig också att naturens andar drog sig tillbaka, steg för steg. Resten vet ni.”

”Det där var ny historia!” utbrast Lydia häpet.

”Finns det inget hopp för oss - jag menar människorna?” stammade jag förskräckt.

”Nu är den tid när 11 000 års fångenskap är på väg mot sin upplösning!” Moder Jord smålog uppmuntrande. ”Vi får återkomma till detta vid ett senare tillfälle, för jag tror det är dags för nästa besök i naturandarnas värld. Ju mer ni får veta, ju mer förstår ni. Det gäller även magi, naturens svindlande, ofattbara och gränslösa magi. Jag tänker låta er hoppa över en klyfta, ända tills för 30 000 år sen. Då fanns det också människor, primitiva, men dock med en viss kultur. Seså, iväg med er nu!”

10. Neanderthalare, indianfolk och naturväsen för 30 000 år sedan

Och den magiska dörren öppnades. Hand i hand flöt vi ut i en dimma, där små skimrande ljusstrålar lekte tafatt med varandra som guppyfiskar i ett akvarium. När dimman skingrades stod vi återigen på en blommande äng, en ljuvligt färgglad, doftande äng.

I sommarens första sjungande vindar
visades mig en vindlande stig
mitt på en äng där dimslöjor lindar
daggpärlesmycken om dig och mig!

sjöng jag och lade armen om Lydias axlar. Det här "spelet" började bli hemtamt nu och den vindlande stigen fanns under våra fötter. Bakom oss ruvade mörka fjäll med toppar av vispgrädde och framför oss låg en kuperad slätt. Dit ledde stigen. Landskapets romantiska stämning, alla blommor som jag inte ens visste namnen på och de avlägsna fjällen som speglade sig i lika avlägsna blåklintsblå sjöar gjorde mig uppsluppen som en tioåring som fick gå på cirkus för första gången. Naturväsen svävade som lätta ljusa skyar och utförde sina akrobatiska kullerbyttor och höjdhopp över hela ängen, utan att låtsas om oss.

Men det var framåt vår lilla grupp snabbt rörde sig, fram mot den kuperade slätten, där människor förflyttade sig mellan mycket enkla ovala hyddor, omringade av stenar.

"Kan vara neanderthalare", flåsade Lydia i mitt öra, "eller både homo sapiens och neanderthalare. Det var ungefär för 30 000 år sedan som de båda arterna beblandade sig och neanderthalarna så småningom dog ut. Då byggde de ovala hyddor med tak av grenar och skinn på golvet. De började klä sig i hudar och jag ser att flera har skinnkläder. Undras om de har kontakt med naturens väsen därborta på ängen."

Det skulle vi snart få veta på ett handgripligt sätt. När vi kom inom synhåll för byfolket såg vi hur de pekade på oss och grupperade sig i försvarsställningar. Snart började stenar och stenpilar vina mot oss och Balthori stannade till och höjde handen i en avvärjande gest. Stenkastningen upphörde, men vi kände ett avvaktande hot från byfolket.

"Jag går fram och talar med dem på deras eget språk", föreslog Balt. Vi var nu nära människorna, kanske bara några meter ifrån dem. Deras ansikten var mörka och en del såg vildsinta ut, andra betedde sig lugnare. Det verkade som om det var två olika raser. De mera apliknande, som dock gick upprätt, var oerhört fula. De andra påminde om nutidens människor, jag skulle vilja kalla dem indianliknande. De hade en stolt hållning och vackra ansikten med nobelt krökta näsor. De rörde sig smidigt med nästan dansande steg. De försökte lugna ner sina vildsinta bröder och hindra dem från att kasta fler stenar.

Balthori gick emot dem småleende, med lugna steg och ena handen uppsträckt som ett fredstecken. En av de indianliknande lösgjorde sig från hopen och kom emot honom. Jag höll andan. Som vanligt nöp Lydia hårt i mig och jag kvävde ett skrik. Bakom den indianlike gick en av de hotfulla. Han var oerhört ful. Han liknade en apa men gick upprätt med vaggande gång och med stenvapen i båda händerna. Vapnen såg ut som stenyxor och jag tänkte att jag inte gärna ville ha ett hugg av en sådan.

Den indianlike var välvuxen med rakt svart hår, blixtrande mörka ögon och välformad, något böjd näsa. Munnen var fyllig och vacker. Han hade bundit in fjädrar i håret och var klädd i ett skinn som gick över ena axeln ner till knäna. Den andra axeln var bar. Runt midjan hade han ett bälte av skinn. Han såg ut och uppförde sig som någon slags hövding. Han smålog mot oss.

"Vi är vänner från en annan värld", förklarade Balthori när den indianlike stod framför honom. "Vi är här för att få veta vilka relationer ni har till naturandarna. Är de era vänner, kan ni tala med dem?"

Hövdingen öppnade munnen för att säga något men infödingen bakom honom vände sig om, gjorde ett tecken till sitt folk och så började stenkriget igen. Eftersom vi var osårbara studsade stenvapnen bara mot oss och vi stod kvar alldeles stilla. Jag försökte huka mig men Lydia tecknade åt mig att stå rak. Det var väldigt obehagligt i stenregnet, även om vi inte kände någonting. Stenarna studsade tätt mot huvud, ansikte och kropp och värst var det förstås för huvudet. Det gjorde inte ont, men eftersom det borde ha gjort väldigt ont och eftersom vi borde ligga blödande på marken vid det här laget, kände jag en blandning av skräck och vrede. Balt ropade något åt hövdingen och denne vände sig om och skrek åt bråkstakarna att genast sluta sitt stenkrig.

"Tidvis är vi vänner med naturandarna", berättade hövdingen sedan vildingarna hade lugnat ner sig. De satt på marken och glodde på oss med ovänliga ögon, men de som liknade indianer närmade sig oss försiktigt och småleende.

"Tidvis blir de förargade på en del av byborna. Vi är två släkten som beslutat att bo tillsammans och kämpa mot odjuren som finns runtomkring. Vi själva tycker inte om dödande utan urskillnad. Vi jagar djur till föda, inte av något annat skäl. Våra fränder här tävlar i dödande. De är rädda för naturens väsen och vill helst inte ha något att göra med dem. Samtidigt finns det problem som vi behöver lösa tillsammans."

"Vilka naturväsen har ni här mer än de vi har sett på ängsmarken?" frågade jag.

"Hela skogen är full av dem", svarade hövdingen. "Vi kommer inte in i skogen, de har härar av krigslystna dvärgar och andra underliga väsen. Vi har funnit oss i detta och håller oss på slätten här. Jag varnar er för att gå in i skogen. Det kan aldrig leda till något annat än fientlighet, och vilda djur finns det gott om där. Vi kan bara jaga dem som betar på slätterna häromkring." Han pekade på hjortdjur och andra mindre djur som höll sig på avstånd från byn. "Jag skulle råda er att återvända därifrån ni kom innan nästa stenregn ger er nya obehag."

Han log ett kort leende, svängde om och vandrade tillbaka till hyddorna. Vi fick lömska blickar från de apliknande och med en suck tog vi varandras händer. Det var nog bäst att försvinna. Vi hade i alla fall fått svar på vår fråga.

11. Flickan och faunen visar oss runt

”Det var en snabb visit”, konstaterade Moder Jord när vi var tillbaka i hennes grotta. Vi berättade vad som hänt och hon nickade allvarligt.

”Jag anade att det skulle bli en kort resa den här gången, men den skadade er inte”, fortsatte hon. ”Ni måste skaffa er olika synpunkter på det här med naturens väsen. Som ni ser arbetar naturandarna oberoende av människan i hela naturen. De till och med försvarar sig mot illasinnat byfolk. Dvärgarna är riktiga baddare på att kriga, men det har ni väl förstått när ni besökte Vrangs domäner. Nu är det någon annan som väntar på er på en helt annan plats. Om ni tycker att det är konstigt att ni begriper vad alla ni möter säger, så är det jag som har ordnat det. Ni kan inte ta reda på saker utan att förstå dem ni träffar.”

Det var snabba ryck i omställningarna. Vi surfade på vindvågorna genom en ny ljusgrön dimma och hamnade på ändan i ett nytt landskap. Våra ändalykter sa ”tjong” och vi tittade skrattande på varandra och sedan runt omkring oss.

Ett litet barn var det första vi såg. En söt liten flicka med mörk hy och stora bruna ögon. Hennes hår ringlade sig i kolsvarta lockar långt ner på ryggen. Hon var klädd i en kort skjorta av oblekt lärft. Hon höll någon eller något i handen. Det såg ut som en faun. Kunde det vara en docka? Nej, den levde och rörde sig. Den var lika ljus som flickan var mörk. En livslevande faun! Den hade bockfötter och svans och små horn i pannan, men såg i övrigt ut som en människa. Ansiktet var tunt och hakan spetsig och öronen slutade i en liten tofs, men intrycket var faktiskt mänskligt. Det måste vara en väldigt ung faun, tänkte jag, faktiskt ett faunbarn.

”Vad är ni för ena?” frågade barnet. Vi tittade oss omkring. Det enda vi såg var sand, några palmer nära oss och djupblått vatten lite längre bort. Någon slags strand måste det här vara, tänkte jag. Det var Thesa som svarade barnet.

”Vi är besökare från en annan värld”, sa hon med sitt stora, vackra leende. ”Vi är snälla, varken du eller din lillebror behöver vara rädda för oss.”

Flickan höll en livs levande faun i handen.

”Det är inte min lillebror”, sa flickan argt. ”Det är min bästa vän Sim.”

”Vi har kommit hit för att hälsa på fauner och andra naturväsen”, sa Balthori. ”Var är vi och var finns de?”

”De finns förstås hemma hos sig”, sa barnet. ”Jag bor hemma hos mig. Där borta!” Hon pekade över hans axel, men vi såg bara sanddyner.

”Vad är det här för tid?” undrade Lydia. Nu var det barnets tur att le.

”Det är NU”, svarade hon förtjust. ”Det är nu och ni kan få komma med mig hem. Följ med oss!” Hon vände om och började springa bort mot en sanddyn tillsammans med faunen, som skuttade i en slags galoppliknande språng vid hennes sida utan att släppa hennes hand.

”Här är i alla fall en unge med ett naturväsen”, kommenterade jag. ”Är det inte bäst vi följer med så att vi förstår vilken tid vi hamnat i och var vi är?”

Flickan var redan långt framför oss, så vi satte fart över dynerna. Håret och linnet fladdrade i kapp medan hon då och då vände sig om för att se om vi kom efter. Där växte palmer, i början ganska glest, sedan tätare så att de bildade en dunge där flickungen försvann, fortfarande hand i hand med faunen. Han vände sig om innan de dök in bland palmerna och hans leende gick från öra till öra. Det var inte ovänligt i alla fall, tänkte jag när vi dök efter där vi trodde att det märkliga paret försvunnit.

En glimt av den ljusa skjortan flaxade runt en brunn som plötsligt uppenbarade sig. Vi måste vara i närheten av en bosättning, för palmerna och den övriga växtligheten glesnade.

När vi kom fram till brunnen stod faunen där, men flickan var borta. Hans breda leende och hans lilla vinkande hand talade om vart vi skulle gå. Det dröjde inte mer än ett par minuter så befann vi oss i en by. En annorlunda by.

Husen var sammanbyggda och utgjorde långa rader som stod nära varandra, avskilda genom en smal väg. De var byggda av någon slags sten, rödaktig till färgen. Alla hade runda, låga skorstenar och ur några vällde en blåaktig rök ut. Faunen vinkade och log och plötsligt var vi omringade av naturväsen som såg ut ungefär som han.

”Är det ni som bor här?” frågade Lydia. Faunen skakade så våldsamt på huvudet att de vitgröna hårstråna blåste omkring av sin egen storm. Det här var alltså den mörkögda människoflickans by. Hon stod i den låga dörren på ett av husen och vinkade åt oss med båda händerna.

”Binbin vill att ni titta’ på hennes hus”, förklarade faunen, fortfarande brett leende. ”Sen ni titta på naturväsens hus.” Han hade en lätt brytning, men talade tydligt. Han flög iväg till flickan och hakade ihop sin hand med hennes igen. Vi följde tätt efter honom. En lång svans av naturväsen följde efter oss. De stannade utanför huset och vi hukade oss för att komma in genom dörröppningen. Vi stannade förvånade innanför dörren.

Det var ett stort rum vi kom in i. Det var ett väldigt stort rum och där fanns allt. Det var högt i tak med ett hål i mitten. Upp till hålet gick ett rör som tycktes vara ett kaminrör, för det kom från den öppna eldstaden. Den i sin tur var ”bäddad” med flata stenar, som var placerade i en ring. Det var förmodligen där maten lagades.

Det stod åtminstone ett tiotal sängar, eller snarare bäddar, längs den ena väggen. Längs den andra väggen löpte ett bord med bänkar. Vi stod på ett hårt packat lergolv, täckt med löv och mossa. Det var mjukt att gå på och det doftade skog. Binbin gestikulerade vilt åt oss att sätta oss vid det långa träbordet och själv satte hon sig med faunen mitt emot oss. Just som jag tänkte börja ställa en massa frågor om var vi var, vilken tid det var och hur allting funkade, så satte Binbin ett finger för munnen och visade tydligt att vi måste vara tysta.

In genom dörren kom vad som förmodligen var hennes familj. Först kom två vuxna människor, långa, smärta, vackra och glada, och sedan en massa barn som liknade Binbin. Sist kom ett äldre par med ärevördigt utseende. Alla bar blommor i famnen och de placerade dessa blommor i ett vackert mönster på långbordet. Inget stoj, inget bråk, bara tysta, leende ansikten.

En ung man som jag antog var Binbins pappa tog fram ett egendomligt instrument som föreföll vara ett mellanting av fiol och harpa, hur konstigt det än låter. Han började spela med hjälp av en kort, ganska tjock stråke, förmodligen gjord av en trädgren. Halva instrumentet var tydligen avsett för stråken och andra halvan bestod av strängar som han emellanåt knäppte på. Han spelade och det var en tjusande musik. Den sjöng sin egen sång som först sakta, i staccato, klättrade uppför de nakna väggarna. Sedan, ungefär när den kommit uppför halva väggen, flöt den ut i harpoliknande toner.

Melodin stegrades och blev till en sång, ett rop, en fullkomligt outhärdligt vacker kaskad av toner, som liksom bildade en väv runt hela taket som sakta tätnade och blev till en gnistrande rök som simmade ut genom skorstenen. När varje ton försvunnit - och det tog en avsevärd stund - brast sällskapet omkring bordet ut i jubel. Vi besökare satt lamslagna. Lydia och jag hade aldrig varit med om något liknande, tydligen inte heller alverna.

”Fint va’?” frågade Binbin muntert och så kom kramarna. Hon och faunen började, sen kom alla de andra. Vi kunde inte resa oss upp, inte göra ett dugg mer än låta oss kramas. Jag kunde höra Lydias förtjusta fnitter medan jag själv befann mig mitt inne i omfamningen från flera små barn som skrattade och klappade mig på kinderna och pussade mig på näsan. Jag var nyfiken på Balthoris reaktion. Hur tog han det här? När skaran av ungar glesnade för att ge plats åt det äldre paret såg jag att Balt såg riktigt uppspelt ut. Sedan trycktes jag intill en något voluminösare barm än den föregående och såg in i ett par märkliga ögon och ett vackert gammalt ansikte omramat av silvervitt hår.

”Främlingar!” viskade kvinnan mitt i kramen. Sedan vände hon sig till vår lilla grupp. ”Ni är välkomna till det fragment som återstår av världens äldsta och högsta kultur efter den sista istiden. Vi har skapat vår välfärd i samfälld kärlek och omsorg. Det här landet kallas Ryssland och platsen Sibirien i den tid som ni kommer ifrån. Vi har blivit aviserade om er ankomst.”

”Så ... så vi befinner oss strax efter sista istiden?” stammade Lydia häpen. Kvinnan nickade med ett mjukt småleende på läpparna.

”Ja, längre har vi inte kommit rent praktiskt”, svarade hon. ”Men även om vårt boende har förändrats, så har vi bevarat många av de urgamla hemligheter som er tids människor kommer att bli så lystna på. De kommer i dagen när det onda greppet om mänskligheten släpper. Den här byn har min make och jag skapat som en förebild för hur liv i de enklaste yttre former kan växa till en enorm inre styrka och visdom. Våra förfäders palats är inte så viktiga längre. Vi behöver bara våra inre helgedomar i den här byn.”

”Men ... men ”, stammade jag, ”hur är det med naturens väsen? Tolererar ni varandra? Är ni vänner? Samarbetar ni?”

”Även om vi bor i olika byar och på olika sätt så är vi mycket goda vänner och samarbetar med dem hela tiden. Våra barn är alltid tillsammans, ni såg väl alla naturens små barn härutanför?” Binbin och faunen Sim flög upp från bänken och vinkade åt oss att följa med. En aning omtumlade reste vi oss alla fyra och följde efter barnen.

”Vi serverar mat när ni kommer tillbaka!” ropade den unga kvinna som jag förmodade var Binbins mamma.

”Så många syskon du har”, sa Thesa till Binbin när vi följdes åt in i skogen.

”De flesta har barnhämtarna tagit hit”, svarade flickan. ”Barnhämtarna - det vet ni väl?”

Vi åstadkom ett samfällt nej. Binbin och faunen såg på varandra och flinade förtjusta.

”Barnhämtare hämtar barn”, ropade faunen och tjöt sen av skratt.

”De sänds ut från vår by för att leta efter ensamma barn överallt. Ibland tar de båten och söker på öarna, ibland ser de efter på sophögarna i andra, konstiga byar”, förklarade Binbin i snusförnuftig ton. ”Det finns folk som slänger bort barn. Då hittar vi dem. Inte allihop, men så många vi får tag i.”

Jag visste mycket väl att sådana hemskheter förekom genom tiderna. Jag hade hittills endast förfasat mig över det utan att ta det djupare än alla andra nyheter, men plötsligt insåg jag den oerhörda innebörden i detta. Jag såg att Lydia såg skrämd ut och att en tår trillade nerför hennes kind. Alverna gick framför oss. Säkert bar de sig inte åt som människor, säkert fanns inte sådan ondska bland deras folk. Deras barn var deras klenoder, sa Thesa till oss senare.

Tankarna tystnade som stilla strömmar som rinner ut i en ogrumlad källa. Vi stod inför vår lille fauns by. Det vimlade av folk som jag helst skulle vilja kalla ”sagornas folk”.

12. Kusliga stenbeläten under biblioteket

Kupolformade byggnader skimrade som glas - men de var inte byggda av glas. De hade inga fönster, men de måste vara genomskinliga eftersom vi kunde se både utanpå och inuti på en gång. Jag räknade till femton byggnader, men det fanns även andra, rörformade byggnationer som stack upp här och var mellan de runda. Marken var täckt av blommor i många färger. På grund av byggmaterialets genomskinliga substans blev alltsammans liksom genomstrålat. Det var i sanning en sagoby, som klippt ur Tusen och en natt. Överallt strömmade naturens väsen omkring, stora och små och alla hade vänliga leenden och glada hälsningar till oss. En del var genomskinliga, andra var mer bastanta, en del överjordiskt vackra, andra underjordiskt hiskliga.

”Jaha, jag får väl önska er välkomna hit, då!” hördes en välkänd stämma. När vi vände oss om - eftersom stämman hördes bakom oss - stod Vrang där. Vår gamle bekant Vrang, lika pyramidformad, grönklädd och fysisk som när vi såg honom sist i bergrummen, men med den skillnaden att hans buttra min nu var borta och han gav oss ett strålande småleende, som blottade hans bländvita, spetsiga små tänder.

”Det här är ett bra ställe”, fortsatte han och slog ut händerna i en välkomnande gest. ”Jag såg till att ni hamnade här för att visa er att den perfekta balansen kan finnas mellan människa och naturväsen. Ni förstår, det behövs en särskild sorts människor för att bli vän med naturens andar. Den sortens människor finns inte kvar i er tid, den har inte funnits på väldigt länge. En och annan lever fortfarande på jorden och drömmer om oss. Men de är inte många och de törs inte tala om oss, för då blir de utfrysta och betecknade som skvatt galna.”

”Tack för att du kom, Vrang”, sa Balthori och kramade om mästarsmeden. ”Vi blir ärade om du vill visa oss omkring här.” Dvärgen gick fram till var och en av oss och tog oss högtidligt i hand.

”Moder Jord har bett mig ta hand om er när det behövs”,

erkände han. ”Det behövs nog för ni ska ut på många äventyr där jag kan vara bra att ha.” Sedan vinkade han åt oss att följa efter honom. Jag började fundera på om han var en sorts skyddsängel för änglar. Hans ganska bastanta, päronformade, grönskimrande yttre gav annars intryck av en jordnära naturföreteelse. Han utstrålade en egendomlig, betvingande, auktoritär kraft, som jag senare skulle förstå var ren och oblandad magi. En behaglig doft av tallbarr omgav honom.

När vi kom in i byn - vilket blygsamt ord för denna märkliga, strålande samling hus - upptäckte vi att de runda husen låg i ring med planteringar omkring. Överallt fanns det springbrunnar och små vattensamlingar med vattenfall som gjorde saltomortaler över pärlemorskimrande stenblock. Högst upp på de sprudlande fontänernas vattenstrålar dansade och lekte älvor och andra naturväsen. De lät sig föras ner, skjutsades upp av vattnets kraft och halkade ner en bit igen. Andra åkte rutschkana utför vattenfallen. De hade roligt. Det hade vi också. Här och var såg vi människor, förmodligen från Binbins by. De verkade ha olika ärenden och sprang omkring med bestämda steg. När Vrang såg att jag tittade frågande på dem, sa han:

”Vi ska gå in i ett hus, men vi hinner bara ett. Vi tar biblioteket!”

Lydia och jag såg på varandra. Biblioteket! I en tid som borde vara primitiv, och som säkert var det på andra platser, fanns ett bibliotek. Thesa och Balt vände sig om och blinkade åt oss. För dem kunde detta inte vara så märkvärdigt som för oss. Mitt inne i glaskupolen fanns en spiraltrappa. Hela den runda byggnaden var indelad i bokvåningar. Uppifrån och ner löpte cirkelrunda våningsavsatser, fulla av handskrivna böcker och pergamentliknande rullar. De gick att beskåda och studera med hjälp av gångbanor försedda med räcken som löpte ut och runt från spiraltrappan. Vi stod därnere och glodde tills det snurrade runt i våra arma huvuden. En sådan kultur mitt i Sibiriens urskogar? Nu var det Balt som besvarade våra undringar.

”Detta är böcker och skrifter som bevarats på hemlig plats under jordens katastrofer”, berättade han. ”De lånas aldrig ut, men både naturväsen och människor kan komma hit och läsa dem. Vi har något liknande i vår värld, också det reliker från en för länge sedan svunnen tid.”

På golvet fanns låga bord och sittplatser med dynor och pallar.

Vid närmare beskådande såg jag att både människor och väsen av det märkligaste slag satt här, inbegripna i studier. Jag greps av obetvinglig lust att läsa i något urgammalt dokument och lära mig något nytt om den jord jag lämnat. Det fick jag inte. Vrang visade med en bestämd nick var gränsen gick. Hit, men inte längre.

Jag hade ingen lust att lämna detta fascinerande ställe och jag såg att Lydia tänkte som jag. Om vi skulle göra en kupp? Vi läste varandras tankar och tog varandras händer. Vi gick sist i vårt lilla följe, med Vrang i täten. Han var inbegripen i ett samtal med Balt och Thesa. Han vände sig om, nickade och smålog mot oss. Sedan fortsatte de tre att prata och vi tog chansen.

I ett runt rum finns inga skarpa hörnor eller andra vrår att gömma sig i. Snabbt som tanken prövade jag ifall vi kunde göra oss osynliga. Det gick bra. Då var det bara att smita ner för en av de många trappor som ledde neråt - vart visste vi inte. Men det fick vi snart veta på ett mindre behagligt sätt. Lydia snavade. Trappan var mycket smal och vi gick baklänges för att det inte fanns några trappräcken. Eftersom hon snavade framför mig och mina fötter befann sig nära hennes, följde jag hennes exempel innan jag hann tänka mig för. I en enda hög rullade vi båda utför resten av trappan och blev omtumlade liggande vid dess slut. Eller åtminstone förmodade vi att det var dess slut. Stönande och fräsande försökte Lydia frigöra sig från änglakolossen Jan som hamnat ovanpå henne. Under vanliga mänskliga oanständiga omständigheter hade jag varit mycket road av situationen, men nu var det tyvärr inte så.

”Har jag gjort dig illa?” flåsade jag till det mjuka varma under mina ben.

”Nej, men se dig omkring!” stönade Lydia i det hon försökte göra sig fri från våra inslingrade fortskaffningsmedel. Det hade jag inte tänkt på. Jag hade bara tittat på trappan och på änglaskapelsen under mig. Jag såg mig alltså omkring. Det liknade ett mausoleum och det var det säkert också. Jag såg stenbeläten överallt, svävande, liggande, sittande, stående ... stenbeläten med kalla oseende ögon och förvridna munnar. Under biblioteket fanns alltså en gravplats, så mycket förstod jag. Men den liknade inte en vanlig gravplats, det var då säkert. Det var kusligt därnere. Alla dessa stenfigurer verkade på något ohyggligt sätt levande trots sin orörlighet. Det tycktes som om de förvridna läpparna talade eller skrek med tysta ord, tysta läten, tyst klagan.

Det var ingen ordning bland stenstoderna. De stod, låg, satt och flög nära varandra som en tung här och luften var tung av deras tyngd. Luften var tjock, tät och kväljande. Vi började må illa och jag drog i Lydia för att få med henne uppför trappan igen. Hon föreföll omtöcknad och det undrade jag inte på, odören härnere var vämjelig. Jag lade armen om hennes midja och stödde henne. Förmodligen måste jag bära henne uppför trappan. Jag stirrade på hela den kusliga hären av statyer, det verkade som om den kom närmare. Jag kunde förnimma steg ...

”Vad gör ni härnere?” frågade en ilsken röst. ”Bege er genast härifrån, annars svarar jag inte för vad som kan hända!”

Det var en man som talade, eller snarare en gubbe. Han var tunn och mager, nästan genomskinlig, och ryggen var krökt som under en väldig börda. Huvudet var kalt och några tunna testar av vitt hår hängde från hans haka. Han var en vederstygglig syn, liksom uppstigen ur graven med de stora tomma ögonhålorna riktade på oss. Tomma var de förstås inte, ett par bleka, nästan vita ögon blänkte till därinne.

”Här är dödens boningar och jag är de dödas väktare”, fortsatte han med sin ihåliga, spruckna röst. ”Ni stör oss. Om ni går längre in här kommer ni aldrig tillbaka ...”

När jag alldeles för sent råkade titta på min ring, så blixtrade en eldröd varningsstråle från den som jag inte borde ha missat. Hastigt tittade jag på Lydias hängsmycke och där hände samma sak. En flamma blixtrade till precis som en varningslampa.

Men nu hördes Vrangs klara stämma uppifrån trappan.

”Lydia och Jan, är ni därnere? Kom genast upp, luften därnere är giftig. Skynda er!”

Vi skyndade oss upp utan någon som helst tvekan. Vi snubblade uppför trappan, jag först med ett stadigt grepp om Lydias ena hand.

”Vad hade ni därnere att göra?” frågade Vrangs förvånade röst när vi blinkande och flämtande kom upp i dagsljuset. Det var Lydia som svarade.

”Egentligen inte ett dugg. Vi var helt enkelt nyfikna och ville se lite mer av den här fantastiska byggnaden.”

”Då kunde ni ha bett mig!” snäste Vrang. ”Det är bra att vara nyfiken på rätt ställe. Det är inte det här. Det är jag som har ansvaret för er nu. Se till att finna er i det och vänd er till mig när ni är nyfikna, så ska jag stilla den känslan på ett eller annat sätt. Fler utmaningar följer på den här promenaden!”

13. En häftig upplevelse

Vi teg. Vi följde tysta efter vår sällsamme guide. Det kändes egentligen skönt att inte veta vart vi skulle eller vad som skulle hända. Balt vände sig om och blinkade åt mig medan Thesa tog Lydias arm och bannade henne med skälmen i ögonvrån. Vi fortsatte vår snabba färd genom den ljusa, glammande byn.

Plötsligt stannade Vrang så häftigt att hans spetsiga gröna toppluva svajade. Vi stod framför en glänsande vit byggnad som inte liknade de andra husen.

”Ni ska få träffa och prata med Någon”, sa han dunkelt. Binbin och hennes faun kom springande och sällade sig till oss. Min fråga fastnade på läpparna, det var nog inte läge för nyfikenhet nu.

”Här vill jag vara med”, utropade det glada barnet medan Vrang förmodligen rynkade ögonbrynen, om han hade några, för han höll varnande upp en knotig hand. Han steg in genom det vita valvet och vi travade tätt efter honom. Vad såg vi? Ett stort vitt valv som var självlysande på något sätt. Innanför valvet var det så blått att man måste stanna upp och gnugga sig i ögonen. Valv, intensivt blått ... och sedan?

Först kunde jag inte urskilja något, eftersom den blå luften var föränderlig, opaliserande, och därför svår att penetrera vid första anblicken. Vrang gjorde en cirkelformad rörelse med händerna och plötsligt var utsikten glasklar. Innanför valv brukar komma dörrar, brukar komma rum. Inte här. Vi stod på en slags höjd. (Man kan inte tala om berg eller klippa inomhus, eller hur?) Vi var inomhus och ändå kändes det oändligt. Det måste vara någon slags optisk villa eller hallucination, tänkte jag. Inne blev till ute ... eller? Vad vi såg, vad vi stod inför, kunde dock inte vara en villfarelse.

Nedanför oss var ett landskap. Mjuka gröna och blomstrande växter omslöt ett litet vattenfall, varifrån en muntert plaskande bäck ringlade sig mot oss och försvann under en kant av vårt ”berg”. Ett myller av djur skuttade omkring på båda sidor om bäcken och silverglänsande fiskstjärtar slog volter i vattenfallet. Jag såg vargar och björnar, järvar, lo, uttrar, bävrar, rävar och hjortdjur. Jag såg fåglar, stora och små, som svingade sig runt den man som stod mitt i bäcken och skrattande försökt fånga sina flygande vänner.

Naturguden Pan, växternas och djurens beskyddare.

Det var en mycket lång man, pälsklädd ända upp till halsen. Hans mörka lockar avslöjade två små horn i pannan - mycket små, men dock horn. Hans breda, leende ansikte visade en lång rad jämna vita tänder. Hans mörka, skiftande ögon liknade eldgnistor, men hela mannen utstrålade kärlek. Jag har aldrig känt eller upplevt så mycket kärlek i en enda varelse men denna kärlek var också förenad med en enorm styrka och kraft, en viss stränghet och omutlig rättvisa. Hans händer var människolika, hans fötter var kraftiga och utdragna som hos en schimpans.

Det var Pan. Jag har alltid velat träffa Pan i hans naturliga omgivning. Jag har alltid beundrat naturguden med sin enastående, allomfattande uppgift och gåva: att värna om den underbara naturen med det sällsamt skiftande djurliv som påstås endast finns på vår jord. Denna skrattande varelse som sjöd av liv och kraft såg precis ut som jag hade föreställt mig honom.

Han vinkade till oss att komma ner till honom. Plötsligt uppenbarade sig en grön trappa framför oss. Jag tänkte att vi skulle se ut som myror bredvid honom, men när vi gått nerför trappan stod han där, lite längre än jag, lite längre än Balthori, kanske lite mer än två meter. En efter en tog han oss i famn. Hans famntag var varmt och kärleksfullt på ett sätt så att man kände hur hela kroppen fylldes av sjudande energi.

"Vänner ifrån andra världar i min värld!" utropade han sedan och bjöd oss att sitta ner på en samling platta stenar vid stranden av bäcken. "Jag vet ert ärende och jag ber er lyssna på några ord från Fadershuset."

"Vi lyssnar!" Jag vågade upplåta min stämma inför denna strålande, underbara varelse. Balt tittade på mig och smålog. Kanske jag hade svävat på målet. Det gör man nog när man möter någon som man har drömt om hela livet. "Vilket Fadershus menar du?"

"Det finns bara ett, Jan!" Hans min var både allvarsam och spjuveraktig. "Vi tillhör samma Fadershus i grunden. Mullen på jorden och allt som växer på den och hela den blandade vilda, tama och oerhörda faunan och floran tillhör Fadershuset, Första Källans hemvist. Ni befinner er på gränsen till ett annat universum och i detta andra universum ligger Fadershuset. När jorden höjer sin medvetenhet tänjs gränserna och vi siktar på att de når ända dit. Så är det siat i tidernas begynnelse och så ska det bli."

"Om vi inte förstör alla våra chanser innan vi kommer så långt", muttrade jag, eftersom jag visste att jordens nuvarande läge var och är mycket dystert. "Om vi inte redan hunnit utrota alla djurarter och förgiftat hela mänskligheten."

"Det vore inte en dag för tidigt att någonting oerhört sker!" mullrade Pan, men spjuvern syntes fortfarande i hans ögon. "Ni har ställt till det för er på jorden. Ni anar inte hur många vakande ögon som väntar på det sista steget som visar att nu är det dags. Ni har förstört era chanser - men inte alla. Du har sett att naturens väsen och människorna samarbetade ganska bra i början på jordens bana. Sen gick det utför, men det finns mellanperioder när vi accepterades och kunde vara synliga för människoögat - åtminstone för en del."

"Det är sådana vi ska besöka", inflikade Thesa småleende.

"Ja, de andra är meningslöst att titta på", tillade Balt.

"Men det finns alltid människor som tvivlar. Tvivel är den svages bästa stöd."

”Jag tänker skicka er till några kända perioder nu”, berättade Pan. ”När ni sett allt som Moder Jord har bestämt att ni ska se så ska vi talas vid igen. Jan ska förmedla detta till jorden i en nutid som riskerar att bli till aska och vatten. När broder står mot broder, far mot son, moder mot döttrar och tro mot tro är det dags att inte bara tänka utan också att handla. Det gäller inte bara den yttre miljön utan i minst lika hög grad den inre. Seså, nog pratat för den här gången, vi har bråttom!”

Återigen växte Pan i höjden och bäcken blev till en flod där undinerna dansade och dolde alltsammans med sina slöjor av fradga och dis. En slöjvägg, utanför vilken endast vi fyra fanns kvar, Balt, Thesa, Lydia och jag. Runt omkring oss mullrade det och fräste - men bara en kort stund. Vi fortsatte med vår vandring i historien.

14. De irländska druidernas samverkan med naturandar

Borta var Pan och undinerna. Framför oss reste väldiga ekar sina lövomsusade kronor mot en blå och molnfri himmel. Ekarnas rötter var som mäktiga urdjur som kröp i den gräsbevuxna marken och de raka, kraftiga stammarna var som pelare. Mellan träden bildades en glänta, så högtidlig att den kunde ha varit en kyrksal. På sätt och vis var den också det: druidernas kyrksal.

En stenbumling av ansenlig storlek, avlång och flat på ovansidan, tjänade tydligen som ett altare. Jag ryste lite grann, för jag hade läst någonstans att druiderna offrade människor och stenen liknade ett offeraltare.

"Nej Janne, du har fel. De offrade djur och blommor och grönsaker, men inte människor. Det förekom visserligen människooffer hos kelterna, men då var inte de irländska druiderna med. Kelter och druider blir ofta förväxlade." Det var förstås Lydia-historikern som visade sina kunskaper igen.

Runt stenaltaret stod flera män och ett par kvinnor. På altaret lades ett barn. Jag stirrade förskräckt. Hade Lydia fel? Vad tänkte de göra med barnet? Det var en tre- eller fyraårig gosse som föreföll sova. En av kvinnorna, förmodligen barnets mor, böjde sig över det och strök dess panna. En lång man i druidernas vita mantel och egendomliga huvudbonad höll i en kvist.

"Det här är en procedur för läkning", sa Balt. "Mannen där håller i en kvist som är invigd genom en helig procedur. Den ska göra barnet friskt."

"Men vad har det med naturandarna att göra?" frågade jag.

"Druiderna använder naturandarnas kunskaper till de flesta av sina ritualer", smålog Balt. "Det visste du väl inte? Vi samarbetade med druiderna ända tills deras kunskaper och inflytande avtog. De var kungars rådgivare och magiker med enorma kunskaper."

Barnet på stenhällen rörde på sig, slog upp ögonen och gnydde. Modern slog ihop sina händer, lyste upp av glädje och tänkte bära bort sin telning. Den länge mannen gjorde en avvärjande rörelse och två av de vitklädda männen som stod där förde milt bort henne från altaret. Nu skedde märkliga saker. Osynliga stod vi där och bevittnade ett mirakel ... eller? Barnet hade åter slutit ögonen. Den länge mannen med kvisten höjde den över barnets huvud och gjorde både cirklar och tecken i luften.

”Kvisten är verbena”, viskade Lydia. Jag visste att verbena var en läkeört men inte mera. ”Järnört alltså”, viskade Lydia igen. Jag vet inte om man hörs när man är osynlig, men försiktighet skadar inte. Det hände spännande saker vid den flata stenen. Ett vitt ljus uppträdde plötsligt omkring den långe druiden och barnet på stenen. Det var som om en jättelik ficklampa hade tänts och belyste sitt mål - men skenet var mjukt och svävande och föreföll leva sitt eget mystiska liv. Den långe druiden arbetade hela tiden med verbenakvisten och skenet flackade omkring dem. Det var som om en alldeles säregen stämning hade gripit oss alla åskådare, synliga och osynliga. Det var som en andakt mitt ute i denna grönskande eklund.

Det vita skenet dallrade och synliga vågor och tunna gestalter, svåra att urskilja, rörde sig inuti det. Gestalterna böjde sig över gossebarnet, varefter de försvann och skenet började fräsa. Det formade sig till en stråle som dök ner i pojkens mage, varefter det fräste till ännu häftigare och sköt upp som en raket, upp mot det nattliga himlavalvets blåsvarta kupol. Det var en märklig syn. En ännu märkligare var att den lille pojken på altaret öppnade ögonen, smålog, reste sig på armbågen och högt och tydligt sa:

”Varför är jag här? Var är min mor?”

Vi såg den överlyckliga modern rusa fram och lyfta upp sin son i famnen. Den långe druiden drog sig tyst tillbaka i skuggorna och kvinnan sökte efter honom utan att finna honom. Vid altaret fanns bara hon och barnet - och vi fyra förstås. Men vi syntes ju inte.

”Jag trodde att druiderna hade annat för sig på stenen”, viskade jag.

”Det fanns tider när de keltiska druiderna missbrukade sina gåvor och offrade människor. Det gjorde aldrig de irländska”, svarade Balt. ”Vi befinner oss på Irland nu.”

”Den här sortens helande har jag aldrig läst om”, inföll Lydia. ”Det är inte allt som står i böcker.”

”Ni såg naturandarna som medverkade i skenet”, sa Thesa. ”Det som skedde var mycket hemligt och hör till den magi som gick i arv hos vissa druider och som det inte talades högt om. Pojken skulle räddas ur dödens käftar - han var nämligen mycket nära att dö i en farlig sjukdom. Ni har sett någonting som ingen annan har fått se. Men inte långt efter detta började det gå snett med samarbetet mellan druider och naturväsen. Den druid som följde efter den som ni såg var väldigt maktlysten och började använda de hemliga krafterna på fel människor och i fel situationer."

"Naturandarna ville inte utnyttjas på det sättet. Efterträdaren botade för att få ekonomiskt välstånd och berömmelse", fortsatte Balt. "Den hemliga kunskapen utplånades i druidernas minnen och ingen mindes snart att den existerat. Därför finns ingenting upptecknat om den."

"Och vad händer nu?" frågade jag. Balt log och den välkända dimman omvälvde oss. Efter ett ögonblick stod vi hos Moder Jord i den gröna grottan. Vi berättade för henne om det som hänt sedan vi sist var där och hon lyssnade leende.

"Vad har ni dragit för slutsatser av era utflykter?" frågade hon när vi tystnade.

"Naturens väsen fanns faktiskt under druidernas tid på Irland, men sen har vi inte hunnit längre", svarade jag.

"Det har varit stora hopp i tiden mellan våra besök", tillade Lydia. "Det måste finnas mellanperioder när naturandarna hållit sig osynliga. Eller har de kanske ensamma regerat på jorden?" Moder Jord nickade.

"Jag tänker skicka er till en sådan period", sa hon och jag misstog mig väl inte när jag såg en spjuveraktig glimt i hennes ögon? "Ni ska få se lite mer av dvärgarna, och Vrang kommer att ta väl hand om er."

Hon öppnade dörren till nästa titthål och vi gick förväntansfullt ut i dimman. Jag vände mig om och såg Moder Jord stå kvar i dörren och hon log ett brett leende, på gränsen till ett skratt. Vad skulle egentligen hända? Lydia drog mig med sig tätt efter vårt kära alvpar.

15. Krigstillståndet får sin upplösning i dvärgriket

Plötsligt ljusnade det och dimman lättade. Vi befann oss på en kuperad slätt, övervuxen med blommande ljung. Med utsträckta armar stod Vrang där som en glad julgran.

”Så mycket ljung finns bara i Skottland!” utropade Lydia.

”Ja visst! Kära vänner, hjärtligt välkomna till Skottland!” svarade vår dvärgavän. ”Eller rättare sagt vad som sedermera blev Skottland. Om ni undrar när så är det i en av de tidsluckor ni nu befinner er, när vi dvärgar härskade över delar av jorden och människorna var få och existerade på annat håll. Vi frågade inte efter dem och de frågade inte efter oss.”

”Var det ett helt synligt, fungerande dvärgarike?” frågade jag.

”Jajamänsan, gode skald, det var precis vad det var, många riken under flera tusen år. Och om ni nu håller er till mig och inte gör några egna obetänkta utflykter så ska ni få uppleva ett äkta dvärgakrig.” Vrang gjorde en min av stor förtjusning. Det här var minsann inte vardagsmat för änglar eller ens för alver. Han skulle bjuda oss på något enastående.

”Varför krigade dvärgarna?” undrade Lydia. ”Det vi fick se från dvärgarnas verksamhet i bergen tydde inte på att de krigade, bara att de var skickliga vapensmeder.”

”Jag vet faktiskt att jorden var bebodd av dvärgar vissa tider och att det fanns flera herradömen under olika dvärghärskare”, sa Balt.

”Javisst”, avbröt Vrang ivrigt, ”och dessa var alldeles för ofta osams. Det kunde vara att någon härskare ville ha mark av sin granne eller att sämjan hade brutits på grund av skäl som herrarna på ett enkelt sätt hade kunnat reda ut sinsemellan. På sätt och vis gillade man att kriga. Dvärgarnas riken var på väg att bli överbefolkade.”

”Jag trodde att det rådde välstånd i dvärgarikena”, invände Thesa. ”Ni var kunniga i och skickliga på att ta reda på naturens gåvor.”

”En del riken blomstrade”, nickade Vrang. ”Andra bråkade. Vi ska ta oss en titt på ett par länder som hade fullt sjå med att hålla fred. Vi kanske hinner titta på ett bördigt, fridsamt rike också. Följ med mig!"

Att följa med Vrang var att ta varandras händer och glida som på långfärdsskridskor över gräs och tuvor. Det gällde att hänga med! Lydia och jag gav varandra roade ögonkast när det rullade på i svängningarna. Under tiden förändrades landskapet. Vi lämnade den enorma slätten där vi landat och "reste" nu fram mot en stadsmur, som grå och stålblank plötsligt hindrade oss från att komma vidare. Den såg faktiskt hotfull ut.

"Jag nekas inte att komma in, jag har fri lejd överallt", förkunnade Vrang. "Det gäller att få in er, men jag kallar er för släktingar så går det nog bra." En port i muren, som jag inte såg först eftersom den var dold i det vertikala randmönstret på muren, öppnades när Vrang ringde i en liten klocka. En barsk dvärg stack ut sin långa näsa genom dörren och granskade oss ingående. Vrangs min var högdragen och bestämd och dvärgen öppnade porten så att vi kunde slinka in - men inte mer. När jag vände mig om uppfattade jag en hop med dvärgfolk som trängdes bakom oss och försökte smita in. Det lyckades inte för någon. Den långnästa dvärgen räknade in oss som om vi vore får och sedan försvann han in i en liten vakthytt i muren.

Vi befann oss på en kullerstensbelagd gata. Små stenhus kantade gatan. Det var inte många dvärgar ute, men en och annan rusade förbi oss, utan att ens titta på oss. Vrang tycktes hitta och ledde oss med fast och beslutsam min in på ett vimmel av smågator, tills vi äntligen stannade framför ett stort hus med torn. Det liknade en medeltida borg. Där gick vi in.

En lång ängel som jag hade svårt att gå genom dörrarna och visserligen kunde jag stå rak i rummen, men det var inte mer. Det var lättare för det övriga gänget, ingen av dem var som jag, en och nittiofem i strumplästen. Vi passerade rum efter rum, alla klädda med trä och med målningar eller vapen på väggarna och rustningar prydligt upphängda i rader. En och annan dvärg höll på med olika sysslor och vi hälsade vänligt på dem. Vi fick bara buttra miner tillbaka. Till slut stannade vi framför ett par dubbeldörrar och jag hukade mig förväntansfullt.

"Här bor härskaren, eller om ni så vill, kungen", förkunnade Vrang och öppnade raskt dörrarna med en smäll. Salen innanför var väldigt stor, ja alldeles kolossalt stor även ur mänsklig synpunkt. Den var högre i tak än de andra rummen, så detta måste vara en utbyggnad. Ett långbord stod mitt i salen och allra längst bort fanns en estrad med fyra tronstolar. Ett sällskap satt vid bordets ena kortsida och åt och drack. Det var ett muntert sällskap, det pratades och sjöngs och man skålade och skrålade och vrålade. Vi gick fram dit.

En äldre dvärg med grått skägg ända ner till knäna for upp som skjuten ur en kanon när han såg Vrang. Vår toppige vän fick en bamsekram och blev nästan kvävd av det grå skägget som snodde sig om honom. Jag trodde att det var kungen, ty under hår och skägg skymtade oskattbara juveler, och bältet kring hans mage (någon midja kunde jag inte se) var besatt med ädelstenar.

”Tänka sig att få besök av min äldsta vän en sån här dag!” suckade den långskäggige. ”Nu är min son kung i vårt rike och han har handlat tvärtemot min vilja. I morgon bitti ska vi kriga, och det så fort vår goda sol lyft näsan över bergskanten.”

”Käre Alonsio, bestämmer du inte längre över riket?” frågade Vrang och klappade bekymrat den gamle kungen på axeln. ”Jag som har tagit med mig två vänner från änglarnas riken och två vänner från alvernas rike. Vad säger du om det?”

Alonsio kom fram till oss och tryckte hjärtligt våra händer. Jag tyckte genast om den gamle kungen. Han var majestätisk, men han hade ett gott och vänligt leende och han utstrålade visdom och fryntlighet. Från bordet hördes skrål och en dvärgflicka började stampa och trampa i en yster dans ovanpå bordet, så bägare skvätte omkring och träfat med mat spreds ut över golvet. Alonsio suckade och skakade på huvudet.

”När jag var roy över Ashamarra fick sådant där inte förekomma”, sa han bedrövat. ”När min älskade drottning dog höll jag på att förgås av sorg och min son tog över styret. Det skulle vara tillfälligt, men han släppte inte tyglarna utan tvingade mig att avgå. Jag har ingen hand med honom, det var det hans mor som hade. Han har en hel här med kumpaner och min sorg har gjort mig svag, så jag kan inte försvara mig. Jag är ändå rätteligen landets roy.”

”Men du har väl också många trofasta vänner omkring dig och hela folket älskar dig?” invände Vrang och lade armen om kungens axlar. Tydligen var ”roy” detsamma som kung i landet Ashamarra, tänkte jag.

”Inte så många längre”, suckade den gamle kungen. ”En del sitter i fängelse fastän de ingenting gjort och en del har mördats. En del har bara försvunnit, jag tror de har deporterats mot sin vilja.

Ingenting är som förr och ändå är det inte ett år sedan min älskade hustru begravdes. Folket lever i skräck. De har hotats på alla möjliga sätt. Här är rena terrorn.”

”Du behöver hjälp”, konstaterade Vrang bistert. ”Det ska du få, gamle vän, det ska du sannerligen få. Både änglar och alver är starka, magiska väsen och vi ska nog hitta på något tillsammans!”

Nu upptäckte den stökiga gruppen vid matbordet de nyinkomna gästerna. En ung man som var huvudet längre än Alonsio, kom snabbt fram till oss. Det måste vara hans son, tänkte jag.

Den unge mannen ställde sig framför oss. Han satte händerna i sidorna och frågade burdust:

”Vilka är ni? Jag kan inte minnas att jag har bjudit in så udda personer” ... Han var absolut inte nykter, för han skrattade allt vad han orkade och tog hårdhänt tag i sin gamle fars axel.

”Om han här har bjudit er hit så kan ni räkna er som fiender. Min far är inte bara svag, han är svagsint också och har ingenting att säga till om. Han lallar bara omkring. Nå, vad vill ni?”

”Du känner mycket väl igen mig, Gilo”, svarade Vrang kallt. ”När jag sist såg dig var du en glad och trevlig pojke på tolv år. Vad har hänt med dig?”

”Jo, jag vet nog vem du är”, Gilos ton var arrogant. ”Dina bekanta har ingenting här att göra. Se till att få ut dem härifrån. Du kan väl dricka en öl med min far och prata om gamla tider, men i morgon bitti ska vi kriga och då ska du ha lämnat Ashamarra.”

Det ska vi nog bli fler om, tänkte jag och utbytte ett förstående ögonkast med Lydia. Hon hade ”knäppt igen”, som jag kallade det. Då stelnade hon till och hennes min var både kall och frånvarande. Alvparet stod bakom Vrang och deras miner var ganska bestämda. Bestämda för vad, tänkte jag, men vi var nog eniga om att här behövdes hjälp. Då hov Balt upp sin stämma och den var ganska hög och klar.

”Vi ska lämna ert gästfria hus, junker Gilo! Bekymra er inte om oss. Men vi tar med oss Vrang och er far, så att han inte kommer till skada i ert onödiga krig.”

Med en rask gest svepte han någonting om oss alla sex och vi försvann inför Gilos och hans anhangs häpna ögon. Som en vindpust var vi borta och som en vindpust förflyttades vi till ett torn i ena hörnan av stadsmuren. Plötsligt satt vi alla kring ett runt bord högst uppe i tornet. Vi hade utsikt över stora delar av staden, även över kungens residens. Den gamle royen såg ut genom fönstret och utropade med skälvande stämma:

"Det här tornet har jag låtit bygga som utkikstorn åt mig och min familj. Min son lade beslag på det när min hustru dog och tornet fylldes av vakter. Jag har längtat så efter att få komma hit! Hur har du burit dig åt, Vrang?"

"Vi har drivit bort vakterna, käre Alonsio. De befinner sig på en vinstuga i andra änden av staden tillsammans med Gilos alla härförare! Ingen kommer att vara i stånd att kriga i morgon bitti. Både vin och öl är förtrollat. Jag ska träffa fienden nu och säga återbud till kriget!" Vrang skrattade så att hela han guppade. "De vill inte kriga, det är Gilo som har kommit med en krigsförklaring. Jag ska säga att han har ångrat sig och att den gamle royen Alonsio inom kort återtar sin tron. Sedan gäller det att få ordning på det här stackars misskötta landet."

Vrang försvann lika snabbt som vi nyss hade gjort. Nu var Alonsio ett enda stort och brett leende.

"Så snart han kommer tillbaka ska vi åtgärda fler saker. Mina gamla vänner som ännu är vid liv måste samlas här. Jag gör upp en lista på dem. Jag är säker på att landets alla bönder och hantverkare ställer upp på en revolution mot min son, eftersom han har befallt att alla produkter av folkets arbete ska transporteras direkt till honom. Nöden ute i landet är obeskrivlig. Ett krig skulle utarma oss fullkomligt, lidandet skulle bli fruktansvärt och snart skulle Ashamarra inte längre existera. Då skulle det bara vara att vandra in här och erövra. Jag kan inte förstå att min son inte begriper detta. Han är maktgalen och har fruktansvärt dåliga rådgivare. Han har alltid tyckt för mycket om att leva livets glada dagar."

"Kan inte en revolution mot din son bli väldigt blodig, den också?" frågade Lydia. "Det ena kriget är inte bättre än det andra."

"Jag tror att invånarna här blir så glada när kriget inte blir av och jag går ut och vinkar på balkongen som jag alltid har gjort, så att de helt enkelt buar ut min son. Det blir säkert inget blodbad, snarare ett förnyelse- och reningsbad", svarade royen. Och i det ögonblicket kom Vrang tillbaka.

"Folket hälsar och önskar dig, Alonsio, välkommen tillbaka i din rättmätiga position. Men om du inte genast åter blir roy över landet, utan din son fortsätter sitt tvivelaktiga styre, så kan inte krig undvikas mellan er. En varm hälsning skulle jag speciellt ge dig från din gamle vän Tubas, grannrikets roy. Han kommer och hälsar på dig under fredliga förhållanden när du kommit tillbaka. Hans dotter vore en lämplig hustru åt din son. Hon är stark och vacker och låter sig inte trampas på. Hon skulle säkert få pli på honom."

"Käre Tubas!" Alonsio småskrattade belåtet. "Det var bröllop och inte krig vi hade planerat och så ska det bli med er hjälp, kära vänner!" Han lindade upp sitt långa grå skägg på ena armen och satte sig bekvämt tillrätta i en hög stol, där han hade överblick över utsikten. "Nåå, var ska vi börja?"

"Vi har redan börjat", svarade Vrang. "Jag hittade en av dina gamla vänner i ett gathörn. Han stod och tiggde, din son har tagit ifrån honom allt han äger. Jag hörde mig för om det fanns några kungatrogna kvar i staden och då visade det sig att det är ett ansenligt gäng som träffas hemligen och konspirerar mot din son. De önskar inget högre än att få dig tillbaka. Nu har jag även sett till att vinet och ölet i residenset innehåller sömnmedel, så där kommer det att sovas till långt inpå morgondagen. Under tiden ska vi träffa dina vänner och informera dem om vad som ska göras."

Jag såg en stor rund och klar tår falla nerför kinden på den gamle royen. Han blev mycket generad, torkade den med en guldbroderad näsduk och tog båda Vrangs händer.

"Hur ska jag kunna återgälda dig och dina vänner vad ni gör för mig?" frågade han. Vrang skrattade.

"Vänner ska hjälpa varandra", sa han, "och förresten har vi inte sett slutet på den här historien. Men vi lämnar inte Ashamarra förrän efter bröllopet. Tubas, hans dotter och deras hov kommer ridande i morgon bitti och då blir det bröllop vare sig Gilo vill eller inte."

"Men ... men ingenting är förberett", stammade Alonsio förskräckt. "Ett bröllop och dessutom ett kungligt sådant hos dvärgarna sker med stor pompa och ståt."

"Det kommer inte att saknas pomp och ståt", försäkrade Vrang. "Ditt gamla rum här i tornet är iordninggjort och där är också dina kungliga tillbehör, mantel, krona, kungaringen etc. De enda som inte vet något om detta är din son och hans kumpaner, som sover sött på golvet i tronsalen."

"Det kan inte ha gått så fort", invände royen och tog sig för pannan. "Hur har ni burit er åt? Vi har ju suttit här hela tiden."

Vrang log hemlighetsfullt och utväxlade en blick med Balt och Thesa. Därefter bad han mig och Lydia att följa honom. Någonting hade hänt som gått våra näsor förbi. Vi gick nerför torntrappan och kom in i ett vaktrum. Två vakter satt och sov ruset av sig. Vrang väckte dem burdust. De reste sig förvirrade upp och då sa Vrang i kommenderande ton:

”Royen sitter högst upp. Han ska ledsagas till sitt rum och hans önskningar är er lag. Vem är er roy?”

”Roy Alonsio av Ashamarra!” svarade båda vakterna och gjorde honnör. Jag häpnade.

”Budkavlen om att Alonsio åter regerar landet och att hans son ska gifta sig med grannlandets prinsessa är på väg över hela Ashamarra just nu och folket jublar!” förklarade Vrang. ”Ni änglar är inte så bra på trolleri som vi dvärgar och alverna, men vi ska stanna här och vara med om bröllopet i morgon. Jag har beställt två rum på värdshuset intill residenset. Det måste vara rum i människostorlek åt både änglar och alver. När ni befinner er i era kroppar behöver även ni sömn.”

”Jag säger som Alonsio, det har gått svindlande fort”, sa jag och Lydia nickade bekräftande.

”Jag arbetar med tankens kraft och snabbhet”, svarade Vrang. ”Den förmågan har vitrigon och den har jag använt mig av. Medan syndarna sover vaknar hela riket. Gå nu och lägg er, även ni, så ska vi fröjdas tillsammans i morgon.”

16. Ett kungligt dvärgbröllop med pompa och ståt

Nästa morgon - ja, det måste ha varit nästa morgon - badade rummet i solsken och på sängkanten satt Balt och småskrattade.

”Det var första gången jag såg en ängel sova”, sa han förtjust. ”Damerna sover ännu, men nu börjar det bli dags för bröllop. Eftersom jag trollar så mycket här har jag trollat fram kläder åt oss i människostorlek. Thesa ordnar damernas klänningar. Som du vet lutar dvärgarnas stil åt jordens medeltid, men jag har gjort något annat”.

Jag tittade på honom. Han bar vita sidenbyxor som smet åt som snäva pantalonger nertill. Skjortan var också av vitt, mönstrat siden med krås runt hals och armar. Kavajen var grön med långa skört och broderad med pärlor. Han hade lagt fram likadana byxor och skjorta till mig, men min kavaj var blå. Något så grant hade jag aldrig haft på mig och jag hukade mig förtjust framför den låga spegeln.

Det knackade på dörren. Det var Thesa och Lydia som skred in. Ja, de skred, eftersom de båda hade långa släp på sina vita sidenklänningar. De hade åtsittande västar som var överbroderade med pärlor, Thesas grön och Lydias blå. Balt granskade dem förnöjt.

”Jag kanske skulle byta yrke och bli skräddare!” utropade han och vi skrattade förstås. Det blev uppståndelse på värdshuset när vi kom in i skänkrummet. Dels var vår storlek en sensation, dels vår klädsel. Men alla hade klätt sig så elegant de kunde, alla ville vara med och se en glimt av festligheterna. Värdshusvärden bjöd på utsökt bröd och vin, men vi bad att få något lugnare, så vi fick en god soppa i stället.

Promenaden till residenset var mycket kort - som väl var. Vår klädsel var en aning besvärande. När vi kom in i tronsalen fanns inga spår av gårdagens orgier. Den var smyckad med blommor och det fanns stolar i rader för åskådarna. Vrang omfamnade oss. Han var klädd i en vit, guldbroderad mantel, precis som royen, som redan intagit tronen. Men Alonsio steg ner från den utsirade tronstolen och omfamnade oss, han också.

”Var har ni gjort av Gilo och resten av gänget?” frågade jag.

”Oh, brudgummen ska nog infinna sig i tid”, flinade Vrang. ”Strax kommer royen Tubas och hans dotter Mea. Brudgummen är i goda händer, nämligen hos Alonsios gamle vän Til, som tiggde på gatan i går. I dag har han fått tillbaka sitt hus och sin förmögenhet och han är den som klär brudgummen.”

”Om Gilo protesterar då?” frågade jag.

”Det kan han inte. Han är inte längre roy av Ashamarra. Han står under en förmyndare, nämligen sin far. Hans vänner har deporterats till kolgruvorna i landets norra del. Om han inte lyder får han göra dem sällskap.” Vrangs ögon strålade av spjuveraktighet och han kunde inte undertrycka triumfen i sina ord.

Då öppnades dörrarna till festsalen och Tubas tågade in med sitt hov. Han höll sin vitklädda, pärlglittrande dotter i handen. Det var en vacker dvärgflicka, men hon hade en bestämd mun och haka och stränga, kloka ljusblå ögon. Nu smålog hon emellertid hult och hon och fadern hälsade höviskt på oss alla. De båda royerna omfamnade varandra.

Och nu kom Gilo och hans följeslagare in. Följeslagaren var en gammal man som såg ut att ha lidit mycket. Gilo var klädd som sin far i vita kläder men hade en röd, pärlbroderad tunika. Han såg blek och frånvarande ut. Han tycktes inte känna igen sin blivande brud men blev säkert glatt överraskad av hennes skönhet, för han hälsade oväntat höviskt på henne, bugade och kysste därefter båda hennes händer. I dvärgarnas land fanns inte präster eller religioner. De stod alla under Pans beskydd. Det var Alonsio som skulle viga de unga tu. Jag såg hur lättad han var och vilken lycka han kände över att ha återfått sin tron - tack vare Vrang och Balt. Jag förstod att Gilo på något sätt var hypnotiserad. Kanske det inte är rätt att viga en man som är påverkad av hypnos men nu var det nödvändigt, tänkte jag.

Det blev tyst i salen och Alonsio reste sig upp och vigde de unga tu på dvärgars vis. De hade också seden med att byta ringar. Kanske människornas sed härstammar från dvärgarna? Ringen har ju varit en så viktig juvellänk sedan urminnes tider. Men hos dvärgarna var också musiken viktig. Det fanns särskild bröllopsmusik som band samman det äkta paret för evigt. Den lät väldigt vacker i mina öron, men också sträng. Den förkunnade ett besked som inte gick att ändra på. Det var tunga, urgamla ackord från Vishetens källa som kom det att pirra i magen på mig. Aldrig mer skulle jag få lyssna till dylik musik.

Båda måste ha svarat ja, därför att hela salen började plötsligt jubla. Mitt i jublet ställde sig Vrang framför oss fyra och viskade:

”Nu lämnar vi bröllopet. Vi har gjort vårt, vi måste hem. Vi vet att människor och naturväsen inte stod på god fot i den här tiden. Det är bäst att inte stanna för länge.”

Jag hann inte ens känna mig besviken förrän Balt omgärdat oss med den slöja som hör till osynliga resor. Fast lite besviken var jag. Vi fick inte veta hur det gick och vi fick inte vara med om den kungliga bröllopsmåltiden. Den här gången hade jag gärna stannat en stund till. Jag kände Lydias lilla hand i min och hörde hennes tanke: ”Det hade jag också velat!”

17. Ormörnen håller ordning i Ormbyn

Jag trodde att vi skulle tillbaka till Moder Jord. Så blev det inte. När ”reseslöjan” försvann stod vi på en äng. Som vi sett många gånger förut, flög naturväsen omkring bland blommorna och växtligheten var ymnig. Men det fanns något mer där. En grupp med hästar betade lite längre bort.

”Hästar!” utbrast jag. ”Ska vi ut på en ridtur?”

”Titta närmare, Jan!” sa Lydia och ryckte mig i skjortärmen. ”Det är inga hästar.”

Nu såg jag. Djuren hade ett horn i pannan. Det var enhörningar.

”Enhörningar finns inte på jorden!” förklarade jag argt.

”Det är en synvilla. Eller också står vi mitt i en saga.” Vrang lade sin arm kring min axel.

”Nu får du sluta tvivla och tro på det du ser”, förmanade han milt. ”Enhörningar har visst funnits på jorden, precis som drakar och andra ’konstiga’ djur som ni förpassat till fantasin. Tror du på fullt allvar att någon för tusentals år sen uppfunnit enhörningen som ett mytologiskt djur? Detsamma gäller för drakar. Tror du att denna myt skulle ha överlevt i miljontals år ifall den inte haft en verklighetsgrund? Vi har inte kommit hit för att uppleva sagor som änglarna kan berätta för änglabarnen. Vi har kommit för att undersöka förhållandet mellan människa och naturande. Som du ser existerar naturandarna här också i fullt synligt tillstånd.”

”Är vi fortfarande i dvärgars land?” frågade Lydia. Vrang skakade på huvudet.

”Här finns också dvärgar, men de arbetar i bergen och har sina byar högt belägna norrut. Nej, här finns människor och naturväsen och nu ska vi se vad de har för sig.” Han tog upp en liten visselpipa och visslade en signal. Genast kom fem av de betande enhörningarna galopperande och ställde sig framför oss som på kommando. De frustade förväntansfullt, de var underbart vackra, skimrande, blänkande, vita, grå, beige, spräckliga och den främsta skrapade otåligt med hoven i marken. Jag funderade ett ögonblick på om vi var materialiserade. Jag tittade på Lydia. Det var vi!

Vrang red i täten. Han såg förunderligt liten ut på sin enhörning, trots att även den var ganska liten. Enhörningar är inga stora, kraftiga hästar, de är smidiga som fullblod och tunnare i sin uppbyggnad. Vi red utan sadel och tyglar, och märkvärdigt nog gick det bra. Jag mindes när jag red på en åsna i Palestina och drullade av. Jag minns också när jag red en vanlig häst på min resa genom Frankrike till England med Graalen. Det här var ridning på ett helt annat sätt. Vi satt raka och säkra på ryggar som smälte samman med våra kroppar. Vi höll i oss i den silkesmjuka manen. Det var en upplevelse. Det gick fort och jag hann inte uppfatta många naturväsen, men de fanns där hela vägen.

Byn låg i solskenet som en gigantisk träbyggnad. Det var den egendomligaste by jag sett - och jag har sett många. Där växte väldigt många träd och det var förutsättningen för den sortens byggnation. Trädgrenar var uppspända mellan träden som stöd för hus, också de byggda av grenar som hängde ungefär en halv meter ovanför marken. Taken var helt platta, gjorda av tunnare grenar. De var skickligt hopfogade: hur kunde jag inte lista ut. Jag hann inte heller fundera mer på det problemet. Vi gled av våra springare, som satte av i fullt sken - någonstans. Jag hoppades att de skulle vara inom räckhåll för återfärden. Byn såg inte särskilt gästvänlig ut. Jag såg inga naturandar inne i byn.

Människorna som bodde här var rödbruna. Hudfärgen liknade en del indianstammars. De flesta männen var ganska långa, kvinnorna var mindre, ofta satta och rundlagda. Det vimlade av folk i byn. Mitt emellan trädbebyggelsen fanns ett slags torg. Flera fyrfat var utsatta på olika ställen. Fyrfaten såg ut att vara av lera, de var runda och ungefär 50 cm i diameter. Flera av dem hade eldar tända, men jag kunde inte avgöra vad för sorts bränsle de använde.

Människorna hade väldigt färgrika kläder. De var tydligen skickliga vävare. Många av dem var rödhåriga, men de flesta hade svart, blänkande hår. De verkade helt oberörda av att fem enhörningar sprängde in och lastade av fem främlingar. De tittade lite på oss, nickade en kort hälsning och pekade på det mittersta timmerhuset. På taket fanns en bild av en stor märklig fågel med kraftig, bred näbb och en färgrik kam på huvudet, och med meterlånga tunna fjädrar på både huvud och stjärt. Kroppen var också färgrik, med lång, glänsande fjäderskrud. Den satt alldeles stilla och såg på oss med skarpa gula ögon. Var den levande eller en skickligt gjord skulptur? Det återstod att finna ut, så vi styrde kosan mot dörren under den.

"Varför hänger husen mellan stockar?" frågade jag Vrang.

"På grund av ormarna", svarade han. "Här finns många sorters farliga ormar som är ute och jagar på nätterna. Fågeln på taket är en paradisisk ormörn, som endast finns här och den är levande."

Vi knackade på den breda dörren genom att bulta med en järnstav som hängde vid sidan om den. Dörren öppnades och vi klev in i ett stort timrat rum, där det var fullt med folk av båda könen. Det var trångt och vi måste bana oss väg med knuffar och skuffar fram till den bortre delen av rummet, där det verkade lite glesare med folk. Där satt två män och en kvinna vid ett litet bord. Vrang klev fram till dem. Han hälsade på dem genom att lägga händerna i kors över bröstet och en kort bugning, som mera liknade en nick. De tre personerna gjorde likadant utan att resa sig. Jag tittade på mina tre följeslagare och så gjorde vi likadant.

"Och vad önskar ni?" frågade den äldre av de båda männen. Det var svårt att höra hans fråga på grund av sorlet, för att inte kalla det tjattrandet, i rummet bakom oss.

"Vi önskar bara veta hur ni samarbetar med naturandarna som vi har sett överallt här", svarade Vrang. Mannen frågade varför vi ville veta detta och då steg Balt fram och förklarade vilka vi var och varifrån vi kom. Vi smålog så vänligt vi kunde mot de tre befälhavarna, men vilka var de egentligen?

"Jag är en vitrigo!" sa Vrang högt och tydligt. Då blev det andra tonfall hos de tre. Det började som ett mummel, de tittade på varandra och sedan reste de på sig och gjorde om igen samma nickbugning med korslagda händer mot vår käre dvärg - inte mot oss.

"Nu blev det annat ljud i skällan!" viskade jag till Lydia. Hon nickade. Men jag såg en slags rädsla i hennes ögon. Någonting stämde inte.

De två männen vid bordet var långa och ganska bastanta. Den äldre mannen hade ett runt ansikte med ärrig hud, glosögon, svart skäggväxt och en bred, köttig mun. Den yngre såg lite trevligare ut, han var rödhårig och väldigt fräknig. Han rynkade ögonbrynen hela tiden. Kvinnan var också äldre, liten och ganska fyllig. Hon hade stora, lite utstående bruna ögon, liten näsa och stor mun, som hon gjorde ogillande miner med.

"En vitrigo är alltid välkommen till oss", sa den äldre mannen och drog munnen till ett halvt leende. ”Du är en mycket vis man från dvärgarnas stam. Vad de andra fyra beträffar vet vi att det finns alver, men inte här. Änglar är helt okända för oss.”

”Man kommer till himlen när man dör och då blir man en ängel”, försökte jag, för att förklara oss på ett enkelt sätt. Det var förstås inte riktigt sant men man kunde ju alltid försöka.

”Himlen är taket däroppe, ovanför hustaket”, påpekade den yngre mannen. ”Dit kan man inte fara, det är alldeles för långt. När man dör kommer man till Rastgården. En del blir krigare och en del blir tjänare. Rastgården är för män. Kvinnorna samlas i Spinneriet. Mer vet vi inte, för ingen har kommit från Rastgården eller Spinneriet och talat om hur det är där. Vi vet bara att det finns ormar där också, ormar som väktare.”

”Jag har hört att det finns olika avdelningar i Spinneriet och att den högsta kvinnan där kallas för Spinnerskan”, berättade kvinnan. ”Jag har aldrig hört talas om änglar. Det låter som någonting man äter.”

Jag vågade inte titta på Lydia, för jag förstod att hon hade fullt sjå med att behärska sin munterhet. Det här folket var verkligen annorlunda.

”Naturandarna som finns utanför byn arbetar alltså inte tillsammans med er?” frågade Balt.

”Ibland”, svarade den unge mannen förstrött. ”När det blir för mycket ormar hjälper de oss att köra bort dem. Om någon blir biten och dör så för vi honom till Förgården. Där får han ligga tills vi ser om han blir bra igen eller stelnar i kramper. Då blir han ormföda. Det händer ganska ofta.”

”Naturandarna hjälper oss också ofta med att göra människorna friska igen efter ormbett”, tillade kvinnan.

”Kan ni inte bli av med ormarna på något sätt?” undrade jag. ”Döda dem eller frakta dem all världens väg bort ...”

De tre talarna reste sig hastigt upp igen och stirrade på mig med skräckblandad avsky. Det där skulle jag tydligen inte ha sagt. Vrang skakade på huvudet åt mig och lade ett finger på munnen. Balthori ställde sig bredvid mig och viskade:

”Ormarna är deras gudar. De vet inte av någon annan gud. Du har förolämpat dem djupt.” Jag harklade mig och föll på knä framför bordet.

”Jag ber om förlåtelse”, stönade jag. ”Jag visste inte att ni satte sådant värde på ormarna eftersom de dödar er. Jag förstod inte att ni älskar dem.”

”Vi vördar dem”, rättade den äldre mannen. ”Du är förlåten för denna gång, men du måste nu genomgå ett prov. Följ min son.”

Den yngre mannen grep tag i mig ganska hårt och ledde mig ut genom folkhopen. Balt följde oss. Han drog skyndsamt på sig osynlighetskappan. De tre vid bordet hindrade Vrang, Thesa och Lydia att följa med, men de märkte inte att Balt försvann.

Det var skönt att komma ifrån trängseln och ut i den friska luften. Det fanns inte mycket folk kvar på torget, men ormfågeln glodde på oss med sina gula ögon och jag tyckte att han rörde på huvudet. Vi tog en smal stig mellan husen som ledde in i skogen. Jag kände att Balt gick tätt intill mig och det var en trygghet, eftersom mina hemska aningar mycket snart blev besannade.

Vi stod vid en ormgrop. Det var en jättestor ormgrop. Alla sorters ormar krälade på träd med massor av grenar som låg i gropen. Varenda gren hade en orm omslingrad, en del sov, andra stirrade lystet på oss med sina stickande ögon. Solen sken obarmhärtigt på den fruktansvärda samlingen.

”Ormarna sover här på dagen”, sa den unge mannen. ”På nätterna ger de sig ut och biter den som råkar trampa på dem. Därför är vi sällan ute på nätterna. Nu ska vi se om du blir biten.”

Med ett raskt grepp, och utan att jag hann hindra honom, knuffade han ner mig bland ormarna. Det var ett halt, slingrande underlag jag fick under mina fötter. Men mannen hade inte räknat med Balt, som han inte trodde var kvar. Lika fort som jag åkte ner kom jag upp. Därefter försedde Balt mig med en osynlighetskappa och vi tog till reträtt med olympiska språng. Den unge mannens min var helt förvirrad. Jag har aldrig sett någon så konfunderad person förut. Jag gav upp ett skratt, vilket gjorde honom än mer perplex, men Balt tog tag i mig.

”Vi måste skynda oss tillbaka och hämta de andra. Vrang kan själv göra sig osynlig, jag hjälper kvinnorna.”

Eftersom Vrang i det här folkets ögon var en vördnadsvärd person, var situationen inte farlig för honom. Vi klämde in våra osynliga kroppar bland folket i den stora salen och kom fram till bordet med den unge mannens far och antagligen också mor. Förmodligen regerade de över den här byn. Balt kastade över våra kvinnor osynlighetskappor och väste till Vrang: ”Vi ses därute hos enhörningarna!”

Därefter sprang vi alla fyra ut ur huset. Två gula ögon hade sett oss. Förmågan att se det osynliga hörde kanske till den magiska ormörnen på taket. I alla fall glittrade hans ögon farligt när han flög på sina enorma regnbågsvingar över våra huvuden. Balt hittade enhörningarna i närheten av byn. De betade på en äng och var omgivna av naturväsen. När vi tog av oss osynlighetskapporna satte sig ormörnen en liten bit ifrån och granskade oss noga. Till min häpnad gick Thesa fram till den. Hon vände sig om och ett soligt leende lekte på hennes läppar.

”Jag kan tala med djur, allrahelst fåglar”, sa hon. Sedan bugade hon sig för ormörnen och satte sig framför honom i gräset. En massa små, näpna naturväsen skockades omkring dem, nyfikna på vad som skulle hända.

”Vad vill du oss?” frågade Thesa. ”Vi vill inte dig något illa och jag älskar alla fåglar. Vill din hövding att du ska hålla ett öga på oss, mäktige fågel?”

Ormörnen böjde sitt stora huvud och de gula ögonen glittrade.

”Vill hövdingen att vi reser härifrån?” frågade hon och han böjde åter huvudet instämmande.

”Vi tänker rida upp i bergen och hälsa på hos dvärgarna där”, förklarade hon. ”Har du något emot det? Finns det mycket ormar på vägen?”

Nu lösgjorde sig en liten älva från skocken och satte sig på Thesas utsträckta hand.

”Ormörnen är inte farlig här och nu”, pep hon med sin ljusa klockröst. ”Byfolket har honom på taket för att hålla ordning på invånarna. Det är mycket split och kiv i Ormbyn. Dessutom lever han på ormar och det finns det gott om där. Jag tror att Ormörnen vill visa er vägen. Hälsa våra fränder däruppe i bergen att vi snart kommer med honung.”

”Hur umgås ni med byfolket?” frågade vi älvan. Hon skrattade och ruskade ivrigt på sina ljusa lockar.

”Inte mycket!” svarade hon. ”De låter oss arbeta här i fred, vi har ingen kontakt med varandra utom någon enstaka gång när de behöver hjälp. Vi gör oss osynliga ifall någon bybo råkar komma hitåt. Men det gör de sällan. Vi har däremot kontakt med ormörnen, han rensar bort ormarna så att vi inte har något ont av dem. Och nu skyddar han er som ni ser.” Hon viftade glatt runt med sin lilla hand och försvann bland sina vänner i ängens färgrika, doftande famn.

18. Besök hos bergsdvärgarna

Den enorma fågeln klapprade med näbben och flög upp i luften. Vi steg raskt upp på hästarna och red åt det håll den flög. Det minsta vi hade tänkt oss var att få en så mäktig beskyddare och guide. Men eftersom han bara åt ormar kunde vi knappast locka honom som smaskiga matbitar, tänkte jag. Lydia vid min sida fnittrade till.

”Knappast”, sa hon. ”Jag försöker hålla takten med din enhörning så att vi kan prata lite. Jag var rädd däruppe i byn. Visserligen kan döda inte dödas igen, men du kunde ha fått rasande obehagliga bett av ormarna eftersom vi är materialiserade. Det var tur att Balt hjälpte dig, och osynlighetskappor är det bästa som har uppfunnits.”

”På jorden har de inte uppfunnits”, smålog jag. ”Vart ska vi nu? Finns det en bergsby med dvärgar? Är de fysiska?”

”De är högst fysiska”, svarade Lydia. ”De är en slags pygméer, faktiskt. Jag vet inte om de är vänligt inställda, men en vitrigo är välkommen överallt, han har all den makt vi behöver för de här resorna. Alvernas makt är också oinskränkt, det har du ju fått uppleva.”

Landskapet var enahanda. Visserligen galopperade enhörningarna enormt fort efter sin färgrike vägvisare, men vi hann betrakta den steniga vägen som vi red på och som enhörningarnas hovar knappast vidrörde. Den löpte utefter berg efter berg och ibland svischade vi över bråddjup på smala hängbroar. Det var kusligt men samtidigt fascinerande. Himlens blå tak hängde som en lampkupa över oss och vi kom allt närmare den. Bergen runt omkring gnistrade skrovligt och deras nedre sidor täcktes av grön vegetation. Än så länge fanns den vegetationen omkring oss, men den blev allt mer lågvuxen. Någonstans där nere i dalarna rann en älv, nej jag såg flera älvar glimta mellan höjderna. Vattenfall susade ner i gnistrande slöjor och precis när vi kom fram till ett sådant stannade enhörningarna som på kommando. Kanske det var vår stora fågelguides kommando, för han stoppade tvärt framför oss fem.

”Ska vi hoppa av?” skrek Thesa och fågeln nickade. Vi hade inga tyglar och enhörningarna satte iväg utan oss bakom en bergvägg. Ormörnen satt kvar. Jag funderade på hans vingbredd, den måste vara flera meter. Vi gick fram till den och bugade oss. Jag undrade om fågeln kunde vara en korsning mellan örn och drake, men den hade förstås inga fjäll. Den var hög som en struts, halsen var smal när den sträckte på den och just nu hade den vingarna bakåtfällda, släpande de långa granna fjädrarna på marken. Nu var det Thesa som förde vår talan.

”Vi står mellan en bergvägg och ett vattenfall”, sa hon.

”Vägen fortsätter upp mot höjderna. Hur ska vi gå?”

Ormörnen nickade mot bergväggen som mötte en annan bergvägg och som inte såg inbjudande ut. Mellan bergväggarna fanns en springa som med knapp nöd kunde släppa igenom en människa, men som faktiskt enhörningarna hade slunkit genom. Så det var bara att sätta igång med bergamarschen. Ormörnens gula ögon glittrade förtjust när han höjde sig i luften och snabbt försvann över den höga bergskanten.

När vi klämt in oss genom sprickan kunde vi inte underlåta ett förtjust utrop alla fem på en gång. Ett panorama öppnade sig för våra ögon, och det var bland det vackraste vi sett. Vår Herre måste ha skämtat ordentligt med oss på ditvägen, i det enahanda, gråaktiga landskapet. Det är verkligen svårt att beskriva den enorma skillnaden vi upplevde.

Egentligen var det en dal som låg framför oss, eftersom en trappa ledde ner från avsatsen där vi stod. Det konstiga var att dalen sträckte sig så långt vi kunde se. Den borde ha varit begränsad av klippor, men det var den inte. Nedanför trappan väntade vår ormörn och om han kunde skratta så gjorde han säkert det när han såg våra miner. Våra enhörningar betade fridsamt i gräs som var grönare än grönt på denna smaragdernas äng.

En vit väg gick rakt över ängen till en by - eller en stad. Det var svårt att säga vilket. Husen var inte höga, men det behövs inte hos dvärgar. De var skimrande vita, förmodligen byggda av sten. Det var svårt att se, eftersom alla hus var överväxta av blommor i olika färger. Låga träd växte överallt och gav angenäm skugga i detta sagolandskap. Det fanns både fyrkantiga, rektangulära och runda hus. Ett hus reste sig högre än de andra, det var förmodligen byns högsäte.

Runt omkring staden var en enorm växtlighet med flera springbrunnar och en sjö glittrade azurblå längst bort, medan segel i olika färger rördes av en lätt vind som svepte över vattnet. Längre kunde vi inte se, för det var bara grönt, grönt som förlorade sig i fjärran. Bakom oss fanns bergen, en grå, ojämn och mulen gräns som man helst ville glömma.

När vi kom närmare såg vi människorna som bodde i byn. De var ungefär så stora som ett två-treårigt barn. Jag kan bara beskriva deras utseenden så här: de liknade människor. Män och kvinnor som var helt olika varandra, olika hårfärger, olika figurer, tjocka och magra, glada och buttra. Alla var ganska brunaktiga i skinnet. Deras huvuden var en aning för stora till den övriga späda kroppen, men de verkade ändå graciösa.

Om de inte lade märke till oss, så upptäckte de i alla fall ormörnen. De hade vandrat omkring till synes i olika ärenden, men vid åsynen av den mäktige fågeln sprang de åt sidan som förvirrade höns. En del slog ihop händerna, en del tjöt, en del föll på knä. En del blev skräckslagna, en del väldigt förtjusta. Vi såg inga naturväsen såvida inte alla var det. Vi höll oss tätt bakom de färgrika stjärtfjädrarna när vi alla promenerade in i byn.

Ormörnen gick gravitetiskt fram mot det enda höghuset. Man kunde skymta konturerna av en dörr under klätterrankorna. Ormörnen höjde sig sakta på sina breda vingar och slog sig ner på taket, där han satt helt stilla och glodde på oss med de gula glittrande ögonen. Den ende av oss som var någorlunda i storlek med invånarna i den här byn var Vrang. Vi andra kände oss som jättar.

Vrang bultade på dörren och den öppnades genast. Han gick in och vi kröp efter honom. Vi kröp genom en gång som hade lyktor på båda sidor. Golvet var av trä så det gjorde inte så ont i knäna. Men gången vidgades helt plötsligt till ett stort rum, så vi kunde alla stå raka. Det var en marmorsal. Den hade marmorgolv och halva väggarna var av marmor, den övre delen av trä. Taket var också en blandning, men mest var det snidat trä. I salen fanns fullt med små runda bord och stolar, som på ett café. Här och där satt dvärgar och drack något slags öl eller mjöd i muggar av porfyr. (Hur vet jag det? Jo, jag frågade en dvärg som sprang omkring och serverade!) I ena hörnan satt fler dvärgar kring ett runt bord. Det var både män och kvinnor. De vinkade åt oss. Skulle vi genomgå samma obehagliga granskning som hos ormfolket?

”Alla främlingar kommer hit först”, sa en gammal man med väldigt rynkigt ansikte och vitt spretigt hår. ”Vi måste ju veta vem som har hittat hit och hur. Ni kom på enhörningar har det rapporterats och eftersom ni hade ormörnen som vägvisare antar jag att ni har besökt ormfolket. Vilka är ni och hur utföll det besöket?”

Det var Vrang som fick besvara båda frågorna. De sju vid det runda bordet lyssnade. När Vrang tystnat reste sig den gamle mannen ånyo och tog oss alla i hand.

”Bra att ni kom hit”, sa han. ”Ormörnen brukar inte komma med fiender. Han är vår spanare hos ormfolket.”

Vi tittade på varandra och jag såg munterheten bryta fram i Lydias vackra ansikte. Hon höll Thesa hårt i handen. Det var ju precis tvärtom, trodde vi. Om fågeln var spion åt ormfolket, så var han det tydligen åt bergsdvärgarna också.

”Mitt folk blev säkert både rädda och glada åt att se ormörnen komma med er. Vi lever så isolerade här att främmande ansikten väcker uppseende. Men ni har med er dvärgrikets stolte vitrigo och det ska ni ha tack för. Han - och även ni - är varmt välkomna till vår lilla bergsstad, som heter Bluona.”

Nu kunde jag inte tiga längre.

”Det är så fantastiskt vackert här!” utropade jag. ”Hur har ni fått det så bördigt och skönt mitt ibland bergen?”

”Hårt arbete, min gosse, hårt arbete!” svarade den gamle dvärgen. ”Vi är många och vi har god hjälp av vår magi. Utan den hade detta fortfarande varit ett kargt bergslandskap. Men vi har hållit på i fyratusen år. Vi dvärgar blir mycket gamla och jag har varit med från början. Det har ormörnarna också och er fågel därute är en telning från den första av dem. Vi kallar oss för herkulaner.”

”Herkules var en jätte”, påpekade jag försynt.

”Det stämmer, min gosse, det stämmer. Vi är jättar, vi också, på vårt sätt. Man kan vara en jätte inombords även om man är liten utåt sett. Därför lever vi här, isolerade från den övriga världen och på grund av våra stora hemligheter.”

”Vi kan och vet saker som skulle få er att häpna!” sa en gammal kvinna vid gubbens sida.

”Vilka saker?” frågade Vrang.

”Slå er ner vid min sida så ska vi pratas vid”, sa den gamle ärevördige. Vi lydde honom genast. De övriga som satt vid bordet lämnade det genast, utom den gamla kvinnan.

”I afton ska vi ha den stora eldnattsfesten”, berättade hon och log ett förvånansvärt bländande leende med alla vita, jämna tänder i behåll. ”Om ni vill är ni välkomna att vara med. Njamon här är vår ledare och jag är hans hustru, Njanja. Om ni behöver sova efter festen så finns det bäddar i vårt hus. Ni förstår, eldnatten är en form av uppvaknande - alltså sover inte invånarna i vår by.”

”Salamandrarna, eldandarna, är med oss då. Festen är för dem och deras visdom”, tillade Njamon.

Jag kände en pirrning av förtjusning ila genom kroppen.

Något sådant här var precis vad vi hade längtat efter och äntligen mötte vi det.

”Dessutom är vi lika mycket människor som ni är eller har varit”, fortsatte gubben. ”Vi är en annan ras bara, precis som det finns många olika raser på jorden. Och så lever vi mycket isolerat, men det har vi själva valt. Den visdom vi har är gudomlig, men den kan också döda om den används på fel sätt.”

”Det där känner vi till på jorden”, muttrade jag. ”Det finns mycket där som används på fel sätt och med ödesdiger verkan.”

”Bra att ni förstår oss”, nickade Njamon. ”Då kan ni tryggt delta i afton. Vi har en särskild plats i utkanten av staden som är helig. Ni ska strax få lite till livs, för man ska inte delta i en sådan fest med tom mage.”

Njanja hade varit borta ett par minuter. Nu kom hon med en gryta med något som rykte och tallrikar och muggar och bestick till oss - fast de var rätt små, förstås.

”Ni får ta om fler gånger på de här små tallrikarna, men jag tror vi har större bägare”. Hon skrattade och hämtade fem bägare i normalstorlek åt oss. De var fyllda med någon slags välsmakande mjöd. Den rykande röran i grytan smakade gudomligt. Eftersom vi var materialiserade kunde vi äta och njuta. Hur det var med den saken hos Vrang vet jag inte, men han lät sig väl smaka. Njanja gav oss bröd till maten och ett så utsökt bröd har jag aldrig förr smakat. Luftigt och lätt smälte det på tungan och lämnade en ljuvlig eftersmak av kryddor. Efter måltiden var det dags att vandra till den heliga platsen genom dungar av rosor och andra doftande, färgglada blommor.

19. Eldnattsfesten

Det var inte långt att gå. Rader av invånare vandrade sakta mot sitt mål. De var alla klädda i mantlar i olika färger, alltefter ålder och förstånd, som Vrang uttryckte det. Platsen var cirkelrund och i mitten fanns förstås en eld. Det var en spännande plats, inte riktigt som jag förväntat mig. Jag trodde att det skulle vara något slags torg. Det var snarare en gigantisk amfiteater. I kanten av cirkeln löpte en hylla med reliefer som bars upp av vackra pelare. Elden brann på ett podium nere i arenans mitt och runt omkring detta fanns marmortrappor. Sittplatserna på denna märkvärdiga plats löpte runt i täta rader. Lydia uttryckte mina tankar med att viska:

”Vilken jättecirkus hos detta småväxta folk! Hur bär de sig åt?” Det fick vi snart erfara. ”Amfiteatern” fylldes snabbt av byinvånare, som var många fler än vi någonsin hade anat. Var kom de annars ifrån?

Njamon trängde sig ner mot den första bänken som cirklade runt elden. Han vinkade åt oss att hålla oss tätt efter. Vi väckte intresse men även rädsla, det märkte vi. Njanja gick sist, som för att markera att vi var ledarens gäster. Snart satt vi hopkrupna på första parkett. Elden brann stilla framför oss och sorlet från alla de små människorna var öronbedövande.

Jag hörde susande vingslag i luften. Ovanför oss seglade ormörnen och jag tyckte att hans gula ögon blinkade till oss. På något sätt var det skönt att han fanns i närheten, han hade hela tiden varit vänlig mot oss. Ifall något otrevligt kunde hända, tänkte jag. Som om han kunde läsa mina tankar vände sig Vrang mot mig och viskade:

”Vi är bland vänner, Jan. Drabbas vi av något så drabbas alla som sitter här.”

”Hur kan det ha blivit så många dvärgar? Här är ju fullsatt!” viskade jag tillbaka.

”Du har bara sett vår stad. Det finns många byar runt omkring. Det här är ett jätteområde som sträcker sig miltals in bland bergen.”

”Kusligt!” tyckte jag. Min känsla var någonting i stil med att se en läskig kriminalfilm.

Lydia tryckte min hand. Hon läste ju mina tankar som i en bok och vi kunde faktiskt prata med varandra utan ord. Jag frågade henne med tanken: ”Vad tror du det ska bli av det här? Sitta och glo på en eld är väl inget märkvärdigt. På Valborgsmässoafton därhemma sjöng vi i alla fall!”

Knappt hade jag tänkt den tanken förrän en lång rad dvärgar kom gående två och två, klädda i glittrande dräkter, och de sjöng! Deras sång steg mäktig upp mot den dansande elden. Hur kom det sig? Elden dansade faktiskt! Lydia viskade: ”Ser du inte salamandrarna?”

Den långa kören av fyrtio dvärgar ställde sig runt omkring elden och fortsatte att sjunga. Ju högre de sjöng, ju häftigare dansade elden och små, fullt tydliga figurer hoppade och vred sig i lågorna, dansade, skuttade, flög omkring och fick elden att anta olika skepnader. Ibland var den ett träd, ibland en brinnande buske, ibland en lång, tanig figur med armar och ben och ett huvud, där håret blev till ormar i eldslågorna. Det var oerhört fascinerande att skåda. Elden tog skepnad av alla möjliga djur: björn, varg, rådjur, utter, räv, lo och sedan lejon, tiger och elefant ... Hur gick detta till? Njamon tittade förnöjt på oss när han märkte hur intresserade vi var.

”Det här är bara början!” sa han och böjde sig fram mot oss. ”Elden söker efter en gestalt som den kan använda i kväll. Än har den inte funnit något varaktigt.”

Vad menade han med ”varaktigt”? En eld är en eld och den kan inte bli en kropp. Det sa jag till Lydia och hon lade fingret på munnen och pekade på den stora elden mitt framför oss. Den hade tagit skepnaden av en jätteman, klädd i kåpa med huva. Man såg bara de glödande ögonen som kastade gnistor när han sakta svängde runt och skärskådade publiken.

”Den där blir nog varaktig”, viskade Vrang till oss. ”Vet inte om den är god eller ond, den kan vara vad som helst.”

En jättehög eldsfigur bland alla de små människodvärgarna! Han måste förstå - om han hade något förstånd - att han redan var en vinnare. Men vad skulle han kunna göra? Då kom jag på att eld förtär. Han kunde förtära. Förtära publiken? En rysning for genom mig. Om han var god, vad kunde han då göra? Mina funderingar avbröts av ormfågelns kretsande över våra huvuden. Den hade sina gula ögon stadigt fästa på eldmannens gnistrande röda. I sanning, eldnatten hade börjat!

De fyrtio dvärgsångarna lyckades med möda överrösta sprakandet från eldmannen. Han talade och rösten var som ett dån.

”Här finns främlingar i afton! Främmande blod finns här, framför mina ögon.”

Eldmannens ögon lyste rakt på mig. Det fanns inget tvivel. Jag reste mig upp och svarade:

”Två alver och två änglar och en förnäm dvärg, en vitrigo, hälsar dig! Vi är inbjudna hit av Njamon och Njanja. Vi har endast goda avsikter.” Jag kände Lydias hand i min och Balt höll i hennes andra hand och sin hustrus. Vrang satt på Njamons andra sida, men jag kände att han tänkte starkt på oss. Tillsammans var vi starka. Jag var inte säker på att den gigantiska gestalten i sin flammande kåpa var god.

”Jag har funnit den varaktiga!” bullrade eldkåpan och pekade på ... Lydia! Hjärtat hoppade upp i halsgropen på mig. Jag såg Balthori viska något till Lydia och så lösgjorde hon händerna från oss och ställde sig framför eldkåpan.

”Jag är redo”, klingade hennes änglaröst. ”Du kan inte förgöra mig, inte ens bränna upp mig, så vad vill du mig?”

”Om du är osårbar måste du stanna här!” mullrade den gigantiske. ”Vid varje eldnattsfest måste en varelse antingen stanna hos mig eller förtäras av elden. När du förtärs av elden blir du ett med mig och tillsammans kan vi styra salamandrarna i eldens rike. Nå, vad väljer du?”

På ett givet tecken från Balt ställde vi oss bakom Lydia. Vrang klev fram och ställde sig framför oss.

”Jag väljer att du förtärs av din egen eld om du vill oss ont, och att du blir en vanlig eld som värmer och lyser upp ifall du är god”, sa Lydia och vi andra tog tag i varandra och koncentrerade oss på att elden skulle krympa. Publiken bakom oss höll tydligen andan, för det var knäpp tyst.

Jag vet inte hur länge vi stod där men eldkåpan, som först stod med korslagda eldarmar och eldögonen lysande under kåpans huva, började oändligt sakta krympa. När en vanlig brasa brann på podiet gick vi tillbaka till våra platser bredvid Njamon och Njanja. Båda omfamnade oss (så gott de kunde, de var ju så små). Sedan tog Njamon till orda:

”Det här var ett prov, kära vänner. Jag visste det inte men förstod att eldmannen utsatte er för svåra saker. Det hade aldrig hänt Lydia något ont, för då hade jag ingripit, men jag förstår att ni är starka i er själva. Vi har inte sett en eldman på flera år, elden bildar så olika gestalter hela tiden. Men eldmännen kan vara farliga när de åberopar varaktigheten, som betyder döden för den de väljer. Resten av eldspektaklet kommer att vara mycket vackert, dans och sång, gnistrande eldregn och vacker musik. Många har nog dragit en lättnadens suck att det gick så lindrigt den här gången. Vill ni höra vår historia?"

"Du talade om hemligheter", påpekade jag. Njamon nickade men svarade inte.

När vi hade sett dansen och lyssnat till sången gick vi tillbaka till våra vänners palats. Vi satte oss bekvämt tillrätta vid ett bord i den stora salen och Njamon började berätta. Njanja serverade ett utsökt vin i väldigt små glas!

"Tro mig eller inte", var Njamons början på historien. Naturligtvis trodde vi honom. "Egentligen är vi vanliga, stora, riktiga människor, sådana som Jan och Lydia var på jorden. Det är ju även den skepnad ni antagit här. Det var några tusen år sen vi såg ut som ni."

"Fastän vackrare", inflikade Njanja retsamt och log sitt vackra leende. "Mycket vackrare."

"Då förstår jag att ni undrar hur vi krympt på detta sätt", nickade dvärgarnas ledare och Vrang rynkade ögonbrynen.

"Vi dvärgar har alltid varit dvärgar", sa han allvarligt.

"Men jag försäkrar att vi inte har varit det", invände Njamon. "Vi var snarare väldigt högresta, de flesta av oss. Vi var inte så många då, men vi var ett oerhört krigiskt folk, ständigt redo att döda både folk och djur. Vårt dödande blev till en lust, ett tvång som vi lade på oss själva och varandra. Våra kvinnor led. De var också utsatta. Vi hade en ond ledare, han var alltid snar till avrättningar av både kvinnor och män. På det viset minskade stammen snabbt och oundvikligt.

"Platsen där vi bodde var faktiskt här, fast lite längre bort åt sjön till. Vi var duktiga båtbyggare och vi fiskade mycket. Men ingen gick säker för den andres hemgjorda vapen. Knivar var vanligt, likaså ett slags otäckt vassa, giftiga spjut. Kvinnorna tvingades koka gift trots att de aldrig visste om deras egen familj skulle drabbas av någons, en släktings eller väns, vrede. Det måste ha varit ett fruktansvärt klimat att leva i. Ingen gick säker för sitt liv.

"Så födde en ung flicka en dvärg, en gosse. Hon hade varit nere vid sjön för att tvätta och där mött en dvärg. Redan på den tiden var det stopp för umgänget mellan människor och naturväsen, eftersom inga naturväsen kunde trivas bland så krigiska typer som vi var. Dvärgen var ute på vandring och hade gått vilse. Flickan blev rädd, trots dvärgens föga imponerande storlek. Han började prata med henne på ett vänligt sätt, eftersom han ville ha reda på var han hade hamnat. Så blev det som det blev. Kvinnorna i vår dåvarande by var vana vid att ge sig till den som begärde det. Om de nekade någon man älskog blev de dödade.

”Först tänkte männen här döda det nyfödda, småväxta barnet, men modern gömde det och sa att barnet hade dött. Flickan bodde tillsammans med sin mor som var änka och tillsammans hjälptes de åt att fostra dvärgpojken. Deras stuga låg i utkanten av byn, nära skogen på ena sidan och sjön på den andra. Efter ett inbördeskrig blev det bara några kvinnor och barn kvar, alla män var döda, till och med den onde ledaren. De dödade helt enkelt varandra i ett fruktansvärt blodbad.

”Dvärgen som hade befruktat flickan kom tillbaka för att se vad det hade blivit av henne. Han kom till en döende by. Han fick träffa sitt barn och de överlevande kvinnorna. Han såg en vackert belägen by och ett vackert landskap, så han återvände till sina egna och föreslog att de skulle flytta från klippröset där de bodde till människobyn. Så blev det. De kvarlevande kvinnorna i byn beblandade sig med dvärgar och fler dvärgbarn föddes. Jag kallar dem dvärgbarn på grund av deras ringa växt. I stället borde jag säga att en ny ras föddes, den som ni ser här. De extremt långa blev extremt korta. Visst är det märkligt?

”Vi måste gömma oss här uppe i bergen och vi fann den här enorma dalen mellan klipporna, nära en sjö. Med dvärgens skicklighet och tålamod och människans finurlighet och klipskhet blev Bluona till under tusentals år av arbete. Där har ni vår historia.”

”Ni är verkligen herkulaner!” utbrast jag beundrande.

”Men hur är det med hemligheterna?”

”De finns i vårt hemliga arkiv som ska förbli hemligt”, smålog Njanja. ”Men en hemlighet ska ni få veta i alla fall: vi har blandat vårt dagliga arbete och vår vardag med magi.

Därför är vi en så lycklig provins med harmoniska invånare.”

Vi sov i ett mycket bekvämt nattkvarter, en sal i Njamons och Njanjas stora hus. Alla fem slumrade gott på mjuka dynor och vaknade utvilade. Vi funderade på om vi skulle stanna längre men insåg att vi måste söka fler samband mellan naturandar och människor. Hur mycket Njanja än försäkrade att invånarna i Bluona var människor, tyckte vi att deras stam var en slags naturandar av kött och blod. Deras historia var mycket egendomlig, men de var öppna, glada väsen och vi trivdes hos dem.

”Vi måste nog tänka på att resa vidare”, sa Vrang till vårt älskvärda värdpar, ”innan vi äter er ur huset. Dessutom har vi fler besök att göra hos människor eller hos naturandar. Vi reser i tiden och Moder Jord är vår ledare. Vi får inte göra henne besviken.”

Vi tog ett kärleksfullt farväl av våra nya vänner och den gulögda ormörnen dök genast upp utanför deras hus. Vrang kunde prata med den. Han böjde sig fram med sitt toppiga huvud nära fågelns breda näbb.

”Ormörnen vill visa oss någonting”, sa han. ”Han flyger ovanför oss och visar oss vägen. Våra enhörningar väntar utanför berget, på ängen, där vi lämnade dem.”

Jag kände mig nästan lite besviken, för jag hade hoppats att vi skulle in i den vanliga dimman som skulle föra oss till Moder Jords grotta. Så var det tydligen inte. Vad kunde ormörnen ha att visa oss? Fågeln begrep tydligen vårt ärende i den här dimensionen, så det var väl bara att följa honom. Enhörningarna betade stilla och verkade nästan glada över att vi kom. De frustade och gnäggade vänligt och stod blickstilla när vi klev upp på deras ryggar. Så bar det iväg på ett nytt äventyr.

20. Besök hos anasazi-stammen

Jag var både fascinerad av och lite rädd för ormörnen. Visst var den strålande vacker att se på, men kunde man lita på den?

"Jan, litar du på mig?" Vrang red upp vid min sida och det var han som ställde den frågan.

"Naturligtvis, som på Gud Fader själv", fnös jag. Jag kände mig en aning generad. Tydligen hade Vrang koll på våra tankar, åtminstone nu. Det hade varit mer naturligt om Lydia läst mina tankar, men hon var inbegripen i samtal med Thesa. Kvinnorna nästan hängde utmed hästryggarna, så det måste vara något viktigt de dryftade.

"Vi ska inte gå utanför vårt uppdrag", fortsatte Vrang. "Vi ska besöka en samtida stam på en annan del av jorden och du kan lita på ormörnen. Han lämnar oss när han själv vill. Han har bestämt sig för att beskydda oss. Och så länge det finns ormar på marken så hänger han säkert med."

"Vi är faktiskt på jorden då?" utbrast jag förvånad. Jag kunde inte hålla reda på alla dessa olika tider vi besökte, om de var jordiska eller inte.

"Det är människornas förhållande till naturandarna på jorden vi håller på att undersöka", svarade Vrang torrt. "Inte på någon annan planet. Men jordens yta var inte mindre i forntiden än den är nu. Den var mer eller mindre glest bebodd under vissa tider av utvecklingen, men det fanns människor där nästan hela tiden och naturväsen, mer eller mindre synliga. Jorden föddes emellertid i samarbete med elementarandar - hur skulle den annars kunnat bli till? De grundtyper av naturväsen som ni har mött, jordandar, undiner, salamandrar och sylfer har funnits långt innan jorden kom till. Vi har levt på andra planeter och i andra solsystem, men vi har funnits, var säker på det!"

"Jag tror dig", försäkrade jag, häpen över denna föreläsning på hästryggen. "Det förklarar en hel del."

"Det finns även rörelsens, tidens, formens, vishetens och viljans andar, de kallas även troner", fortsatte Vrang strängt. "Det vet du nog inte mycket om. Vi får ta en lektion om andeväsen i samband med naturväsen vid tillfälle. Nu måste vi rida in i molnet du ser där borta. Det ska föra både oss och våra enhörningar till den plats vi ska besöka."

Jag hade inte lärt mig om några som helst andeväsen i skolan och jag funderade på om barnen inte borde få lära sig sådant. Skulle inte jorden se annorlunda ut om vi började umgås med naturväsen och andar? Egentligen är det ju förskräckligt spännande. Men nu måste jag se mig omkring. Vi red längs en ganska smal klipphylla. På höger sida såg det ut att finnas ett djupt, gräsklätt dike eller kanske det var en slänt utan slut. Jag såg inget stup. Jag såg älvlika naturväsen som flög fram och tillbaka i gräset och bland de låga små blommorna som fanns här. Man kunde ta dem för humlor eller fjärilar, endast vid närmare påseende såg man tunna, nästan genomskinliga kroppar i miniatyr som var människolika.

Lite längre fram fanns ett blååktigt moln som stod stilla och dallrade. Det var nog dit vi skulle. Så skönt att vi fick ta med enhörningarna, tänkte jag. Puff, nu red jag som siste man efter de andra in i molnet och där stannade min springare med nosen tätt intill framförvarande djur. Jag såg ingenting mer än mjölkaktig dimma runt omkring mig, så jag lutade ansiktet mot enhörningens mjuka man och smekte den stilla på halsen. Den svarade med ett vänligt gnägg.

Somnade jag? Det vet jag inte. Jag vaknade av en doft - en doft som jag kände igen men inte kunde placera. Det var en behaglig doft.

"Salvia!" viskade en bekant röst i mitt öra. "Hoppa ner nu, Janne, vi är på en spännande plats!"

Det första jag såg var ett stort vattenfall en bit därifrån. Vattnet rann ner i en flod och floden rann genom en bred dalgång. På ena sidan, där jag stod, var ett öppet landskap med bebyggelse av hyddor, på den andra sidan var berg. Det var från hyddorna den speciella doften av salvia svepte som ett välkomnande moln över mig. Jag såg min enhörning försvinna tillsammans med de andra hästdjuren bortom byn, där det förmodligen fanns betesmarker. Jag såg ormörnen sitta på taket till den närmaste hyddan, med sina flammande gula ögon fästa på den egendomliga gruppen bestående av två änglar, två alver och en dvärg.

Utanför hyddan satt en gammal kvinna och band korgar. En man kom ut ur hyddan och pratade vänligt med henne. Jag har aldrig sett en indian i verkligheten, men många på bild och på film. Jag skulle kunna svära på att den gamla kvinnan och den unge mannen var indianer. Svaret kom förstås från min trogna Lydia, som åter stod vid min sida och hennes ögon glittrade.

"Visst är vi hos indianer nu", viskade hon. "Vi är hos en stam som heter anasazi och som var förfäder till mayaindianerna. Ormörnen stack just iväg med våra enhörningar, eftersom sådana inte lär finnas i den tid vi just nu gästar. Vi behöver säkert enhörningarna igen, så de gömmer sig nog i skogen där borta."

Indianerna rörde sig fram och tillbaka i den lilla byn, som låg nära berg, vatten och grönskande skog. Förmodligen var vi osynliga, för ingen verkade lägga märke till oss. Det var ett bra tillfälle att studera byns invånare.

Kvinnorna var i mitt tycke väldigt vackra och männen ståtliga och muskulösa. Jag kan inte förklara varför det kändes så speciellt med den här indianstammen. Kanske var det för att deras leenden var så öppna, för att den yngre mannen visade sådan kärlek och omtanke om den gamla kvinnan, för att barnen lekte så bekymmerslösa ... Kvinnorna hade färggranna långa tygstycken eller skynken av tunt, smidigt skinn lindade om höfterna och bara bröst. Männen bar tätt åtsmitande skinnbyxor, eller tunna skinnbitar från midjan till knäna. Både män och kvinnor var tatuerade, männen mer än kvinnorna. Eller också var alla tatueringarna målade på deras kroppar. De var så välgjorda att det var svårt att se vilket. Hårfärgen var mestadels svart, men jag såg enstaka personer med mörkbrunt hår.

Plötsligt stod Vrang framför hyddan där den gamla kvinnan tillverkade korgar. Han bugade sig djupt för henne och hon såg småleende på honom och yttrade några ord. Jag förstod att vi var synliga nu. Byborna uppmärksammade oss och det dröjde inte länge förrän de skockades omkring oss alla fyra. Vrang hade gått in i hyddan tillsammans med den gamla kvinnan, men han kom snabbt ut igen och vinkade på oss. Vi bugade och hukade oss och steg in i ett rum som var svagt upplyst av en eld. Där fanns både barn och vuxna och säkert var det därifrån salviadoften kom, för det luktade väldigt starkt från elden. En äldre man kom emot oss och till vår förvåning förstod vi vad han sa. Men så kom jag ihåg att Moder Jord gett oss förmågan att tala och förstå de språk vi mötte på vår färd.

"Välkomna till anasazi!" Den äldre mannen sträckte ut händerna mot oss, lade dem sedan i kors över bröstet och böjde på huvudet. "Slå er ner vid elden så kommer förplägnaden strax."

En ung kvinna satte en stor, rund skål på bordet. Jag tittade på Balt och han nickade med ett leende. Vi var alltså människor igen, som kunde smälta mat och dryck. Det gillade jag. Här var det inte frågan om bägare, här lät man skålen gå runt. En skål till kom på bordet och den var full av någon slags grillat kött i små bitar, mycket delikat. Min tillfälliga mage hade vant sig och säkert Lydias också. Den äldre mannen tog till orda igen:

”Jag heter Leehan Hjortjägaren och jag är hövding för den här stammen. Vi är medvetna om varför ni kommit hit. När ni ätit och druckit ska min son visa er runt så att ni får se vårt samarbete med naturens väsen. Vi har förberett dem så de är synliga. De kan visa sig eller föredra att inte visa sig efter behag.”

”Jag ville gärna få reda på lite mer om er kultur”, sa den nyfikna Lydia, som alltid ville ha reda på allt hon kunde få om historia och kultur.

”Stammen har en kvinnlig shaman som är en gudinna för oss”, svarade Leehan. ”Jag ska fråga henne om hon vill visa sig för er och berätta om oss. Hon bor i sin egen boning i berget. Hon är mycket gammal och mycket vis och hon leder anasaziernas öde.”

Jag kunde inte vänta på detta möte, jag visste att det var viktigt för oss och jag ville genast dit. Jag reste på mig men Vrang gav mig ett varnande ögonkast. Senare, när vi gick runt i byn och hälsade på byborna, upprepade han flera gånger:

”Allt har sin egen tid, allt har sin egen tid. Bida med tålamod, bida med tålamod!”

Jag begrep att jag måste vänta, men jag visste också att mötet med den kvinnliga shamanen skulle bli oerhört viktigt och kraftfullt. Nu fick vi i alla fall träffa en hel del naturväsen. Vrang verkade väldigt förtjust över att möta sin egen sort: dvärgar. Vi såg dvärgar i skogsbrynet, där de röjde mark för något ändamål. Vi såg på avstånd undiner dansa i vattenfallet och Leehans son, Karyo, förklarade att de höll ordning på vattnet så att det inte sjöd över sina bräddar, vilket det hade lätt för att göra.

Anasazierna odlade sin föda, de var fantastiska odlare och de hade hjälp av jordens andar. Det var mycket att se på och min människokropp började bli ganska trött när mörkret föll. Vi såg knappast varandras ansikten när den gamle hövdingen Leehan Hjortjägaren kom gående ur skuggorna med en fackla i handen.

”Nu är det dags!” förkunnade han. ”Vår shaman är redo att ta emot ert besök.”

Mitt tillfälliga hjärta for upp i halsgropen på mig, jag visste inte hur jag skulle känna eller om jag var rädd - men en ängel är aldrig rädd. Jag var nog en lite udda ängel som ens kunde tänka så! Förväntansfull var jag naturligtvis.

Lite nedanför byn gick en hängbro över älven. Vi fördes över den med hjälp av hövdingens och sonens facklor. Om jag ska vara ärlig så gillar jag inte alls hängbroar. Nu gick vi tätt efter varandra och det var så mörkt att vi inte såg mycket av det blänkande svarta under bron. Promenaden var heller inte lång. Vi stod mycket snart framför ingången till en grotta, men det var en vid ingång och det lyste klart inifrån den. Vi kom direkt in i ett stort grottrum.

Inredningen kan jag inte minnas eller tala om, ty all min uppmärksamhet koncentrerades på den lysande uppenbarelsen framför oss. Så var det nog med oss alla fem. Hövdingen och hans son bugade djupt och vi gjorde likadant. En ovanlig men mycket behaglig doft av kryddor mötte oss. Det var mörkt i det övriga rummet, men ett oförklarligt ljus fanns runt shamanen. Hon stod där småleende och sträckte ut armarna mot oss, som om hon var Kärleken själv.

Hövdingen hade sagt att hon var en gammal kvinna, men i mina ögon föreföll hon ung. Mogen men ung! Hennes hår var mörkbrunt med strimmor av silver, mycket tunna, svagt skimrande strimmor. Ansiktet var ovalt med stora mörka, glittrande ögon, en rak näsa och en generös mun. Hennes hudfärg var som brons, den färgen hade hela den här stammen. Hennes var möjligen lite ljusare. Hon var klädd i en slags klänning av mycket tunt och ljust, nästan vitt skinn, kanske från ett hjortdjur. Den var djupt ringad, för omkring hennes hals hängde en märklig sten, lika lysande som hennes ögon.

”Välkomna till Bäraren av den gyllene stenen”, hälsade hon oss. ”Ni kan också kalla mig Liihai. Det är en ära för mig att få möta två riktiga änglar från en annan dimension och naturligtvis även alverna och en vördad vitrigo. Min visdom är er och er visdom är min!”

Hon tecknade åt oss att sätta oss i halvcirkel framför henne. Det låg mjuka dynor överallt.

”Kan du förklara ditt namn?” frågade Lydia. Shamanen nickade och log.

”Den gyllene stenen hänger omkring min hals”, svarade hon. ”Jag ska berätta hur den kom till mig. Jag bodde inte i det här berget när jag var yngre. Jag bodde i en hydda med min familj, som alla andra i min stam. En natt när jag var tolv år hade jag en märklig dröm - om det var en dröm. Tre väsen stod framför mig. De var starkt blålysande och jag vet inte om det var män eller kvinnor. De talade om för mig, att när jag hade funnit den gyllene stenen måste jag alltid bära den. Dess visdom skulle tränga in i mig och göra mig till vår stams medicinkvinna.

När jag frågade hur jag skulle finna stenen gav de inget ordentligt svar. Den ene sa att stenen var begravd på havets botten, den andre sa att stenen fanns inne i jorden och den tredje påstod att den flög omkring i luften. Drömmen avslutades med att alla tre på en gång ropade: 'Ditt hjärta finner den gyllene stenen när du minst anar det.'

Om det var en dröm eller inte vet jag fortfarande inte, men deras sista ord blev besannade. Jag glömde inte drömmen, men den förbleknade under åren som följde. Vid 14 års ålder bestämde mina föräldrar att jag skulle gifta mig med en av pojkarna i stammen. Jag hade ingenting emot det, för jag tyckte mycket om honom. Hos oss är seden att en viss tid före bröllopet måste bruden bo i en hydda med två andra flickor utan att träffa någon i stammen. Det skulle ske en slags förberedelse för giftermålet och vi hade fått vissa uppgifter alla tre.

På kvällen natten före bröllopet trädde vi de sista pärlorna på bröllopssmycket. På dagen hade vi samlat in de örter som jag skulle smörjas med och blandat ihop dem till ett pulver som sedan fuktades med välluktande växtolja. En av flickorna upptäckte att det fattades en ört i blandningen och den var viktig. Jag bestämde att jag skulle leta efter den, jag visste var buskarna växte. Jag tog en fackla med mig och gick den korta vägen dit. Jag kom fram och började plocka, när jag plötsligt snubblade och var nära att ramla. Jag höll facklan högt och återfick balansen. Någonting blänkte vid min ena fot, förmodligen föremålet som jag snubblat på. Jag böjde mig ner och tog upp det. Det var en oregelbundet formad sten. Först såg den gråaktig ut på marken, men när jag tog den i min hand började den lysa. Jag förstod att detta var de tre blå varelsernas bröllopsgåva till mig. Jag hade inte hittat stenen, den hade hittat mig! En av männen i stammen borrade snabbt hål i den så att jag skulle kunna bära den under ceremonin. Sedan dess har den aldrig lämnat mig."

"Och sedan blev du schamankvinna?" frågade Thesa. Kvinnan nickade.

"Jag blev mer än så. Stenen besitter överjordiska krafter och har fört mig ut på sällsamma resor. Den har varit min lärare. Utan den hade jag varit en av kvinnorna i stammen, nu lever jag utanför den. Jag fick ett nytt namn. Liihai betyder 'stenen från himlen.'"

"Din man då? Hur gick bröllopet?" frågade Lydia ivrigt. "Det blev inget bröllop. Hövdingen hade fått meddelande via en dröm att jag skulle bli schaman för stammen. Vi hade en mycket gammal man som var medicinman just då och han var döende. Jag fick inte gifta mig enligt budskapet och min tilltänkta man fick hålla till godo med en annan av flickorna i stammen. Jag har aldrig ångrat detta. Jag har lärt mig om de världar som finns omkring oss, andra planeter och mycket annat. Jag har upplevt otroliga, fantastiska äventyr och mer blir det. Nu kommer vi äntligen till frågan: Varför ville ni träffa mig?" Det var Balt som svarade:

"I egenskap av schaman för min egen stam av alver, som är människoliknande väsen med ett eget rike och egen historia, numera förflyttade till en annan planet, vill jag svara på den frågan. Förr levde vi på jorden, men den har förändrats på ett sådant sätt att vi inte vill vara där längre. Kärleken till den finns dock kvar i våra hjärtan och vi vill inte se den gå under. Inte bara miljön håller på att förstöras, utan även många människor har förändrats negativt, dvs. förslavats under ondskans hantlangare och gått mörkrets ärenden.

Detta pågår i detta nu - vi behöver all den hjälp vi kan få för att rädda jorden. Det sägs att den är den vackraste planeten i detta universum. Änglarna här har fått för sig att naturens väsen ska kunna hjälpa till med detta. Vi hoppas detsamma. Vad gör vi annars med de goda, de rena, de kärleksfulla? Det finns många sådana kvar på Tellus."

"Det finns även dolda naturväsen på många platser" tillade Vrang. "De vågar inte komma fram av rädsla att bli förgiftade eller misshandlade av religiösa, fanatiska människor som inte tror på naturandar ens när de ser dem."

"Att försöka få en modern människa att tro att naturens väsen finns på allvar, det är en omöjlighet", inflikade jag.

"Trenden i världen är att äta eller ätas, döda eller dödas, tjäna eller betjänas. Makt och pengar, helst utan ansträngning, är den förnämligaste sysselsättningen och våra politiker i alla länder strider och konspirerar om detta. Empati, kosmisk kärlek, vad är det? Vi som tror på något sådant betraktas som konstiga. Det enda som accepteras som rumsrent är science fiction och fantasy. Inte för att någon tror på det, utan för att det ger spänning. Barnen i dag får se teveprogram och filmer med blod, skjutande, hat, sex och våld. Hur klarar en barnahjärna och ett barnahjärta att se ett ideligen upprepat våld?”

”En del klarar det bättre än du tror, änglavän”, smålog Liihai. ”Jag reser också i tiden och har besökt framtiden många gånger för att skapa erfarenheter som kan hjälpa mitt folk. Därför lever anasazistammen i fred och samarbete även med andra stammar. Men hur ska jag kunna hjälpa er i en kommande tid som är mättad på både goda och dåliga uppfinningar och som nu måste gå utanför det normala och etiska för att tillfredsställa folket? Om ni vill ha råd så måste ni tränga in bakom förlåten till vad som sker. Det kan jag hjälpa er med. Om det kan ställa problemen tillrätta är däremot osäkert.”

”Vad menar du med att tränga in bakom förlåten?” frågade jag. Jag förstod inte vad hon menade. Det är svårt att kräva råd som ska gälla praktiska gärningar i en hel värld på många miljarder människor. Ska man skriva på himlavalvet, dundra i skyn eller dansa runt med storföretagen och alla politiska ledare?

”Ingendera delen, ängel!” svarade Liihai glatt. Jag hade glömt det där med tankeläsandet.

”Om ni vill, får ni följa mig på en liten utflykt eller snarare inflykt här i grottan.” Hon reste sig vigt och elegant från dynan på golvet och vi andra följde hennes exempel.

21. Med drakflyg till andarnas palats i Blomriket

Som i många grottor fanns det gångar som ledde åt olika håll. En gång var smal och krokig och stupade häftigt neråt. Den valde Liihai och vi snubblade efter. Närmast henne gick lille Vrang, med en otroligt belåten min i sitt dvärgansikte. Jag halkade till och gled jämsides med honom. Då sträckte han ut sin förvånansvärt starka, korta arm och stöttade mig.

”Jag sa ju att jag skulle fortsätta att inviga dig i andars förehavanden”, skrattade han. ”Nu ska det bli, i sällskap med denna sällsamma kvinna!” Han böjde huvudet mot Liihai som fanns i täten. ”Jag vet inte riktigt vad hon har i sinnet, men spännande blir det. Hennes tankar går inte lika lätt att läsa som dina!” Skrattet breddades till ett gapskratt och jag instämde faktiskt. Vi hade nått botten av den branta grottvägen och kom ut i en håla som hade en bred utgång, liknande en portal. Där stannade vår charmanta guide:

”Från den här porten kan ni nå ungefär vem, vad eller vart ni vill!” ropade hon till oss. ”Vi kan besöka andra dimensioner, parallellvärldar, andra planeter och andra stjärnsystem. Det blir jag som väljer, därför att jag förstår vad ni klarar av och inte och därför att ni har ett bestämt syftemål. Inte ens jag klarar av vissa partier av rymdens hemligheter. Eftersom det är naturväsen ni är ute efter så ska ni få naturväsen!”

Vi tog varandra i hand i en lång rad och kastade oss ut genom porten med Liihai i spetsen. Därefter flöt vi. Det här var inget nytt för Lydia och mig, vi var vana att fraktas runt på de märkligaste sätt. Det är en av fördelarna med att vara ängel. Den eventuella höjdskräcken från jordelivet är borta, även om till exempel minnet av rephängbroar fortfarande är obehagligt trots att man går på dem med luftfötter. Men rädd? Nej, det var jag inte nu heller. Det var bara att segla lugnt.

Vi stannade och som vanligt gungade marken ett litet tag. Som vanligt befann vi oss först i ett töcken. Som vanligt släppte vi inte varandras händer förrän töcknet lättade och ett landskap framträdde. Som vanligt visste jag inte om jag var ängel eller människa här, eller någonting annat.

Det var ett ganska ödsligt landskap, åtminstone till att börja med. Vi stod på en klippavsats och runt omkring oss fanns bara klippor. Det var grått och trist, eftersom en ganska isig vind genomträngde oss och medförde fuktpärlor som yrde i luften. Vår sköna guide stod mitt ibland oss och log glatt, som om detta var världens tjusigaste ställe.

”Vi är inte framme ännu”, förkunnade hon, ”men nästan. Det är bara det att vi inte kan resa vidare på egen hand, så vi väntar på vårt färdmedel.”

Det fanns inget flyg på den tiden, tänkte jag och sen skrattade jag till. Vilken tid? Jag visste varken var eller när vi befann oss i detta grå. I detsamma hördes ett sus som av grova vingslag. När jag tittade upp, grep Lydia tag i min arm.

”Janne, ser du inte? En drake! Det är en drake!”

Det var en drake. Sådana finns inte, men det här måste vara sagodjuret drake. Vrang tassade fram till mig och tog mig i andra armen.

”Värst vad du är besvärlig!” flinade han. ”Först tror du inte på ormörnen som var med oss så länge, sen tror du inte på enhörningarna, som du har ridit på och som väntar på oss hos anasazifolket. Och nu tror du inte på draken som landar här precis just nu! Jag ska bara be att få tala om att drakar visst har existerat i de stora bergen på jorden och att man till och med har hittat välbevarade skelett av dem i Uralbergen och upptäckt att de mycket riktigt sprutade eld som sagorna berättar. Nu är det bäst du accepterar draken eftersom du ska rida på den!”

Drakens flåsande bakom mig var öronbedövande, när jag tog mig en titt på honom. Både Vrang och Liihai gick fram till den väldiga nosen och pratade med det stora huvudet med de små öronen. Draken visade inga tendenser till ilska eller anfall, den lade snällt sitt huvud på marken och jag såg hur det rykte ur de uppspärrade näsborrarna. Jag tittade lite närmare på den fjälliga kroppen. Det liknade en gigantisk ödla, grön med blåaktiga skiftningar och en klarröd fläck på undersidan av nosen, som sträckte sig ner utefter halsen och tonade av i gulrött. De smala fötterna hade långa klor, vassa som sylar. Men att rida på den?

Vår vackra prästinna gav drakens nos en smekning och svingade sig sedan lätt upp på dess nacke, bakom de små öronen. Hon vinkade åt oss att göra likadant och Vrang äntrade den långa halsen med hennes draghjälp. Därefter klev Balt och Thesa upp, även de utan synliga svårigheter. Turen kom till Lydia och sist till mig och det gick förvånansvärt bra. Det var som att glida uppåt i stället för neråt. Det var nog trolleri med i spelet.

Nog kunde vi sitta däruppe på ryggen, egentligen inte obekvämt eftersom fjällen inte var glatta. Men hur skulle vi kunna sitta kvar? Svaret kom omedelbart. Liihai gjorde några magiska tecken i luften och vi kände hur vi bands fast både vid varandra och vid draken. Vi satt så fast att vi inte kunde rubba våra kroppar, endast våra händer var rörliga. När detta trolleri var klart reste sig det magnifika djuret och fläktade med vingarna. På ett ögonblick var det i luften.

En sällsam flygfärd tog sin början. Långt ovanför molnen for vi fram och eftersom vi inte kunde böja våra kroppar eller ens våra huvuden, såg vi inte vad som fanns under oss. Jag hade bestämt mig för att det skulle bli obehagligt, men det blev det inte. Jag hörde Lydias låga, varma skratt framför mig. Jag skämdes lite för att hon kändes som en trygghet i allt det här. Det borde vara tvärtom. Det må vara osagt hur länge vi flög. Tid fanns ju inte på de här breddgraderna. När draken dök ner genom en kompakt molnmassa kändes det i alla fall bra. Han landade lika elegant som ett flygplan - ja faktiskt elegantare. Steget från de grå, kyliga klipporna var chockartat.

Vår magiska guide gjorde en liknande manöver med händerna som när hon låste fast oss på drakryggen. Nu gled vi ner mycket lätt och befann oss på blomstrande mark - så blomstrande att den tog andan ur en.

Liihai smekte draken över nosen och viskade några ord i djurets öra, varefter han försvann lika snabbt som han kommit. Medan vi gnuggade ögonen inför skönheten i den nya anblicken, tog shamankvinnan befälet över oss igen. Vi befann oss utanför ett tempel. Ja, vad ska jag annars kalla det? Det fanns blommor överallt och visserligen var templets pelare av fast material, men resten var blommor, blommande träd och blommande buskar. Den balsamiska doften, fågelsången, vackra insekter, allt bidrog till en helt ny, egenartad stämning. Vad var detta? Vi såg inte en människa. Inte någon naturande heller. Bara blommor i smakfulla grupper med mycket smala gångar emellan.

”Är vi i Blomrike?” frågade Lydia högt.

”Vi befinner oss i ett av andarnas palats, de andar som inte accepteras eller ens existerar för jordens människor", svarade Liihai. "Jag har kallat hit dem, så ni får strax möta dem. Vi går in i en av blomstersalarna."

Bara ordet "blomstersal" måste ge läsaren en föreställning om hur det såg ut. Vi följde vår guide och Vrang in mellan pelarna och efter en kort stund kom vi in i ett stort rum. Golven i detta märkliga palats kändes sammetsmjuka. Jag tror att de var gjorda av tätt sammanpressade växter. Rummet hade blomsterklädda väggar och höga fönster, naturligtvis utan glas. Det fanns ett långt bord och flera stolar och Liihai tecknade åt oss att slå oss ner. Bordet var av trä med en enastående, glänsande, polerad yta och stolarna, med sina höga ryggar, kanske också var av trä under sin mjuka, mossliknande klädsel.

"Är vi mänskliga nu?" frågade jag och Vrang skakade på huvudet.

"Ni är vad ni är, mina änglar", svarade han, "och fullt synliga."

Nu hördes musik, som för att fullända den sköna bild allt detta gav oss. Fyra väsen kom in genom den blomstrande dörröppningen och ställde sig vid bordets ena ände. Liihai reste sig upp och förkunnade:

"Får jag presentera Viljans ande, tillhörande tronerna, Formens ande, tillhörande exusiai, Rörelsens ande, tillhörande dynamis och sist Vishetens ande, tillhörande kyriotetes, besläktade med naturens andar. Vi tackar för att vi får träda in i dessa blomstrande gemak."

Jag inspekterade de fyra andarna, som föreföll mycket olika. Det är svårt att könsbestämma andar, men deras utstrålning kan antingen vara maskulin eller feminin. Viljans ande hade definitivt manlig utstrålning. Han var lång och mager med ganska skarpa anletsdrag och bestämd min, men det kan man ju förstå att en viljestark person måste ha. Han var klädd i en lång, blå dräkt.

Formens ande verkade mycket ung i sina rörelser. Hon var mjuk och såg väldigt vänlig och glad ut. Hennes klädnad var gul som hennes hår. Hon rörde sina händer graciöst i en varm gest mot oss. Rörelsens ande liknade mest en dansös. Hon vajade och piruetterade och gjorde hela tiden olika rörelser. Hon var klädd i vitt, men när hon snurrade runt blev hennes dräkt mångfärgad.

Till sist tittade jag på Vishetens ande och det var en mycket gammal man. Han gjorde ett majestätiskt intryck med sitt långa vita hår och skägg och sin ljusgrå klädedräkt, broderad med silver.

"Jag förstår inte det här!" utbrast jag. "Ni är fyra andar som representerar fyra anlag eller egenskaper - det är så svårt att definiera. Varför har vi förts hit?"

Viljans ande smålog och då lystes hans stränga ansikte upp och blev levande och vackert.

"Ni vill konfronteras med naturens andar och veta om deras samarbete med människorna", sa han. "Vi är en slags grundpelare. Människorna skapades med den fria viljan och det fjättrade mig. Jag kan inte påverka dem så att de till exempel tänker positivt, det måste de själva bestämma. Jag råder dock fortfarande över naturens väsen på er jord och andra platser där de är verksamma. Våra viljor står i ständig kontakt och detta blomsterland står alltid öppet för dem som jagats bort från sitt naturliga ursprung. Här är en fristad. Det är min uppgift att värna om den."

"Jag är en skapande kraft!" Det var Formens ande som talade. "Jag har verkat på jorden under tusentals år och mycket mer, men nu har jag dragit mig tillbaka eftersom de former som skapas på jorden i stor utsträckning blivit skräckens hantlangare. Den sköna musa som var min närmaste medarbetare ligger och gråter mellan världarna. Hennes kraft har försvagats och hennes samarbete med naturens väsen kan aldrig fullföljas eftersom de flyr jorden."

"Jag har inte förlorat hoppet än!" Rörelsens lilla vackra ande smålog mot mig. "Perpetuum mobile! Det gäller bara att förändra rörelsernas värld till en vacker värld i ständig utveckling.

Att utstråla god rörelse i en ond värld kan ge goda resultat."

"Det gäller att vara vis i det man företar sig." Visdomens ande talade med djupaste allvar. "Det gäller att tänka sig för och att framför allt sända ut kärlek. Utan kärlek är visdom ingenting värd. I kombination med kärlek kan visheten göra mirakel. Men krig, våld och ondska bidrar inte till detta, utan försvårar mitt arbete. Vi andar här behöver också hjälp för att kunna hjälpa jorden."

"Men om det behövs hjälp för att hjälpa jorden som vi alla vill, varifrån får vi den hjälpen?" frågade jag och Lydia tillade:

"Vi änglar bor inte på jorden. Naturandarna är på väg från jorden. Klimatet på jorden håller på att förändras. Det märks att ni har övergivit oss."

"Ingen har övergett er!" Det fanns harm i Vishetens stämma. "Tänk inte i de spåren! Varje dag överlägger vi om vilken hjälp vi kan ge er och tro mig, hjälpen har redan satt i gång. Det kan ta tid, men den vackra planeten jorden kommer att fortsätta att blomstra efter katastroferna. Vi kan dock inte berätta vad det är vi gör. Vi kan bara inge er hopp!”

Han vinkade åt oss att följa med honom och vi lämnade den blomstrande salen för att gå ut i den blomstrande trädgården. Vishetens ande ledde oss genom en smal gång fram till en plätt som var alldeles tom. Det var en rund grusplätt på ungefär en meter i diameter. Här stannade han.

”Här är det synliga beviset för att någonting pågår”, förklarade den gamle mannen. ”Varje gång vi lyckas med någon form av hjälp till jorden, försvinner våra blommor dit och det uppstår en sådan här gruscirkel.”

”Tänk om hela er trädgård blir en gruscirkel!” utropade Lydia förtjust. ”Vad gör ni då?”

Vishetens ande log.

”Då planterar vi nya blommor”, svarade han.

”Så länge det finns osynliga naturväsen på jorden, så länge arbetar de med sina uppgifter och även om de inte syns så ger deras arbete resultat. Det finns säkert fortfarande människor som vill odla utan gifter och människor som vill bidra till att förbättra miljön. Sätt er tilltro till dem och vidga deras cirkel med era tankar.” Det var Liihai som talade.

”Ni ska också känna trygghet över att veta att vi finns, både vi och många flera väsen som försöker hjälpa jorden”, försäkrade Vishetens ande. ”Vi måste arbeta på vårt sätt och i vår takt. Återvänd till anasazi-stammen och upptäck deras dolda magi, baserad på våra kunskaper och vårt vetande.” Han gjorde en lätt bugning och därefter försvann de fyra andarna. Det måste även vi göra, eftersom vår schamankvinna ledde oss ut från blomträdgården, tillbaka till den blomstrande ängen. Där väntade vår drake.

22. Till anasazi och från anasazi

Leehan Hjortjägaren, anasazihövding och hans son Karyo väntade oss i hövdingens bostad. Där väntade också en riklig måltid och vi berättade vad vi hade upplevt. Den magnifika schamankvinnan Liihai stannade i sin grotta, efter att ha tagit ett kärleksfullt farväl av oss och önskat oss välkomna åter. Hon betraktades som en slags gudinna av stammen och gudinnor sitter inte och äter och dricker med vanligt folk. Så tänkte jag och Lydia blinkade åt mig. Vrang väntade tills jag hade berättat min version och Balthori sin av besöket hos de höga andarna, därefter var det hans tur att tala:

”Mina fyra vänner här gör desperata försök att få reda på hur de ska kunna hjälpa jorden. På något sätt tror jag att de väntar sig att vi naturandar ska ingripa. Även om nästan tvåtusen år ligger mellan anasazis tid och nutiden på jorden, tror jag inte att ni kan göra så mycket i nuläget. Ni hörde ju att andarna i Blomsterrike med bestämdhet påstod att de redan startat en räddningsaktion på Tellus. Jag föreslår att vi fortsätter vår resa till olika kulturer och tar reda på vilka som har arbetat tillsammans med naturens väsen. Det är ju er främsta uppgift.”

Han hade förstås rätt. Vi måste lämna denna härliga plats och söka vidare. Utanför hövdingens bostad väntade ormörnen. Jag hade inte sett till honom sen vår ankomst till anasazi och blev riktigt glad över att se honom. Han var ju också en vägvisare. Vrang pratade med fågeln och det kändes också bra. Ingen av oss mer än han visste vart färden skulle gå. Men det var med tillförsikt vi återsåg våra enhörningar och satte oss på de sadellösa ryggarna.

Det bar iväg in i ett töcken som vanligt och som vanligt dåsade jag till. Jag vaknade när enhörningarna stannade med ett gemensamt stamp och Vrang ropade någonting. Landskapet föreföll bekant men ändå inte. Vi stod i en skog, fast den var glesare än svenska skogar och med mycket mera lövträd. Det kändes bra men jag visste inte varför. Jag gled av enhörningen, som försvann tillsammans med de övriga fyra hästdjuren. En ganska bred skogsväg ledde mot en glänta.

”Vi är i England!” utropade Lydia.

Hon hade alldeles rätt.

England är ju fullt av naturväsen, åtminstone om man får tro Shakespeare. Han skrev i alla fall sin ”Midsommarnattsdröm”, som blivit vida berömd. Trodde han på naturväsen? Det återstod att ta reda på, tänkte jag full i skratt. England, vad mysigt! Det kände jag verkligen för. Jag skuttade snarare än gick mot den ljusa gläntan.

Någonting rörde sig vid sidan om mig. Jag tittade åt båda hållen, men det hördes bara ett litet skratt eller snarare en fnissning.

”Larva dig inte, Lydia”, sa jag strängt. Men då upptäckte jag att Lydia gick en bra bit framför mig, arm i arm med Thesa. Fnissningen hördes ånyo och en snabb rörelse bakom ett träd och en glimt av grönt tyg bakom ett annat kom mig att förstå att det var naturväsen som skojade med mig. Jag utgjorde eftertruppen, eftersom Vrang och Balthori gick och pratade tillsammans. Jag skyndade mig framåt för att komma ikapp dem, när jag åter hörde det låga skrattet. Nu visade sig en varelse mellan trädstammarna. Det var en faun.

”Du behöver inte gömma dig för mig”, sa jag vänligt.

”Jag är van att se naturväsen och jag är en ängel, inte en människa.”

Försiktigt närmade sig faunen. Han såg precis ut som på bilder jag sett och som de fauner som omgivit Pan när vi träffade honom. Två små horn stack upp ur det bruna hårburret, två gröna, glittrande ögon såg på mig, en spetsig näsa och en glad mun befann sig ovanför ett litet spetsigt skägg. Han var ungefär så stor som en 10-åring.

”Hallå!” pep han med klar, men väldigt liten stämma.

”Vad gör ni i vår skog?”

”Söker naturens väsen!” skrattade jag. Nu hade de andra stannat och gick tillbaka mot mig. ”Och här har vi tydligen ett. Vem är du, vad är det för tid och var någonstans i England är vi?”

”I Wales”, svarade han. ”Här får vi vara ifred. Människorna här accepterar oss. Naturen är så speciell och den passar oss. Tidigt 1800-tal enligt er räkning, det är vad det är. Det gör detsamma med tiden, vi stannar här på ett tidlöst plan.”

”Samarbetar ni med människorna?” frågade jag.

”Ibland”, svarade han. ”Med dem som ser oss. Det är lättast så.”

”Motarbetas ni inte alls? Finns det inga som tvivlar på er existens?” frågade Lydia. Nu stod hela sällskapet omkring mig. Vrang gick fram till faunen och gav honom en hjärtlig kram.

”Jag ser att ni har med er en besläktad vän till oss”, smålog faunen och visade små vita, spetsiga tänder. ”Det finns så många som inte tror på oss och som är rädda för oss, så vi håller oss undan de som tvivlar.”

”Bor ni i skogen?” fortsatte jag att fråga.

”Ja, vi är skogsväsen. Vi ser till skogens alla träd, marken som ni går på och all annan växtlighet här. Andra naturväsen tar vid när ni kommer ut på ängarna och bland bergen. Vi är sams och samarbetar med varandra. När människorna sågar ner träden är vi alltid med. Vi förstår att de behöver trä för att bygga med och så länge de inte hugger ner i onödan är vi vänner. Vi ser till att trädet faller som det ska, utan att skada djur eller människa, och att dess deva, andeväsen, blir omhändertaget.”

”Vi är också besläktade med er”, sa Balthori småleende. ”Vi är ett slags mellanting mellan människor och naturväsen, vi är alver. Vi är även släkt med älvfolket, men vi är en mer fysisk gren av den stora gruppen naturväsen. Vi har väl inga gelikar kvar här?”

”Joodå”, svarade faunen förtjust. ”Det finns alver som har slagit sig till ro på en ö utanför Wales och på andra öar utanför skotska kusten. En av dem heter Iona. Jag tror några finns på en udde på Irland också. Varifrån är ni?”

”Från en annan planet, dit vi flyttade när vi inte längre kunde bo kvar på jorden.” Balts röst lät sorgsen. ”Vi har det bra, men vi gästspelar bara i det här sällskapet. Vi försöker också ta reda på naturväsendenas samarbete med människorna. Vi vet när det började men inte när det slutade.”

”Det börjar ta slut nu”, suckade faunen. ”Vi kan inte visa oss hur som helst, bara när det är nödvändigt. Vi drar oss tillbaka mer och mer och alla undrar vi hur det ska sluta. En del av oss är faktiskt rädda för människor. Vi tror att penningens makt överstigit människornas förstånd.”

”Då tror ni rätt”, instämde jag. ”Och du har talat om för oss precis det vi ville veta.”

”Vi drar vidare”, bestämde Vrang. ”Vi ska ta oss en titt på Skottland och kanske på Irland innan vi far till nästa tidevarv och kultur.”

Vi tog farväl av den vänlige faunen och satte oss upp på enhörningarna. Hela Storbritannien tycktes vara befolkat av naturväsen, vi träffade dem överallt. De flesta var översvallande vänliga, glada och skojfriska, men det fanns också mörkare typer. Dem pratade vi inte med, vi skymtade dem bara som små skugglika gestalter som gömde sig bland träden. Vi kom fram till att alla dessa väsen var beredda på svårare tider. De tänkte inte överge sitt land men däremot försvinna från människornas ögon och dölja sig under osynlighetens mantel. Den processen började under tidigt 1800-tal och har fortsatt sedan dess.

23. Besök hos en gammal isländsk magiker

När den vanliga proceduren med enhörningar och rida genom töcken var överstökad, landade vi på för mig mycket ovanlig mark. Det var hård mark, inget mjukt gräs svepte kring mina fötter. Jag tyckte att det kändes mer som ett skrovligt golv. Men det var definitivt mark.

”Mark på Island”, sa Lydia som läste mina tankar som vanligt. Enhörningarna var försvunna, hela gruppen stod på marken, en flack kiseldroppsterrass låg framför oss. Det var Hveravellir, fick jag senare veta.

”Vi står på andra sidan om det farliga landet, på Kerlingarfjöll”, berättade Vrang. Han såg ut att njuta av den avskalade terrängen. Eftersom jag såg varken träd eller växter var den avskalad för mig. Men det var en imponerande vy med den vita röken som sakta fladdrade förbi från tättliggande vattensamlingar.

”Här finns jökelälvar och gungflyn och en massa svavelkällor”, fortsatte han. ”Jag undrar om vi inte träffar på några pysslingar här, det finns de som är vana vid den karga terrängen. De vet inte om någonting annat, de är födda i det här. Titta där borta!”

Nog var det en pyssling som nyfiket glodde på oss bakom en sten. Det kom en till och en till och Vrang vinkade åt dem att komma fram. De kanske såg att vi inte var vanliga människor, för de kröp försiktigt närmare. Till slut kom den första pysslingen långsamt klivande med båda de små händerna för munnen. Antingen höll han sig för skratt eller också var han rädd att vi luktade illa. Vi stod alldeles stilla. Vrang gjorde sin vanliga hälsning med händerna i kors över bröstet och en liten bugning. Till min häpnad besvarade pysslingen hälsningen genom att göra precis likadant. Vrang tog ett steg mot pysslingen medan jag intensivt betraktade detta nya lustiga väsen. Han liknade inte de andra jag hade sett - om det nu var en han.

Ansiktet var runt med en spetsig haka. Ögonen var stora och lite utstående, näsan strävade faktiskt uppåt, så liten den var, munnen var bred med smala läppar. Håret verkade bara vara ett ljust, grönaktigt dun och han bar en lustig liten skålformad mössa.

Kroppen var tunn, med långa armar och ben, men han var nog bara drygt en halv meter lång. Kläderna var som ett tättsittande ljusgrönt hölje, men jag såg bakom honom en varelse som kanske var en hon. Där var höljet lite längre, från halsen till knäna, och håret var visserligen också som grönt dun, men yvigare och längre.

Vrang förklarade för pysslingen vilka vi var och den lilla varelsen såg först lättad ut, sedan började han prata. Han pratade så ivrigt med Vrang att denne förmodligen hade vissa svårigheter att hänga med, för han torkade svetten ur pannan. Sedan vände sig Vrang till oss, medan pysslingarna skockades omkring den första och de iakttog oss lika noggrant som vi glodde på dem.

"Detta är den sortens naturandar som vistas här i bergen och runt källorna", berättade Vrang. "De säger att det isländska folket i allmänhet är vänligt inställda till naturens väsen och försöker skydda dem på alla sätt. Det finns tydligen flera sorters naturväsen här, de indelar sig själva i roter. Med det menas olika grupper med olika stamtecken. De påstår att naturandarna har små byar lite varstans och att många människor vet det och respekterar det. De säger att när islänningarna bygger vägar, tar de hänsyn till pysslingbyarna. Det finns många här i landet som kan se och tala med oss, säger den här unge mannen som heter Pyll.

"Han undrar också ifall vi vill se någon av byarna. Han blir gärna vår ciceron." Det var klart att vi ville. Eftersom Pyll var liten även i jämförelse med Vrang, satte sig vår nye guide på Vrangs axel. Sen bar det av till lite mer civiliserade trakter, strax utanför Reykjavik.

Nu fick vi skåda "riktiga" hus, bebodda av alldeles mänskliga islänningar. De var speciella, jag har aldrig sett den typen av bostäder förut. Jag fastnade framför ett hus som var av sten, täckt med torv och gräs. Det var ett lågt gavelhus med taket som gick i ett med marken och fönstren stack ut sina häpna rutor från en inbäddad plats mitt på takväggen. Jag föll faktiskt i trans av lycka över denna märkliga bostad tills Lydia drog mig hårt i skjortärmen.

"Sluta vara turist!" viskade hon, "det är inte människoboningar vi ska titta på." Vi följde efter Vrang och Pyll. En bit från boningshusen var det grönt, kort gräs på marken och ett lågt, vitmålat staket. Bakom staketet fanns den pysslingby som Pyll talade om. Nu fick vi inte gå upprätta längre. Vrang tecknade åt oss att gå ner på knä och krypa efter honom. Inom kort befann vi oss i en ny värld.

Vi hade kommit in i den lägsta by jag någonsin sett. Inget hus var högre än ca en meter. Det var ändå en helt förtjusande by. Husen var målade i olika färger och påminde om en schweizisk by med snickarglädje överallt. Små täppor omgav varenda byggnad. Låga blommor i glada färger prydde de små, mysiga trädgårdarna, som alla var försedda med bänkar och bord. Mitt i byn fanns en gata, den enda vägen som var möjlig för oss att krypa på. Ingen enda varelse var ute i byn, men vi såg invånarna röra sig i trädgårdarna eller stirra på oss genom fönstren.

Pyll hade hasat ner från Vrang och sprang omkring och vinkade och hälsade. Han var lite för lång för att riktigt passa in, men alla tycktes känna honom. Vi fortsatte att krypa tills vi kom till andra änden av byn. Där fick vi fortsätta vårt krypande en kort stund till, sedan kunde vi äntligen resa oss upp och borsta dammet av knäna.

"Nu ska vi besöka en gammal isländsk trollkarl!" förkunnade Vrang. "Pyll har berättat om honom. Magin här på ön är en självklar sak, vilken tid vi än hamnat i. Så vår lille ciceron fortsätter att visa oss vägen. Men nu måste vi sitta upp på våra enhörningar igen."

Han blåste i sin lilla pipa och enhörningarna kom farande med vindens fart. Pyll satt framför Vrang i täten. Pysslingen såg verkligen belåten ut. Det kanske inte var så ofta han var ute på sådana här äventyr.

Jag är inte klar över ifall enhörningarna sprang extra fort eller om vi helt enkelt flög. Så snart vi satte oss upp så blev vi tillsagda att blunda och hålla ett stadigt tag i manen. Därför visste vi ingenting förrän vi "landade", den här gången ganska bryskt. Min bakdel hoppade högt i luften och jag hade trillat av om jag inte hade varit så lätt. Vi befann oss tydligen inte i människokroppar nu, utan i våra gamla kära änglakroppar. Det var kanske bäst så, eftersom vi hamnat i ett fasligt kargt och ogästvänligt berglandskap, som absolut inte var skapat för människofötter.

Runt omkring oss var det höga spetsiga bergstoppar. Vi stod visserligen i en dal, men den var klädd med ojämna stenar som inte lockade till några promenader. Vi hade hamnat i en gryta och det var en kall sådan, för kylan trängde in i våra kroppar trots att vi var änglar.

"Ni är lite mellanting nu", skrattade Vrang när han såg att vi huttrade. Pyll grimaserade på hans axel, det verkade som om han gjorde narr av oss. Thesa och Balt såg oberörda ut, men det var ju någonting de var bra på. Allt var gråare än grått och Lydias röda pälsfodrade jacka kontrasterade skarpt mot omgivningen. Varifrån fick hon alla kläder? tänkte jag irriterat. Hon läste min tanke och fnittrade glatt. Änglar kan skapa på sitt vis, en talang som jag tydligen hade glömt bort. Jag tänkte mig genast en varmfodrad vadmalsjacka - och vips var jag klädd i en sådan.

Dalen var vidsträckt och nästan öde. Det fanns ett hus precis mitt bland bergen. Jag kallar det hus, för någon slags boning var det. Det var också grått, så det matchade bergen och därför såg man det inte med detsamma. Det såg inte ut att ha fönster, men vid närmare granskning så var det grå torv som nådde ned till marken och små fönster var inbäddade i den. Tre skorstenar fanns på taket och det rykte i den mittersta. Någonstans måste det finnas en dörr, så vi började gå runt. När jag vände mig om såg jag inga enhörningar. De hade en förmåga att försvinna hela tiden.

Dörren fanns på gaveln. Den var precis så hög att jag kom igenom den när jag böjde huvudet och sträckte på halsen. Sist i raden var jag som vanligt. De andra hade redan grupperat sig omkring en man som satt mitt i ett stort rum, fullt av underliga föremål. I ena hörnan var det en jättestor öppen spis där elden knastrade och kastade långa skuggor på väggarna. Mannen satt i en skinnklädd stol framför brasan. Ett brett, långt bord belamrat med böcker och skrifter fanns vid hans sida. Jag tittade på mannen.

Hans gamla skrynkliga ansikte var just nu vänt mot Vrang, som pratade ivrigt med honom. Gubbens ögon var mycket starkt iakttagande, närsittande och ljusblå, med en egendomlig pupill, som ändrade form hela tiden. Näsan var stor och böjd. Munnen var bara ett streck i spindelnätet av rynkor. Han var skägglös men hade långt vitt hår och var klädd i en slags mörkbrun kåpa. Till slut tecknade han åt Vrang att vara tyst och sa med en mäktig stämma, mäktigare än man hade trott kunde komma från den skröpliga, krökta kroppen:

”Välkomna till Jotna Vultir, vulkanbergen i hjärtat av min sköna ö. Jag har döpt dem själv, de är mina och jag vakar över dem. Hit kommer inga främlingar, ändå har jag i dag besök av en vitrigo med en son av vårt isländska småfolk på axeln, två alver och två änglar. Det ska vara en sådan kombination som kan tränga igenom mina vallar.” Han upphävde ett rostigt skratt.

”Store magiker, vi har kommit för att uttrycka vår beundran för dig och ödmjukt ställa en förfrågan.” Det var Vrang som pratade så snirkligt. Den gamle trollkarlen böjde sitt huvud och gjorde en inbjudande gest med sina smala händer. Hans händer var vackra, de vackraste händer jag skådat. De var märkvärdigt nog inte rynkiga, huden var ljus och slät och de var utsökt välformade, med långa, välvårdade naglar. Han hade änglahänder, skickade jag till Lydia, som uppenbarligen hörde min tanke och ivrigt nickade.

”Jorden lider”, fortsatte Vrang. ”Det befaras att 2000-talet blir världens undergång. Vad har du att säga om det?”

Den gamle sträckte sig över bordet och grävde fram en glaskula, ungefär så stor som en knuten hand. Han tog den med båda händerna och stirrade in i den. Vi såg alla hur det började röra sig något i kulan. Det var andlöst tyst i rummet, inte ens våra hjärtan slog tycktes det. Efter en lång stund sa trollkarlen:

”Vår jord är illa ute, men inte bara jorden. Luften, rymden och de närmaste stjärnorna och planeterna är redan påverkade. Det är inte bara ni som är oroade. Jag arbetar dagligen med detta. Det måste ske förändringar och om människorna inte åstadkommer dem så måste naturen ingripa. Jag har talat med mina berg och mina vulkaner. De ligger i beredskap tillsammans med sina gelikar över hela Tellus. Jag kan inte uppmuntra er med någon glad nyhet. Det som sker måste ske så att mänskligheten förändras.

”Ni måste se undergången som en övergång. Själva jorden ni vandrar på kommer inte att försvinna eller förintas. Den blir bara förändrad till det bättre. Sjöar, kanske hav kommer att uppstå och översvämma mark som är utblottad och förstörd. Vi trollkarlar har en stor uppgift framför oss. Snart måste jag träda ut ur mitt berglandskap för att hjälpa till med de krafter jag har till mitt förfogande.”

Han tystnade medan han vände sig mot elden och stirrade in i den. Sen fortsatte han:

”Av jord är du kommen, etc. säger prästerna helt felaktigt. Ur den Heliga Källan är du kommen, det är dit du ska återvända för att renas och för att få ett nytt uppdrag. Det är vad människorna borde få höra. Vad är det mer ni vill veta?”

”Vi alver kan inte längre leva på jorden, liksom våra släktingar”, sa Balthori och lade armen om Thesa. ”Vi bor nu på en planet som inte alls är lika fager som vår jord. Kommer vi någonsin att kunna komma tillbaka?”

”Ja, så är det tänkt”, svarade den gamle med ett mjukt smil. ”Ni tillhör jorden och ni kommer tillbaka. Ni var med om att skapa jorden och ni har måst fly er skapelse. Det är inte rätt. Det måste bli en ändring och det blir det. När ni kommer tillbaka blir ni synliga för jordemänniskorna. Drakarna kommer också tillbaka. De har funnits länge på andra planeter. Om de blir väl behandlade så är de en tillgång. Det fruktansvärda krigsmaterial av olika slag som jorden nu besitter och utvecklar alltmer måste förintas. Skjutvapen måste förintas. Så är det tänkt."

"Hur ska det gå till?" frågade jag. "Då uppfinns de väl igen av någon uppfinnarjocke. Om krigsmaterial och skjutvapen av alla slag förintas, måste minnet av dem och deras konstruktion också förintas. Annars finner hatet bara nya vägar."

"Ack unge dåre", svarade magikern, "du har glömt att jag inte är den enda trollkarlen i världen. Vi är ganska många. Vi har all den makt vi behöver för att omintetgöra alla vapen."

"Varför har ni då inte gjort det redan?" frågade jag, lite sur över att bli kallad dåre.

"För att var dag har sin egen väg, min son. Dagens väg består inte i att göra en sådan sak. Vissa saker måste först få sitt utlopp innan vi kan rena världen. Så är det tänkt." Den gamle såg tålmodigt småleende på mig och jag kunde inte annat än le tillbaka.

"Men hur kan du bo så här utan att ha livsmedel tillgängliga? Du måste vara väldigt ensam", sa Lydia.

Den gamle såg på henne och brast sedan ut i skratt. Han klappade i händerna tre gånger. Från alla håll kom flera män och kvinnor, som såg väldigt mänskliga ut, gående med händerna fulla av olika födoämnen. Ett bankettbord dukades upp på nolltid inför våra häpna ögon.

"Vilka är detta? Är det ett hologram?" frågade Lydia med stora ögon.

"Det är mina elever", svarade gubben lugnt. "Jag har en skola här för blivande magiker från olika länder, från olika delar av världen. Det är människor som är lika oroliga för jorden som ni och jag, och det gläder mig att så många kulturer samsas under mitt tak. Var så goda och ta för er, mina vänner. Föda är inget problem här och alltsammans härstammar från våra odlingar som finns i en bortre del av ravinen. Det är vegetarisk mat och jag lovar er att den smakar bra!"

"Och jag ska vara barmhärtig!" ropade Vrang. "Lydia och Jan, inta er fysiska gestalt och låt er väl smaka!" Jag kände att jag liksom fylldes av materia och förmodligen kände Lydia detsamma. Och jag kan lova att maten var delikat! Till och med lille Pyll, som förhållit sig väldigt stilla och tyst tills nu, åt med god aptit.

När vi nu fått oss till livs både andlig och lekamlig föda, var det dags att återvända. Återvända vart? Jag frågade Vrang och Pyll svarade med att räcka ut tungan åt mig. Tänk att pysslingar kan vara så ouppfostrade!

”Här var det samarbete mellan människor och naturväsen sen urminnes tider”, svarade Vrang. ”Nu vet vi det. Vi kanske skulle försöka oss på indianerna och höra vad de har att säga.”

”Indianer har också en uråldrig uppfattning om naturen och dess invånare”, sa Lydia. Hon hade anlagt historikertonen nu, så jag befarade en längre utläggning.

”Det stämmer”, avbröt Vrang. ”Nu vet jag vart vi far, men faktiskt inte till indianerna.”

Vi tog farväl av den isländske magikern, som nickade och log så att rynknätet slätades ut och de märkliga ögonen sände milda blixtar.

”Ni har besökt mig för att få veta jordens öde. Jag har med glädje förmedlat det jag vet, för så var det tänkt.”

Därefter kom rynknätet tillbaka och han lutade huvudet mot ryggstödet på stolen framför brasan. Han såg ut som om han sov och vi drog oss vördnadsfullt tillbaka.

Vrang kallade på enhörningarna och vi red mot nästa mål.

24. Hos maorier på Nya Zeeland

Vi återbördade Pyll till hans bostad på Kerlingarfjöll. Avskedet var mycket snabbt och osentimentalt, eftersom Pyll omedelbart stack iväg till sitt boende bakom stenbumlingarna. För oss bar det iväg på enhörningarna igen. Jag berömde Vrang för att han hade ordnat så trevliga turer med fina guider och vänligt bemötande - mestadels i alla fall. Jag tyckte dock att en evighet förflöt innan vi landade igen, den här gången på mjuk mark.

”Vart har ormörnen tagit vägen?” frågade jag och såg mig omkring. ”Jag har inte sett honom på länge.”

”Han har återvänt till sina ormar”, svarade Vrang.

”Han är beroende av sin föda. Om han känner för det så dyker han upp igen. Säg nu var du tror att vi är?”

På ena sidan fanns ett berglandskap, med gräs och ett och annat busksnår. På andra sidan var det skog, som var gles i kanten men tätnade inåt. Våra glada travare började genast beta. Mellan dessa ytterligheter rann en flod, eller kanske man skulle kalla den för en bred å. Några brunhyade människor badade och några andra hämtade vatten i stora spannar. Några barn dansade omkring på den smala strandremsan och sjöng. Andra vadade i det grunda vattnet. Deras bostäder måste ligga i skogen, för när de såg oss rusade de iväg rätt in mellan träden.

”Aboriginer!” utropade jag. ”Är vi i Australien?”

”Nära nog!” svarade Vrang leende. ”Vi är på Nya Zeeland. Vi besöker infödingarna där, de som har den äldsta kulturen. Det är inte aboriginer, det är maorier.”

”Vilket år är det?” frågade vår historiker Lydia, som alltid skulle ha fakta. Vrangs leende blev ännu bredare.

”Det är gammal tid”, svarade han, ”mycket gammal, långt före den så kallade civilisationen. Det är någon gång på tusentalet e.Kr. Då kom de första maorierna hit. Anledningen till att jag ville hit är att maoriernas ursprung inte är känt, inte ens i vad vi kallar modern tid. Det är en gåta, precis som hos vissa andra folkslag. Maorierna kom hit med sin kultur från okänd plats på jorden, eller ...”

”Är de utomjordingar?” utropade jag förtjust. Vrang skakade på huvudet.

”Nej, men många av dem kom från Atlantis.”

”Det är omöjligt”, invände Lydia. ”Atlantis gick under för cirka 10 000 år sedan. Du talade ju om tusentalet e.Kr. Dessutom skulle det inte vara nästgårdsvägs för atlantiderna att ta sig över Sydamerika.”

”Ättlingar till atlantiderna är vad jag talar om”, fortsatte Vrang. ”Atlantiderna hade tillgång till vad ni kallar för flygande tefat. De hade vänskapsförbindelser med utomjordingar. Kulturen på Atlantis var mycket mer avancerad än ni anar och det blev också deras fall.”

”Instämmer”, sa Balthori och lade armen om Vrangs axlar. ”Vår käre vitrigo vet saker som er forskning inte kommit fram till ännu. Under Atlantis sista 100 år pågick en skrämmande utveckling, mycket på grund av den del av deras utomjordiska vänner som inte alla tillhörde den goda skaran. Bevisen på detta finns på havets botten. Kanske kommer en framtida dykare att finna dem. Men den onda kraften hann ställa till med tillräckligt med elände.”

”Sluta med sagorna”, fräste Lydia. ”Historia är historia och maorierna kom till Nya Zealand från olika söderhavsöar, så det så.” Men jag tänkte på vad Moder Jord berättat för oss om kung Anu och vad han ställde till med på Atlantis. Jag hoppades att vi snart skulle få höra mer om detta.

Det var dags att hälsa på maorifolket och ta reda på hur mycket de själva visste om sitt ursprung. Vi vadade över ån och klev upp mot skogen åt det håll där barnen försvunnit. Vi fann ganska snart en samling hyddor av ganska primitivt slag, och omkring dem försiggick stor aktivitet.

Maorierna var klädda i enkla hemvävda tygstycken som hölls ihop av ett bälte. Deras ansikten var ganska breda, runda och med höga kindknotor. Ögonen var mörka, näsorna korta och trubbiga och munnarna ganska stora. De smålog vänligt mot oss och jag kände ögonblickligen att det här var en stam som inte skulle förorsaka oss några problem. Alla log och bugade och de blev alldeles till sig när Vrang pratade med dem på deras eget språk. Vi satte oss på några stenar som jag antog var den tidens utemöbler. Infödingarna höll sig på avstånd från oss, men de vinkade vänligt och smålog hela tiden.

”De kommer från en grön ö där det bodde mycket folk”, berättade Vrang när han kom tillbaka till oss. ”En dag begav sig deras stam iväg därifrån för att söka ett bättre boende.

De hade en lång färd i kanot och flera liv gick till spillo, innan de fann den här ön som var helt öde och obefolkad. De slog sig ner och de har gått långa vägar här för att se om det fanns några andra invånare, men ön var tom på människor. Däremot var den frodig och rik på växtföda, så de slog sig ner för gott. De har ingen annan religion är naturen och allt vad som finns där.

När jag antydde att någon måste ha skapat naturen såg de förvånade på mig, skrattade och försäkrade mig att allt var så bra. Men de hade kontakt med naturens väsen och det var nog för dem. De sa att det finns väsen för alla växter, för jord, himmel, hav och storm. Alla dessa var deras vänner och en slags jämlikar. Mer behövs inte i deras liv och jag skulle tro att de har levt här ett hundratal år. De vet inte själva, de svarar bara 'Länge!' om man frågar hur länge de bott på ön."

"Jaha, då får vi inte ut mer av det här besöket", sa Balt och vinkade på oss. "Jag tycker att när vi klarat av maorierna är det dags att ge sig till aboriginerna i Australien. Där får vi kanske veta mera."

Vrang samtyckte och visslade på enhörningarna. Vi märkte en viss uppståndelse när de vackra djuren galopperade fram på andra sidan stranden. Säkerligen hade infödingarna inte haft något emot en enhörning, men det var bäst att sätta fart. För säkerhets skull ordnade förtruppen ett dimmoln efter oss. Vi hörde skrik och tjatter från andra sidan ån, men då hade vi redan kommit iväg.

25. Det nakna nomadfolket i Australien

Vi stod i en glänta. Framför oss rörde sig män och kvinnor som var helt nakna. Lydia nöp mig i armen. Jag nöp henne i armen. Jag tittade på Thesa och Balthori som stod bredvid oss och deras miner var också väldigt häpna. Vrang var redan på väg fram till den nakna människogruppen i gläntan av ett glest skogsparti. En ståtlig man, med mellanbrun kroppsfärg och ansiktet målat med vita strimmor, pratade livligt med vår käre vitrigo. Han såg mäkta barsk ut, aboriginen.

Vrang gestikulerade, vände sig om och pekade på oss fyra och på en av enhörningarna som dröjt sig kvar vid en gräsplätt. Inte förrän han såg enhörningen, smålog mannen. Han gjorde en speciell signal eller vissling med handen för munnen och genast kom alla fem enhörningarna springande. En kvinna räckte honom något som såg ut som barkbitar och det bjöd han våra riddjur på. De tycktes uppskatta detta enormt, de gnäggade (så som enhörningar gnäggar, lite ljusare ljud än hästar) och skakade på sina fantastiska manar. Mannen och kvinnan matade våra djur en lång stund, därefter sprang enhörningarna in i skogen. Vrang vinkade åt oss att komma.

Vi hade lärt oss att hälsa med händerna korslagda över bröstet och en kort bugning, det var en hälsning som tydligen gick hem överallt i de gamla kulturerna. Vi såg inga naturandar, men det var en väldigt speciell stämning i gläntan. En av männen höll på att göra upp en eld. Vi såg vatten glimma mellan trädstammarna och förstod att det fanns ett vattendrag i närheten. Vi såg inga hus eller kojor av något slag, bara flera ”madrasser” av stora löv som låg på marken utefter en kant av träd.

”Aboriginerna är nomader”, förklarade Vrang. ”Vi får följa med dem i morgon, då fortsätter de sin vandring. Vill ni det? Jag är inte säker på att jag vill. Naturväsen är okända här, men hövdingen får själv berätta. Nu har de en slags uppbrottsfest och vi erbjuds att närvara där.”

Festen bestod av helstekt känguru på öppen eld och till den serverades sallad av allsköns vilda gräs och frukter. När vi var materialiserade fick vi äta men bara vegetariskt. För det mesta bjöds vi på väldigt mycket vegetarisk mat, underbara bröd, nötter och nötfärser, rotgrönsaker och frukter. Här blev vi tvungna att ingående förklara varför vi inte ville smaka på måltidens höjdpunkt. Till slut sade sig hövdingen - om han nu var en hövding - förstå och nöja sig med vår förklaring.

Under tiden iakttog jag aboriginerna, detta hotade folk. Hotat av oss, vithudingar, som tror oss vara herrar över den mörka hyns bärare i alla länder. Det är skandal och fruktansvärt fel så som vi bär oss åt.

Lydia läste mina tankar och lade sin lilla hand över min. Det här var en stam som ännu inte fastnat i civilisationens garn och som förmodligen hållit sig gömd i åratal i skogar och öknar dit få människor vågade sig. Jag tyckte att aboriginerna var vackra. Deras runda eller kanske snarare lite fyrkantiga ansikten genomstrålades av visdom och klokskap. Deras ögon var stora och vackra, mestadels bruna, men ofta med skiftningar i grönt eller guld, ja till och med i blågrått. Deras hår var mestadels kortklippt och mörklockigt. Så kom den väntade frågan.

”Har ni kontakt med naturens väsen?” frågade Vrang hövdingen. Denne visade sina vita, jämna tänder i ett brett leende och slog ut med båda händerna i luften så att flottet yrde från den stekta köttbiten han höll i handen.

”Andarna menar du?” var hans motfråga. ”Förfädernas andar och djurens andar är våra beskyddare och våra vänner.

Vi är ett med naturen. Vi betalar tillbaka det som naturen ger oss och minsta fjäder eller hudflik kommer till användning hos oss. Så visst har vi ständig kontakt med djurens väsen.”

Vrang blev svarslös. Det här var en annan del av helheten, av universums gåvor. Balthori svarade i hans ställe.

”Min hustru och jag är till hälften människor, till hälften naturväsen”, sa han. ”Med naturväsen menar vi att hela naturen är levande, att stenar, växter och djur har sina speciella företrädare i form av för människorna osynliga varelser. Kängurun som ni äter nu hade sitt naturväsen, som återbördats till sitt ursprung. Vrang som sitter bredvid dig är ett naturväsen! Ni talar om andar, vi talar om levande väsen som inte längre kan leva bland människorna för att de förföljs och förhånas. Vi är alver och vi har måst lämna jorden. Det finns något som heter magi på människospråk. Jag vet att ni kan det, åtminstone har ni vissa kunskaper i magi, men vi behärskar den helt och fullt. Naturens väsen är kunniga i sådana saker, både de lägsta och de högsta.”

Hövdingen hade lyssnat spänt. Han såg mycket allvarlig ut. Efter en stund, när det var helt tyst runt elden där vi satt, började han tala.

”När ni kom hit var det en mycket liten och egendomlig människa som först pratade med mig. Jag tvivlade inte ett ögonblick på att han var människa och att ni alla var det. Han nämnde något om änglar och jag trodde det var samma sak som förfädernas andar.” Han tittade på Lydia och mig. ”Jag trodde inte att de såg ut så. Jag tänkte att ni tillhörde någon speciell människostam som vi inte kände till. Tyvärr menar vi inte riktigt samma saker med andar och naturväsen. Jag respekterar er uppfattning så som jag förstår att ni respekterar vår. Vi förstår att ni inte vill vandra med oss som vi först trodde. Vi lever för att hjälpa varandra och andra, vi samarbetar med naturen i dess synliga tillstånd och vår tacksamhet till den store Ande som skapat alltsammans är obegränsad.”

”Ni går den rätta vägen”, nickade Balt. ”Vi beundrar er och är glada över att vi har fått möta er. Nu måste vi ge oss av så vi säger farväl.”

Det blev ett ömsesidigt kramande och skrattande och aboriginerna sjöng vid vår avfärd. De sjöng när enhörningarna kallades och när vi satte oss upp på dem. Det sista vi hörde när vi sprängde iväg rätt ut i en öken var aboriginernas sång.

26. Hos den trummande samenåjden

När jag slog upp mina ögon stod jag inne i grottan hos Moder Jord. Hur vi kommit dit var en gåta, men både Vrang och Balthori var bra på gåtor. Balt höll mig om ryggen så att jag inte skulle falla baklänges och Lydia höll ett stadigt tag i båda mina händer. Jag var tydligen siste man på skansen att vakna, för Vrang stod redan och pratade med Moder Jord tillsammans med Thesa. Så snart hon såg att jag tittade upp, skyndade sig Moder Jord fram och omfamnade mig. Var våra resor slut nu?

Vi satte oss i den mossgröna, gnistrande salen och vår sköna värdinna frågade hur det hade varit. Hade vi hittat många människostammar som samarbetade med naturens väsen? Det var Balt som svarade.

”Vi har funnit några få och de är i regel från väldigt längesen. Om vi ska söka i nutid så vet vi inte var, eftersom så många olika religioner håller på att äta upp den gamla kunskapen. Den förtärs och vi kan ingenting göra.”

”Ni måste fortsätta”, bestämde Moder Jord. ”Jag tycker att ni behöver vila en stund och det passar bäst i min grotta. Nästa gryning har ni nya uppgifter.”

Jag slocknade i mossans famn utan vidare och förmodligen var det likadant med mina reskamrater. När jag vaknade kände jag mig enormt stark och glad, och jag väckte Lydia som sov i mossan vid min sida. Våra kroppar var genomskinliga och ganska änglalika. På vår nästa utflykt skulle vi nog vara osynliga.

”Tyvärr har ni inga enhörningar längre”, sa Moder Jord när vi samlats omkring henne för att få nya direktiv. ”Ni ska norrut och de passar inte in i den bilden. Nu får ni lita till Barts trollkonster. Ni kommer att landa på svensk mull - eller rättare sagt snö. Därför måste ni behålla era ängla- och alvkroppar. Om det är nödvändigt att ni materialiserar er så får vi förse er med varma kläder. Vrang stannar hos mig den här gången, trots att han inte vill. Det blir Balthori som leder er till samernas kalla rike.”

Genom öppningen i grottrummet färdades vi fyra tätt tillsammans. En virvel omslöt oss och på ett ögonblick - eller en evighet - färdades vi upp till kylan. Okänsliga för fysisk påverkan satte vi ner våra fötter i snön. Och snö var vad våra ögon såg genom en tät ridå av snöflingor.

När ögonen vant sig lite bättre vid det svaga ljuset och allt det vita såg vi att vi stod i en by. Det var en by av lappkåtor, förmodligen befann vi oss i Lappland. Renar stod och stampade i snön, det steg upp en grå rök från kåtornas toppar och vi hörde hundskall. Det var tydligen gryning, för mörkret hade börjat ge sig och lägret såg ut att sova.

Men vi behövde inte vänta länge. Högljudda gäspningar hördes och en pilt på ungefär 10 år kom utkravlande ur en kåta och hade bråttom att springa bakom den. Han åtföljdes av en vuxen man med spetsigt ansikte, smala ögonspringor och smal mun. Den ene efter den andre kom ut ur kåtorna för att uträtta sina behov. Vi stod där osynliga och undrade var naturens väsen kunde finnas i denna trädlösa, snötäckta trakt.

Eftersom vi var osynliga kunde vi osedda ta en titt in i kåtorna. Vi såg elden i mitten av bostaden, vi såg kvinnor gunga sina barn i märkliga vaggor som hängde från taket. Vi såg mat tillagas på elden och gamla kvinnor som nynnade för de små. Men vi hade inte kommit för att spionera på samerna. Vi ville veta deras uppfattning om naturens väsen. Därför var det nödvändigt att Balthori materialiserade sig.

Lång och ståtlig stod vår alv plötsligt mitt på gården i snön. Han hade fått på sig stövlar och var insvept i ett pälsliknande plagg. När samerna såg honom samlades de omkring honom. Hundarna kunde säkert se oss osynliga också, eftersom de betedde sig en smula egendomligt. De nosade omkring oss och en av dem ylade. Vi hörde ett entonigt trummande från en kåta. Balt sa någonting på samiska och tioåringen som vi hade sett förut pekade mot just den kåtan.

”Följ med mig!” sa Balt. Om han sa det högt eller om våra höjda medvetanden hörde det, vet jag inte. Vi följde efter honom in i kåtan. Tioåringen följde med och Balt försökte vänligt mota ut honom. Det gick inte.

”Det är min sonsonsonson”, sa en sprucken röst. ”Han är välkommen här.”

En oerhört gammal man satt vid elden med en trumma i knät. Den lille pojken kröp ihop tätt intill honom. Vi hade sett många urgamla personer under våra resor, men denne gubbe tog priset. Det gick inte att gissa sig till hans ålder, men han måste vara långt över 100 år.

”Jag är den här stammens nåjd”, fortsatte den gamle. ”Jag visste att främlingar skulle visa sig här och jag hämtade min trumma från boassjo.” (Den plats i kåtan där heliga ting förvarades.)

”Ser du fler än mig?” Balthori var överraskad.

”Jag ser två kvinnor och en man under osynlighetens slöja”, svarade nåjden. ”Ni kommer inte från jorden, utan från andra sfärer och ni har en viktig fråga att ställa, eller hur?” Vi blev alla häpna och Balt gjorde oss synliga för gubben. Vi hälsade vördnadsfullt på nåjden och satte oss sedan vid hans eld.

”Har samerna kontakt med naturens andar?” frågade jag. ”Samarbetar ni i så fall med dem?”

”Jag svarar ja på båda frågorna.” Den gamle nåjden log ett ljust, vänligt leende. ”Vi har kontakt med många sorters andar, däribland naturligtvis naturens. Dem kallar vi på i vårt arbete med renarna, men också till vardags inne i våra kåtor och på alla de platser vi besöker. Vi är ett vandringsfolk, vi behöver välsignelse och hjälp överallt där vi bosätter oss och vi ger detsamma tillbaka. Vi behöver ofta offra till våra gudar och då ber vi naturens väsen hjälpa oss att finna offer från deras värld. Vi kallar naturens väsen för rådare. Rådarna vakar var och en över sin art av djur eller växter. Om vi bryter mot dem går det oss illa, så vi aktar dem högt.”

”Tack”, sa Balt och reste sig. ”Vi har funnit det vi sökte och vi önskar dig och din stam lycka och glädje i framtiden.”

”Så lätt kommer ni inte härifrån”, invände gamlingen. ”Det är inte vanligt att vi får besök av er sort och därför ber jag er stanna en stund till. Jag vill trumma er in i drömtiden och ge er några vackra bilder att ta med på er resa.”

Han började trumma och vi satt som fastnaglade runt elden. Det kom bilder som först flög runt i kåtans tak som stora sotflagor, men som sedan vecklade ut sig till färgsprakande stillbilder som efterhand fick liv. Framför var och en av oss fanns en sådan bild. Jag stirrade fascinerad på min. Den föreställde mitt barndomshem, den röda stugan i skogens famn där vi slet och levde i skuggan av den store egendomsherren. Men bilden skimrade också av lycka och tillfredställelse. Jag såg mig själv, en gosse i trasiga knäbyxor som vandrade på blomsterängarna tillsammans med får och getter. Jag sjöng, jag visslade och jag drömde om en ljus framtid.

Sedan blev bilden mörk och jag befann mig i storstaden, en vilsekommen poet. Det vilade liksom en slöja över bilden, som dels skimrade av ljus, dels glänste i mörka, dova toner utan att visa några detaljer. Det som avslutade bilden var däremot ett fantastiskt ljus, detsamma som jag sett när jag gick över från jordelivet till mitt nuvarande. Jag kände hur det omslöt mig och hur jag blev den jag är nu och förmodligen kommer att förbli.

Alla hade vi upplevt de stora sotflagorna som blev till bildspel. Alla hade fått se fragment från sin barndom eller ungdom och alla var djupt berörda. Den gamle nåjden såg mycket belåten ut.

"Jag ville ge er en glimt från det människo- och alvliv som ni lämnat", sa han. "Jag ville ge er möjligheten att väga era nuvarande liv på guldvåg och ge er insikt. Alla egovärderingar är försvunna och ändå har ni ett fantastiskt eteriskt liv och enastående upptäckter framför er. Slutet, som inte är ett slut, är bara en början. Det kan ni inte leva om, men ni kan utveckla det och ge det betydelse för andra. Ni står nu inför en viktig upptäckt: sanningen om människorna. Avfärda inte den av rädsla eller ovilja, det är den ni ska arbeta med i framtiden. Den är det viktigaste av allt."

"Men vi återvänder ju till vår planet där alverna lever", invände Thesa. "Det där gäller väl bara de före detta människorna?" Den gamle skakade på huvudet.

"Det gäller er också. Ni har en gång för alla fått uppgiften att hjälpa människorna och det måste ni göra när det är så dags - och helst före. Det liv ni lever på den nya planeten är inte något bestående. Ni är däremot bestående på ett mer mångfasetterat sätt än ni nu kan ana. Jorden går snart in i en ny fas. Om världen drabbas så drabbas även ni, eftersom ni är skapade för att tillhöra jorden. Detta är sanningen."

Han slöt ögonen och vaggade fram och tillbaka. Den lille pojken reste sig upp.

"Nu måste ni gå", sa han. "Morfars farfars far har somnat och då vill han ha tomt i kåtan. Tack för besöket."

Han bugade sig mot oss och skrattade glatt. Vi böjde våra huvuden och tog oss ut genom kåtans smala springa. Det kändes som en dröm. Vi visste inte om vi var synliga eller inte, men Balthori skyndade sig att lägga armarna om oss och bilda en dimma. Vi flöt iväg, tillbaka till Moder Jords grotta. Där väntade oss en uttråkad Vrang, som nådigt tog emot våra kramar. Vi berättade vad vi hade upplevt hos den trummande gamle nåjden.

"Kan det han sa ha något samband med vad du berättade om Anu?" frågade Lydia. Moder Jord nickade.

"Med all säkerhet", svarade hon. "Samarbetet mellan alla som vet sanningen är enormt. Vi ska återkomma till det snart, det lovar jag.”

”Jag har i alla fall haft tid att fundera ut vart vi ska bege oss nästa gång”, sa Vrang när vi hade berättat att samerna hade kontakt med naturens väsen. Nu var det han som bestämde igen och det tyckte han om.

27. Lydia och Thesa blir bortrövade av kahunas

”Jag tror ni kommer att gilla nästa titthål”, smålog Moder Jord. ”Det ska bli en överraskning, vi berättar inte vart ni ska. Men Vrang är förtjust över att åter bli er vägvisare. Vi tror inte att ni blir besvikna och vi hoppas att ni finner nya naturandar. Tyvärr kan jag inte ge er enhörningar den här gången heller.”

Nyfiken som jag är, så blev jag lite besviken på att inte genast få veta allt om den nya platsen. Moder Jord gav oss näring och energi på ett sätt som vi kunde ta emot, och vi måste vänta med avfärden tills vi kände oss utvilade. Vi fick lyssna till underbar musik och se vackra bilder, men jag kände mig ändå ganska otålig. Vart skulle vi fara?

Äntligen skjutsades vi ut i den välsignade dimman och det surrade hemvant i våra huvuden. Dimman lättade och Vrang ropade ett kommandorop. Jag blev plötsligt klarvaken. Vi gungade på vågorna, förmodligen någonstans på vår jord och vi var på väg in mot en strand. Båten vi satt i hade segel och åror, men just nu gled den in i en liten vik alldeles av sig själv. Det var en lummig vik men inte lummig på ett skandinaviskt vis. Där växte fullt med palmer och exotiska buskar med blommor i vackra färger. Luften kändes ljum och sanden lyste vit på stranden.

Vi klev ur båten och vattnet nådde oss till fotknölarna. Lydia höll upp kjolarna medan hon gav till små förtjusta utrop: ”Oj, så söt, nej men så näpen, o så vacker...” Hon böjde sig ner och tog upp en stor snäcka som hon höll till örat. ”Den sjunger, hör ni, den sjunger!”

”Välkomna till Hawaii!” utropade Vrang. ”Jag valde att gå i land på ett lugnt ställe, här finns det folk överallt. Vi är ju faktiskt inte turister. Moder Jord och jag har förberett det här besöket i detalj medan ni var hos samerna. Jag vet precis hur vi ska gå.”

Var vi människor eller var vi andar? Vrang ropade genast svaret:

”Ni är inte osynliga här. Tänk på det!”

Jag kände mig belåten och jag såg Lydias befriade leende. Vi skulle få njuta ett tag igen, fast man visste ju aldrig hur länge det varade. Säkert var alvparet lika glada. De vandrade som vanligt bakom Vrang. Jag såg mig omkring.

Runt omkring oss var det väldigt lummigt, men grönskan slutade tvärt och övergick i ett berglandskap, som i sin tur hade en hög vulkan i bakgrunden. Vi följde ingen väg eftersom det inte fanns någon. Vi traskade efter Vrang, som tydligen hittade utan vägar. Jag hörde ett konstigt ljud ovanför mig och höjde blicken. Vad fick jag se? Ormörnen, som vi inte sett på så länge, svävade rakt ovanför oss och såg ut som om han räknade in oss. Hans granna färger gnistrade i solen och jag kände en stor glädje, som om jag mött en gammal vän. Det var visst likadant för oss allihop. Balthori och Thesa såg lika överraskade ut som Lydia och jag och som på en given signal vinkade vi till vår enorme fågelvän. Han klapprade ljudligt med näbben som svar, fastän en välfödd orm dinglade i hans gap i väntan på att bli slukad.

Ett konstigt hus stod mitt i landskapet. Ett konstigt hus till stod en bit ifrån. Ytterligare flera lika konstiga hus dök upp framför oss. En by av konstiga hus och återigen en yppig växtlighet. Husen var byggda av gråaktigt trä och såg på något vis tunna ut. De vilade inte på marken utan var byggda på stolpar. En pinntrappa ledde upp till dörröppningen.

”Undrar verkligen om här finns några naturväsen”, muttrade jag. Lydia tittade småleende på mig.

”Det tror jag”, sa hon. ”Någon måste sköta om vulkanerna på den här ön. Det finns flera. Och du ser vilken växtlighet! Om inte älvfolket sköter om det här, så heter inte jag Lydia!”

När vi kom in i byn hördes sång och musik. Vi gick närmare och såg då dansande människor med blänkande bruna kroppar och blomsterkransar både på huvudena och kring halsarna. Alla skrattade och sjöng och när de fick se oss rusade de fram och hängde på oss blomkransar innan vi ens hann tänka. De tog våra händer och dansade in med oss bland de andra, ett femtital vuxna och barn. Vi skuttade med så gott vi kunde. Vrang verkade som vanligt hemma med detta nya folk, han sjöng och gestikulerade allt vad han orkade.

En väldigt fet kvinna satt lite i bakgrunden och log med hela ansiktet. Hon var utrustad med smycken av snäckskal, pärlor och blommor överallt. Hon hade en enorm byst, överhängd med dekorationer och resten av henne var också enorm. Jag ska inte gå in på detaljer. Det märkliga var att hennes ansikte var vackert. Väldigt vackert. Hon hade strålande ögon med långa täta ögonfransar, en liten näsa och en vacker mun. Massor med pärlor var inflätade i mönster i hennes svarta, blanka hår. Trots den enorma fetman hade hon en egendomlig utstrålning. Vi liksom drogs till henne, som om hon kallade på oss och vi lydde.

”Ni är inte människor!” konstaterade hon. ”Hör ni till naturens väsen?”

Vi presenterade oss. Hon lyssnade uppmärksamt och bad oss sitta ner bredvid henne.

Hon viskade några ord i Vrangs öra. Han tittade häpet på oss och förklarade att hon var en gudinna.

”Åtminstone påstår hon det”, sa han lågt. ”Hon är gudinnan Shimantse som härskar över vulkanbyn här. Hon säger att hon härskar över vädrets makter och över markens växtlighet. Naturens väsen är hennes undersåtar.”

Gudinnan knäppte med fingrarna och ljusa, genomskinliga gestalter lösgjorde sig från buskar och träd och skyndade fram till oss. Det var otvivelaktigt naturväsen. Hon gjorde en mjuk gest med armarna och de började dansa. Sen gjorde hon en annan gest och de försvann.

”Tror ni mig nu?” frågade hon. ”Naturens väsen finns alltid i min närhet och vi samarbetar ständigt. Ni såg några få av dem därför att jag ville visa att de finns här. De antar fysisk kropp när jag önskar det, annars är de mest vana att arbeta osynliga för människoögon. Det ska komma en dag när de åter öppet kan arbeta med människorna, men nu är de förföljda. Inte av mitt folk men av de turister som besöker våra öar.”

Thesa och Lydia var försvunna. De bara försvann helt plötsligt medan vi pratade med gudinnan. Balthori hade också märkt det och vi tog tag i Vrangs stickiga arm. Han hade inte vänt sig om utan påbörjat ett nytt samtal med gudinnan.

”Vad är det?” snäste han. ”Jag skaffar upplysningar, förstår ni väl.”

Vi talade om att våra damer försvunnit. Han vidarebefordrade upplysningen till gudinnan. Hon gjorde en liten gäspning och en avvärjande gest.

”Det kan vara akua lapo”, sa hon. ”Det är andar som inte är riktigt snälla och som vill skrämma er. Ibland följer de med naturandarna när de dansar, de tycker om att röva bort folk. De tror nog att era damer är människor.”

”Vad händer med Thesa och Lydia?” frågade jag argt. En

gudinna borde väl kunna hålla onda andar på avstånd. ”Vi vill genast ha dem tillbaka.”

”Det är inte så enkelt”, smålog gudinnan milt. ”Här anser vi att en naturande alltid ska följa med en människa. Alla har sitt eget naturväsen. Sådan är vår tro. Era damer hade inga sådana, så förmodligen vill akua lapo ta reda på varför. Vi behöver en makaula, en magiker.”

”Kahuna är inte ett lätt språk”, anmärkte Vrang. ”Strax kommer nog en radda av deras märkliga uttryck.”

Det var just vad som skedde. Gudinnan rabblade och gjorde gester och med möda reste hon sig upp och for ut i besvärjelser. Hela hennes stora kropp gungade och det kom lågor ur ögonen. Plötsligt stod en man framför henne. Jag har ingen aning om varifrån han kom. Han var benigt mager och klädd i en svart kåpa med huva. Han liknade mer ett vandrande skelett än en människa, men förmodligen var han mänsklig eftersom han bugade sig djupt för gudinnan.

”Jag vet vad som har hänt!” Den svartklädde magikern talade med kraftfull stämma. ”Två kvinnor fördes till en plats där akua lapo finns. Dessa stjäl livskraft, mana, från människor om de kommer åt. De tror att kvinnorna är människor. De båda kvinnorna är mycket obehagligt berörda och försöker komma tillbaka hit. Jag kan hjälpa dem.”

”Thesa kan säkert klara av dem båda två”, invände Balthori, som inte riktigt gillade uppsynen hos den svarte magikern. Hans magi var kanske lika svart som hans mantel, tänkte jag. Men magikern var redan borta och den feta skönheten log uppmuntrande.

”Änglar är inte så dumma, de heller”, inflikade jag. I mitt stilla sinne undrade jag vad den där magikern hittade på. Han såg ut som om han kunde suga ut livskraft ur vem som helst, han också. Men gudinnan läste säkert mina tankar.

”Min magiker är skicklig”, sa hon. ”Ni har era damer här vilket ögonblick som helst.”

Hon fick rätt. Det dröjde inte många minuter förrän våra damer föll oss om halsen, även Vrang fick sin beskärda del. Den svarte magikern stod vid gudinnans sida.

”Vi var faktiskt fångar där borta, i en annan dimension”, berättade Lydia. ”Hemska typer till andar vaktade på oss så det var svårt att ta sig därifrån, även om vi hade kunnat. Jag visste vad de ville, jag har läst mycket om kahuna-magi. Som väl var kunde vi inte bjuda på människoenergi, fast det tog ett tag innan de fattade det.”

”Och när de fattade det blev de hemskt arga”, ifyllde Thesa med ett skratt. ”De såg ut som om de tänkte ge oss någon sorts straff. De hade inte kunnat göra Lydia illa, men jag är ju halvt människa. Det onda har inga lagar, det vet jag också.”

”Kahunamagikern vill ha sin belöning nu”, utropade gudinnan. ”Han har räddat era kvinnor från ondskans tjänare. Nu vill han ha betalt.”

”Och vad har ni lovat honom?” frågade Balthori.

”Guld”, svarade den feta förtjust. ”Både han och jag vill ha guld. Vi behöver guld till vår by. Om ni inte har guld så måste ni stanna här som våra gäster tills ni funnit på ett sätt att betala oss.”

Vår älskade vitrigo såg på henne med stort förakt. Därefter gick han fram till ett träd och ställde sig tätt intill det med ryggen mot oss. Vi varken hörde eller såg något ovanligt, men plötsligt öppnade sig stammen inför våra häpna ögon. Någonting glimmade till därinne. Han nickade åt Balt och mig att komma och vi skyndade dit. Inne i trädstammen låg massor av guldtackor. Vi hjälptes åt att stapla ett tiotal sådana på marken framför gudinnan. Både hon och magikern gapade.

Vrang gick tillbaka till trädet och tillslöt stammen. Under tiden ställde vi oss tillsammans och kallade på ormörnen. Han dök genast upp framför oss och vi klättrade skyndsamt upp på hans breda vingar. Han lyfte innan gudinnan och magikern hann öppna sina ögon. Han hade säkert anat att den uppgiften väntade: änglarnas räddande ängel! Dessutom väntade en långresa, men det visste jag inte då.

Jag trodde att kahunafolket var snälla, tänkte jag. Min tanke möttes genast av Lydias. Hon meddelade tankevägen att på Hawaii var det som överallt annars i världen, det fanns både gott och ont. Vi hade smakat på bådadera.

Ajö Hawaii!

28. Hos hunzafolket i Tibet

”Vi åker direkt utan mellanlandning”, ropade Vrang. ”Vi ska till Tibet, där är sommar nu. Håll i er ordentligt, vi flyger raka vägen över de högsta bergen i världen. Jag binder fast er med osynlighetstrådar på ormörnen. Blunda!”

Tibet, tänkte jag. Vad i all sin dar skulle vi göra där? Tibetanerna var buddhister och deras tro tillät måhända naturväsen, men nog hade jag för mig att den mest handlade om en massa gudar, små och stora, styrda av Buddha. Dessutom var Tibet ockuperat av kineserna, men vi kanske skulle dit en tid före ockupationen. Ganska spännande i alla fall! Kanske blev resan inte så lång. Det vid det här laget välkända töcknet omslöt oss rätt snart och en kylig bris väntade oss på andra sidan om det. Snart fick vi öppna ögonen.

”Vi får trolla fram lite varma kläder”, muttrade Vrang när den stora fågeln sänkte sig ner mot bergstopparna. Vi kunde se en mängd toppar omkring en dal som föreföll lång och bred. Jag kom att tänka på James Hiltons bok *Den blå månen*, där han berättar om ett ljuvligt sagoland, Shangri-la.

”Ska vi landa i Shangri-la?” ropade jag när en grönskande dal kom allt närmare. Vrang nickade.

”Inte långt ifrån”, ropade han tillbaka. ”Vi ska besöka hunzafolket.”

Hunzafolket! Hunza var ett helt nytt ord för mig, ett nytt begrepp och en ny erfarenhet. Mina geografiska kunskaper har aldrig varit enastående men ändå ganska normala. Hunza ingick inte i dem. Jag såg Balthoris och Thesas förtjusta ansikten, Lydias aha-uppsyn och Vrangs glada min när han förkunnade:

”Ni måste få träffa invånarna i ett land där det varken finns ondska eller maktmissbruk och där invånarnas ålder kan sträcka sig ända upp till 150 år.”

”Det är inte sant!” utropade jag. ”Inte på riktigt?”

”Jo”, svarade Lydia medan vår fågel Fenix flög i mjuka svängar över den blomstrande dalen för att finna en bra landningsplats. ”Jag har läst om hunzafolket. Jag har alltid velat träffa dem på riktigt. Det är ett land där kärleken till naturen och till varandra gjorts till grund för alla invånarnas existens.” Hon var en outtömlig historisk brunn!

Ormörnen landade mjukt på en grässlänt, vilken sedan visade sig vara den nedersta terrassen till en av hunzafolkets odlingar. Nästan alla bergväggar var täckta av terrasser, där majs, hirs, vete och grönsaker av alla de slag frodades i yttersta välmåga. En älv rann rätt igenom odlingarna. Naturen var så överdådig att jag aldrig skådat dess like. Luften var varm med en sval bris och full av vällukter. En liten bit från oss såg vi gaveln på ett hus. Det var ett ganska fyrkantigt vitmenat stenhus. Dit styrde vi våra steg.

En man och en kvinna satt utanför huset som var i två våningar. Taket såg ut att vara någon slags veranda.

"Vi är synliga!" viskade Thesa "och det blir jag alltid glad för. Jag ville njuta av det här landskapet, jag ville veta mer om invånarna."

"Välkomna!" utropade både mannen och hans hustru på samma gång och så varmt och hjärtligt att vi verkligen kände oss välkomna. Vrang förklarade vilka vi var och paret föll på knä med pannorna mot marken för att uttrycka sin vördnad. Även om Lydia och jag var änglar, så var vi inte vana vid en sådan vördnad.

"Ni har kommit till Baltit, hunzafolkets huvudort", sa mannen. "Vi är odlare och bor i utkanten.

Jag tittade på honom. Han hade ett väderbitet men vackert ansikte och det var omöjligt att gissa hur gammal han var. Han rörde sig som en ung man, och kvinnan verkade smärt och graciös. Hennes ansikte var också vackert och håret var mellanbrunt. Hon hade en liten rund, broderad pillerask till mössa på huvudet och ovanpå den hade hon draperat en tunn slöja.

"Vi tog en liten paus i vårt arbete", förklarade mannen, "och så kom ni. Vi vill gärna visa er runt. Förmodligen önskar miren träffa er. Han är den som styr det här landet. Följ oss, så leder vi er till hans palats."

Jaså, tänkte jag, de har en härskare som bor i ett palats, Det låter som en vanlig kunglighet som avskärmar sig från undersåtarna och lever det glada livet i palatset på deras bekostnad. Men jag hade helt fel, det skulle jag snart få erfara.

Miren av Hunza var en mycket angenäm bekantskap. Hans palats var visserligen stort och vackert inrett, men det hade varit så i generationer och hunzafolkets historia var inte oblodig. Nu var hans palats öppet för hela landet. Fattiga bönder som ville diskutera något var välkomna dit och de fick bo där också. Vi erbjöds genast rum i palatset men tackade nej, eftersom vi bara var på ett kort besök. Miren var lika vänlig mot bondeparet som kom med oss. Han berättade för oss att bonden var 112 år och hans hustru snart 90. Vi häpnade, detta var verkligen ett märkligt paradis på jorden.

Det fanns ingen polis, inga banker, inga affärer. Alla levde på jordbruk och på att odla frukter och grönsaker. Råkost var den dagliga födan. De bakade ett uråldrigt bröd som kallades för chapati och som var jättegott. De gjorde vin av sina saftiga vindruvor, men det ledde aldrig till missbruk. Det växte aprikosträd överallt, de åt och gned in sig med de läckra frukterna. Kanske just det bidrog till invånarnas fräscha utseenden.

Kort sagt, detta var ideallandet. Hade fler länder i världen levat så, skulle fred och frid ha brett ut sig på ett helt annat vis. Deras filosofi var att älska livet och ta vara på allt det goda som finns i naturen men också hos varandra.

Den oundvikliga frågan om naturväsen kom från Vrang, som var närmast till det eftersom han var ett sådant. Miren smålog på ett hemlighetsfullt sätt. Sedan slog han ut med armarna.

”Hur tror ni annars att vår gröda skulle se ut? Ni ser ju hur allting frodas här. Människorna samtalar med naturens väsen när de arbetar med odlingarna. Varje planta har sin egen andevarelse som svarar på våra böner, vår glädje, vår kärlek och vår omsorg. Vi talar inte om det, eftersom det är en självklarhet och samtidigt en symbios.”

Vi hade fått det svar vi behövde och det var dags att fara vidare. Miren och hans vackra hustru bad oss att komma tillbaka, vi hade mycket att tala om. Vi lovade att försöka - ett vagt löfte som vi gärna hade uppfyllt. Jag kunde inte undgå att undra om hunzafolkets land var lika orört och underbart när jorden gått in i sitt 20:e århundrade.

Jag fick senare veta att turismen tyvärr hunnit dit och lyckats förstöra det omedelbara, oförstörda och spontana. Samarbetet med naturandarna pågår numera dels i hemlighet och dels som en myt.

Den här gången var det svårt att lämna detta makalösa rike, detta jordens enda riktiga paradis, beläget i Tibet och isolerat från omvärlden genom en krans av höga, snötäckta berg. Men vi måste vidare, alltid vidare.

29. De sju strålarnas kloster vid Titicacasjön

Var det ett hav som låg framför oss? Vatten, vatten, vatten och en fantastisk soluppgång. Vi stod på en strand, som vi gjort så många gånger förut, och de tunna vågorna glittrade som om de var skopor fulla av diamanter. Småsten rullade ojämnt grå under våra fötter. Bakom oss fanns säkert en by. Jag vände mig om och såg den. Den låg där, precis som förväntat. Det var ju människor vi sökte, människor i naturen.

”Titicacasjön”, sa Vrang tveksamt. Han drog på det som om det var något farligt eller osäkert. Sen dansade han runt, hela hans pyramidformade kropp virvlade som en grön blixt. När han äntligen stannade log han befriat och svepte ut med armarna mot oss alla. Ormörnen hade följt hans dans med sina guldglittrande ögon.

”Det var en tackdans till vår vän och flygare, ormörnen”, förklarade han. ”Han lämnar oss nu och vill säga farväl.”

Ormörnen böjde sitt stora färgrika, plymförsedda huvud mot oss och såg på var och en med sina strålande guldögon. Därefter lyfte han och försvann som en fackla över Titicacas vatten och upp mot himlakupan. Vi följde honom med blicken tills han inte syntes längre.

Titicacasjön! Berg, höga berg! Anderna, denna bergskedja som är en saga, en urminnes saga lika full av aspekter som en glasklar kristall innehåller. En skimrande, snötäckt bergskedja så full av mystik att bara vetskapen om att den finns kan ge gåshud och förvirrade, förväntansfulla drömmar. Och Machu Picchu, ruinstaden, där högtstående visdom blandats med människooffer. Var fanns naturens väsen här?

”Överallt”, svarade Balthori som svar på min tanke. ”De har andra namn här, men det är samma väsen. De gamla indianerna vävde in dem i sin magi. Här är de mer magiska än hemma och här finns de goda och de onda.”

”Tack, de onda har vi nyligen smakat på!” Thesa ryste.

”Var snäll och hitta de goda åt oss här, så vi får veta vad de sysslar med.”

”Det är precis vad vi ska göra!” utropade Vrang. Han såg så glad ut att jag häpnade. Vad hade han nu hittat på?

”Vi har kommit hit till den högst belägna sjön i världen, Titicaca, av en mycket bestämd anledning”, fortsatte Vrang och utbytte en blick av samförstånd med Balthori. ”Vi ska besöka ett urgammalt kloster - hur gammalt är det ingen som vet. Det är ett munkkloster. Det intressanta med De sju strålarnas kloster är att det finns en sägen om en gyllene solskiva. Denna guldsol ska finnas gömd långt nere i marken under klostret. Den gömdes där när spanjorerna kom, förut fanns den i Cuzco. Den har mycket speciella egenskaper men den kommer inte fram förrän en ny och bättre tidsålder randas. Vi ska nu ta reda på om munkarna vet något om naturens väsen. Klostret lär vara känt för sina makalösa odlingar.”

Återigen forslades vi iväg som i en kokong av dimma. Klostret låg i en dal omgiven av höga berg. Det var ofta vi besökte sådana här säregna platser som dalar, omgivna av höga berg, tänkte jag. Kanske det hade med gott beskydd att göra. Det finns talrika bergskedjor på jorden och de flesta har en saga eller fler att berätta och många har en mystisk, ofta gömd dal.

Det fanns inget tvivel om att klostret var äldre än urgammalt. Det var byggt av enorma stenklossar som, bara de, säkert kunde berätta märkliga sagor. Det liknade mer en gammal borg än ett kloster. Det var imponerande, säreget och mystiskt. Vi blev alla stående i vördnadsfull beundran framför de gråskiftande stenmurarna.

Där vi stod fanns en port. Den var inte så imponerande, av tjockt omålat trä, sliten, repig och oskön. Den öppnades som om vi hade knackat på, men det hade vi inte. De kanske har någon slags radar därinne, tänkte jag elakt. Det kanske är kulisser alltihopa. Existerar det verkligen?

”Det kan du slå dig i backen på att det gör”, kvittrade Lydia och grep tag i min hand. ”Nu går vi in med de andra, så får du snart se att det är fysiskt. Jag vet inte om vi är det, men det hoppas jag.”

En ganska rundhyllt liten munk vinkade åt oss att följa efter honom. Han hade en gul kåpa med ett rep om magen. I repet dinglade många nycklar. Det var tydligen en nyckelperson, vitsade jag för mig själv. Jag hade bestämt mig för att vara lite kritisk tills motsatsen kunde bevisas. Jag får sådana ryck ibland och jag tycker att kloster än en slags fånganstalter för frivilliga. Det här var visserligen ett gammalt kloster, men sådana finns det gott om. Var det katolskt eller protestantiskt? Det framgick inte någonstans.

”De sju strålarnas kloster är varken katolskt eller protestantiskt”, svarade Balt, trots att min fråga var tyst. Men jag började bli van vid vår gemensamma tankeström, så det var bara att tänka sig för!

”Buddistiskt?” tänkte jag.

”Nej”, var svaret som uttalades högt. ”Jan, det här är de höga Mästarnas kloster.”

”Menar du Mästarna från det stora Vita Brödraskapet?” frågade jag andlöst. Balt nickade. Jag kanske skulle låta bli att vara kritisk. Det blev plötsligt vördnadsfullt och på något sätt sakralt inuti och utanför mig.

Vi hade kommit in i en stor sal. Den vittnade om urgammal högtid och stark helighet. Jag kan bara använda ordet helighet, för det var så det kändes. Inte som när man kommer in i en kyrka, utan mycket starkare. Stenväggarna var liksom i en riddarsal behängda med färgrika vävda bonader, på en del ställen var de nötta och fransiga, på andra mäktiga tavlor med invävda guldtrådar. Låga hyllor med böcker och skrifter följde väggarna. Mitt i salen stod det längsta bord jag sett, ett ljusgrönt, skimrande ädelstensbord. Utsökta skålar och ljusstakar av samma material liksom växte fram ur bordsskivan.

Jag hade aldrig sett något liknande, så jag blev stående och bara tittade. Tolv högkarmade stolar var placerade runt bordet.

”Jag tyckte du sa att Mästarna var sju?” viskade jag till Balt.

”Det här är stora salen där hela rådet sammanträder”, viskade Balt tillbaka. Den lille tjocke munken hade försvunnit. Vi var ensamma i den här imponerande salen. Jag kunde inte låta bli att smeka den underbara bordsskivan.

”Tror du det är malakit, amazonit eller agat?” frågade jag Lydia som stod tätt intill mig och liksom jag beundrade bordet.

”Jade”, sa en mäktig röst bakom oss. En högrest man kom in i salen. ”Den där bordsskivan är av jade, men den är inte skapad av jordisk ädelsten. Den är mycket, mycket gammal och forslades hit från en annan dimension. Sådan jade finns förvisso inte på jorden. Men får jag nu hälsa på er alla fem och önska er välkomna till De sju strålarnas brödraskap. Det är inte många som hittar hit, så ni blir våra alldeles speciella gäster.”

Vi presenterade oss en i taget och den högreste hade ett varmt och välkomnande leende åt var och en av oss. Han såg bra ut, men det var något främmande, annorlunda omkring honom. Det var en sällsam utstrålning. Han var ljus. Hår, hy, kläder, allt var ljust, till och med de ljusblå ögonen. Han bar inte någon mantel, utan var klädd i en vit jacka med guldbroderier på kragen och ärmarna. Byxorna var av siden och räckte till knäna, som i 1700-talets mode. När han såg vår förundran skrattade han.

”Nej, jag är inte en av de sju Mästarna”, utropade han, ”endast deras representant. Jag heter Eliel. Varsågoda och sitt ner här vid vårt jadebord. Broder Bun ska servera er något att äta och dricka. Vi har egna odlingar här och maten är helt vegetarisk. Får jag fråga om änglarna kan inta någon föda?”

Balthori gjorde ett tecken som fick Lydia och mig att förstå att vi varit ganska genomskinliga. Vi fick en kropp igen och det kändes trevligt. Den lille munken kom med bricka efter bricka fylld av läckerheter från de egna odlingarna. Så kom den oundvikliga frågan, men den här gången ställdes den först av Eliel.

”Får jag fråga vilket ärende ni har? Ni lär knappast ha kommit till vår hemliga dal utan ett ärende eller en uppgift.” Vi förklarade och han svarade genast på våra ivriga frågor.

”Naturens väsen är våra vänner. Naturens väsen är så många att vi inte kan räkna dem, men de vanligaste som vi har mest kontakt med är apus, bergens andar, jordens andar och vattnets andar. Dessutom finns ju mängder av de små i och på jorden, som tjänar oss i våra odlingar och som är våra vänner. Vi talar dagligen med naturens väsen. Utan dem vore vi ingenting. De har varit med i ursprunget och byggt jorden och förtjänar vår eviga tacksamhet. Det finns många namn på dessa väsen, men ni är väl knappast betjänta av att jag rabblar upp dem.”

”Jag vet inte i vilken tid vi har kommit hit”, sa Balthori. ”Ni lever helt skyddade här ifrån jordens oro och smärta. Har ni en aning om vad som händer på jorden efter år 2011 e.Kr.?”

”Vi är inte så långt ifrån den tiden och vi har tekniker och uppfinnare av olika slag, såväl maskiner som människor”, svarade Eliel. ”Vi är ett oerhört vidsträckt team utbrett över hela jorden, många på okända platser som denna. Vi avvaktar alla vad som ska hända med jorden under den tid, då människorna gör sitt bästa för att förstöra den. Vi är långt fler krafter än ni anar som vakar över jorden. Efter vad jag förstår så är vitrigon, mästersmeden Vrang, den ende av er som lever och verkar på jorden just nu. Han är den som kan föra ut vårt budskap.”

”Jag lever inte i människors åsyn”, invände Vrang. ”Men måste jag förmedla ett budskap, så måste jag. Annars är jag dessa vänners vägvisare.”

Jag räckte upp handen och Eliel smålog mot mig och nickade.

”Jag är visserligen ängel”, sa jag, ”men jag förmedlar vissa saker till ett jordiskt medium, som skriver böcker om det jag upplever.”

”Då fortsätter jag!” Eliel lät riktigt upprymd. ”Vi vill förmedla de vita apus budskap, de ljusa andarna, naturens glädjefulla och medkännande devor. Vi vill att det budskapet ska flyga på osynliga vingar runt hela jorden. Kan ni hjälpa oss med det?”

”Egentligen ingår det inte i uppdraget, men vi har säkert kommit hit för att göra det”, svarade Lydia. ”Vi lyssnar!”

”Vi vet att mörker råder på jorden just nu. Vi vet att det mörkret kan utplåna jorden eller förstöra dess fagra yta. Vi vet vilka som är mörkrets förespråkare och de är många. Men låt mig ge er en liknelse.

”En flicka sitter ensam på sin säng och stirrar ut i den mörka natten. Hon ser inte månens milda sken eller stjärnornas blixtrande nätverk. Hon ser bara sina egna demoner. Hon är rädd. Hon skakar i hela kroppen. Hon vet inte vad som är det enda rätta för henne att göra, men lösningen är nära. Den är att titta demonskräcken rakt i ögonen och omfamna den. Hon ska med andra ord ta sin egen skräck i famnen och ge den kärlek. Hon ska sända kärlek och omfamna det okända som skrämmer henne.

”Förstår ni? Det hjälper inte att sitta stilla med bankande hjärta och invänta ondskan. Det hjälper bara att omfamna ondskan och ge den kärlek och således avväpna den. Detta gäller all slags rädsla. Det kanske låter lite för hurtigt och alltför enkelt, men pröva det, ni människor på jorden. Pröva det och se vad som sker.”

Vi satt tysta och smuttade på den goda, friska dryck som bjöds. Eliel hade på något sätt byggt in oss i ett nät av ljus och glädje, vi kände en skimrande vibration genom hela den stora salen och ett litet hopp för jorden tändes i allas våra ögon.

”Vi vet att största delen av människorna inte lyssnar,” fortsatte vår ljuse värd. ”Vi vet att endast katastrofer kan få dem till det, ibland hjälper inte ens det. Det måste bli en utrensning, även om det låter hårt, och vi vet att den pågår. Ordet kärlek håller på att bli utnött. Något annat, ännu kraftigare måste uppfinnas. Gud är också på upphällningen. Det ordet innehåller alltför mycket strid. Den inre

Guden måste upptäckas och användas i stället för den yttre.

Meditation är bra, men hur många kan meditera i dessa självupptagenhetens tider? Meditationen tillägnas egot. Vi rekommenderar inte en utplåning av egot, som många lär ut. Egot kan vara bra att ha i vissa situationer, men då på ett nyanserat och medvetet vis. Jag talar om de äldstes tidlösa visdom, men på andra sidan de här bergen finns ingen tidlöshet. Där är året 2009."

Lydia och jag hoppade högt, medan de andra förblev oberörda. Jag harklade mig och sträckte upp handen. Eliel nickade småleende.

"Energier!" utropade jag. "Kan man inte tänka sig energier i det här sammanhanget? Det är någonting som människor känner till. Kan man inte skapa en slags energi som förändrar människor till det bättre, som tar bort negativa tankar och inflytanden? Som tar bort krigen!"

"Bra tanke!" Eliel suckade. "Tyvärr är det inte så enkelt och det skulle ta tid. Lång tid. Det gäller ju att få in energierna, eller kärleksstrålningen som vi kallar den, i ovilliga själar med fri vilja. Vi har inte längre råd med lång tid. Vi måste handla snabbt."

"Mitt medium blir inte glad åt att höra det", suckade jag. "Den fria viljan är nog bra, men inte alltid. Kan man inte tillverka ett litet chip med positiva krafter och putta in det i nacken på människor när de sover? " Alla skrattade.

"Vi har övervägt många tillvägagångssätt", fortsatte Eliel. "Vi kommer säkert fram till en lösning snart, vi är många om det. Vart tänker ni resa efter det här besöket?"

"Vi har Afrika kvar, men där finns alltför många kulturer som ibland krockar med varandra och naturens väsen är mestadels andar av annat slag, många onda och färre goda. De flesta indianstammar har också andar att tillbe, vanligtvis fädrens andar", svarade Vrang. "Vår detaljerade klassificering av naturandar förekommer till stor del i Europa, men även i USA och Australien. Vi är ute efter ursprungliga naturväsen, sådana som alltid har funnits här och hjälpt till med att bygga upp jorden. Det är de som känner sig förorenade och frustrerade.

Miljoner av år håller på att gå till spillo och de kan inte göra något åt det av egen kraft. Så länge människorna inte kan se dem så existerar de inte. Så resonerar jordemänniskor i allmänhet, men som väl är inte alla."

"Inte förrän de befinner sig i katastrofens förgörande virvel fattar de vad de håller på med. Men då är det för sent", tillade Lydia.

Eliel reste sig upp.

”Ni är välkomna att vandra runt i klostret med broder Bun. Vi har många skatter och annat intressant att förmedla. Nu har du fått lite stoff till din jordiska bok, Jan. Det är på tiden att människorna också får veta att Mästarna finns fysiskt, tillsvidare på dolda platser, och arbetar för att hjälpa Moder Jord!” Han smålog och lämnade oss med en kort bugning.

Vi bestämde att vi skulle fortsätta och det sa vi till broder Bun. Han visade oss ut samma väg vi kom in.

30. Tillbaka till den nordiska sommarängens alla väsen

Någonting efterlängtat betade stilla utanför klostret. Det var våra älskade enhörningar, förmodligen tillkallade av Vrang. Jag är inte precis någon entusiastisk ryttare, men nu kändes det skönt att kliva upp på min enhörnings trygga, ganska breda rygg och gripa tag i hennes vilda, glänsande man. Att rida in i dimma och sedan rida ut någon annanstans på planeten, det var kalas, tänkte jag. Och det var precis vad som skedde.

Ett berg, en sjö, en skog, en äng!

Vi red ut på en nordisk äng, full av gammaldags prunkande midsommarblommor, vallmo, blåklint, förgätmigej, klöver, smörblommor, prästkragar, käringtand ... och mycket, mycket mer. Vi hade varit med om det här i början av vår resa. Det var en stor äng, en mäktig, färgsprakande äng, men ändå olik den första ängen. Till vänster om oss blänkte en djupblå sjö med små vita gäss som krusade vågorna. Svanar simmade där tillsammans med änder och andra sjöfåglar. Till höger om ängen susade en dunkelgrön skog med en trädblandning som man inte ser nuförtiden, lika mycket olika lövträd som barrträd.

Allra längst bort, bortanför sjön, reste sig höga berg, så höga att några av dem hade snötäckta toppar. Allt jag älskar i ett enda andetag, tänkte jag och suckade lyckligt. Här kunde jag stanna i evighet. Bredvid mig suckade Lydia i samförstånd. Balthori ställde sig på min andra sida och Thesas enhörning placerade sig vid Lydias sida. Resan till naturens väsen började på en svensk sommaräng och kanske skulle den sluta på samma sätt, flög det genom mina tankar. Nu red Vrang fram och ställde sig framför oss.

”Sitt kvar på era enhörningar!” ropade han. ”Jag anser inte att vi ska besöka fler länder. Vi ska i stället uppleva det som vi träffats för. Vad som än händer, stig inte av från enhörningarna förrän jag ger er klartecken!”

Vad menade han? Var det slut på allt det roliga? Det här var en skön naturupplevelse som innefattade allt det som vi uppskattade mest och verkligen njöt av, och jag var tacksam över att den upprepades. Men Vrang satt kvar på sitt riddjur framför oss och lyfte sina armar och sjöng på ett synnerligen märkligt språk. Ett ögonblick mörknade det som om solen gick i moln och ett oväder var i annalkande. Men det bullrade inte, det var tyst, en sakral tystnad. Mörkret tätnade en väldigt kort stund, kanske bara några sekunder. Sedan revs det itu som ridån på en teater, solen sken åter på sommarängen och fågelkvitter hördes från alla håll. Men scenen var förändrad, mycket förändrad, och jag förstod varför vi skulle sitta kvar på våra enhörningar, som stod stilla som statyer.

Vart jag än såg, såg jag naturväsen. Jag hade varit med om något liknande förut och jag ville gärna vara med om det igen. Jag vill återigen beskriva naturens underbara, osynliga invånare och jag börjar nerifrån, från marken, för att få ordning på det hela. Jag måste beskriva det osynliga folket igen, så att de blir inpräntade i mina läsares hjärnor. I början av vår resa fick vi se många - nu verkade det som om vi såg alla!

Jordens andar, svartalfer, småtomtar och vättar kröp eller sprang omkring på marken mellan blommorna. De var runt en hand höga, en del väldigt mörka, nästan som små svarta, turbulenta skuggor. Andra liknade min föreställning av tomtar, grönklädda, glada och med lite busig uppsyn. Åter andra liknade inte några jag sett förut på vår märkliga resa. De var också små, ljushyllta, med långa, spetsiga näsor, grönaktigt hår och klolika händer. På vissa ställen trängdes de och på andra slogs de. Det verkade inte vara allvarliga slagsmål, bara viljeakter, kanske någon form av mindre maktutövning. Jag har inte klart för mig vad de egentligen sysslade med, men förmodligen utgjorde deras uppgifter någon slags beskydd och renhållning av jorden, eftersom en del av varelserna dök upp och ner i jorden som om den var en sjö.

På och runt och omkring alla växter flög, dansade, svävade älvfolket. Jag såg dem väldigt tydligt den här gången. Det var både äldre, yngre och barn, alltså hela familjer. De var lätta och vackra och smidiga och väldigt små, som min tumme och mindre. Jag såg slöjor i pastellfärger som hängde ihop och bildade skira moln och ur dem kikade små söta ansikten. Jag såg ett fladder av vingar, men det är möjligt att det var fjärilar, för en del älvor red på de större fjärilarna, andra red på kraftiga humlor.

Luften var full av ljud, en del melodiösa, som små klockor som ringde med spröd klang, andra var röster i alla tonlägen: inte människohöga men mer som djurpip. Det är svårt att förklara, för det blev till en kakafoni som tillrade och dallrade i luften. Men det lät behagligt, inte stökigt eller bullrande.

I luften, ja! Där svävade också små älvväsen. De seglade ovanför oss, dansade och sjöng, piruetterade och svängde graciöst omkring. Mina blickar vandrade mot skogen. Där skymtade en annan sorts naturandar. Trädens devor tittade fram från trädstammarna. De såg väldigt olika ut, en del var smäckra och vackra, en del tyngre och grövre och mer trolliknande. Och apropå troll, så nog blickade små pliriga ögon fram under toviga hårtofsar, med breda näsor som strävade uppåt och breda, förvånade munnar. De fanns på olika höjdlägen, jättar, stora troll och små troll - men nog fanns de! Jag mindes stentrollet som nästan skrämde livet ur mig på vår första äng. Nu skrämde de mig inte längre.

Kanske befann vi oss i sagans värld, kanske i en myt eller en dröm! Hade overkligheten blivit verklig? Fauner hade vi sett många gånger förut, men här vandrade de omkring med ögonen riktade mot en bestämd punkt i fjärran och de verkade väldigt målmedvetna.

På sjön syntes inte längre bara sjöfåglarna. Jag såg inte Näcken, för honom har jag aldrig trott på, men jag såg kvinnor och män med fiskstjärtar. De var inte fasta i hullet, de var lätta och genomskinliga. De hoppade och dök och guppade på vågorna. Nu fick jag se dem i deras rätta element. Det var vattnets älvfolk, undinerna. De såg ut att ha förskräckligt roligt. Deras silverskratt skar igenom allt muller och lät som pärlor som rullar på kristall. En annan sorts röst nådde dock igenom detta. Det var Vrang, vårt eget naturväsen, som talade.

”Mina vänner, Balthori, Thesa, Lydia och Jan!” ropade han. ”Jag visar er hur naturen egentligen ser ut om man har sin fulla syn. Detta myller av naturandar finns nästan överallt på jorden, i varje fall där det är tämligen lugnt och harmoniskt. Men snart försvinner de, evakueringen av naturväsen till en annan planet har redan börjat.

De gruppsjälar av naturväsen som under de senaste hundra åren bildats inom de olika växterna är inte vad jag visar er här. Detta är de ursprungliga naturandarna. Alla väsen ni ser här har visserligen levat osynliga för människorna, men dock i fredligt och hjälpande syfte. En del av dem har föredragit att gömma sig djupt i skogar och berg, men alla andra har funnits här i någorlunda sämja sinsemellan. Deras tvister är aldrig särskilt långvariga eller allvarliga. Men jag undrar hur det ska gå för jorden när alla naturandar lämnat den. Vad tror ni?”

Vi såg förskräckta på varandra. Vad vi erfor från våra höga positioner på enhörningsryggarna var ett oerhört invecklat och utvecklat arbete som människorna inte hade en aning om, men som de inte skulle klara sig utan. Även om jorden blev räddad från katastrofer och ett tredje världskrig och än mer elände, så gick det inte att hålla den ren och vacker och levande utan naturandar. När människornas gifter tar över kan det bara bli kaos och förstörelse. Hur kan människorna förneka de små ”på och under jorda”, och beteckna dem som enbart sagor?

Vi hade ingenting att svara på den frågan.

”Nej, jag kan tänka mig det, svaret är skrämmande och tillintetgörande”, fortsatte vår käre vitrigo. ”Ingen av oss vill svara på det. Ingen av oss vill tänka på det. Tyvärr vet ingen av oss hur vi ska tackla den frågan. Vi som inte syns för fysiska ögon kan vandra rakt igenom en människa utan att hon märker det. Hur ska vi då kunna hjälpa henne att bära den oerhört tunga börda som framtiden medför? Ändå är det just precis det vi måste försöka. Vi måste finna ett sätt. Hjälpen måste komma från 'ovan' som människan uttrycker det, och 'ovan', det är vi det, och några till.”

”Jag vet att det finns en grupp på en annan planet, som jag besökte förut och som man kan läsa om i en bok som heter *Tidsresa till ursprunget och framtiden* (av Mariana Stjerna, www.soullink.se)”, avbröt jag. ”Den gruppen håller på med en räddningsaktion för jorden. Vi måste också ta hänsyn till jordens karma och därför arbetar de på sitt eget sätt. Jag vill kalla alla de varelser ni ser här för 'jordens tjänare'. Men hur ska de kunna tjäna jorden om den förstörs? Ska de bevittna förstörelsen från den planet de har evakuerats till? Är det så ni tänker när ni evakuerar dem, Vrang?”

"Det är inte jag som evakuerar, käre Jan. Jag blir också evakuerad med alla mina dvärgar om jag inte kan förhindra det och tänka ut en annan lösning. Det är en förtvivlad situation. Hela jorden kommer att gråta, för jorden är ju en levande varelse.”

”Gråta skyfall och darra fram jordbävningar”, kommenterade Lydia dystert.

”Vi bor på en planet där vi inte alls trivs”, avbröt Thesa. "Vi vill tillbaka till jorden. Vi vill vara ett folk, en folkstam där, så som vi var för så länge sedan. Vi är beredda att hjälpa till att få jorden på rätt köl.”

”Det är människorna som måste komma på rätt köl, kära

hustru", inflikade Balt. "Det ligger någonting i Jannes förslag att förse dem med ett kärlekschip i nacken. Men de måste först bli av med sina dåliga sidor, som våld, sexgalenskap, maktmissbruk, hat och avundsjuka och allt annat som fått dem dit där de är nu. Det är värst med ungdomen. Så många ungdomar måste förstå att de är inne på fel väg. De tror att de inte kan göra något åt det."

"De tröttnar och blir likgiltiga", sa Lydia hårt. "De tar efter sina föräldrars dåliga vanor eller tröstar sig med alkohol och droger. Regeringarna plockar pengar av de fattiga och ger till de rika. Det behövs nya insikter på hög nivå över hela, världen. Hur ska det gå till?"

"Nu har ni sett vad som finns bakom kulisserna och det goda som jorden håller på att förlora", sa Vrang. "Ni måste återvända till Moder Jord och berätta vad ni upplevt. Jag måste lämna er och jag tar med mig enhörningarna, så ni kan stiga av dem nu. Balthori för er tillbaka. Nu får ni säga adjö till det osynliga folket som älskar jorden och som inte vill härifrån.

Jag behövs bland smederna i berget därhemma nu, men ni ska veta att om ni vill träffa mig igen så är det bara att säga till. Jag lyssnar och kommer när ni kallar på mig."

Han omfamnade var och en av oss innan vi ens hann säga tack. Därefter steg han upp på sin enhörning och visslade åt de andra att följa efter. Vi följde honom med blicken tills han försvunnit inne i skogen och sedan tittade vi återigen på det storslagna sceneriet med alla naturväsen runt omkring oss. Det var svårt att lämna dem. De vinkade åt oss, de sjöng för oss och älvorna smekte oss med sina slöjor. Intet öga var torrt.

Vi ställde oss tätt intill varandra och försvann från denna härliga plats.

31. Tillbaka till Moder Jords grotta

Vi satt snart återigen i Moder Jords varma, ombonade grotta. När hon lyssnat till våra berättelser ställde hon en fråga:

”Vad drar ni för slutsatser av allt det ni har berättat? Finns naturens väsen på riktigt eller bara i människans fantasi? Kan ni övertyga nu levande människor om deras existens? Om ni inte kan det så försvinner de för gott. Vad kan ni göra åt det?”

”Massmedia”, mumlade jag. ”Massmedia har deras öde i sina händer. Massmedia måste övertygas.”

”Det kanske är bättre att naturens väsen hålls borta från jorden medan den städas”, sa Moder Jord allvarligt. ”Det är en omfattande städning som ska till. Den har börjat och den kommer att fortsätta och bli alltmera noggrann. Får jag nu veta ert resultat. När upphörde samarbetet mellan människor och naturväsen och pågår det fortfarande någonstans?”

Lydia var förstås inte sen att svara.

”Det är olika på olika platser på jorden. Om vi skär allt över en kam skulle svaret bli att samarbetet slutade några år e. Kr. Men så kan man inte säga, eftersom samarbete mellan naturväsen och människor pågår i jordens nuvarande tid på Island, men även på vissa platser i Storbritannien. Sådana stammar som de ursprungliga aboriginerna och maorierna har behållit sin medvetenhet om naturens väsen. Indianerna har kvar dem på sitt sätt, men de arbetar inte med samma väsen som vi.

I Tibet hos hunzafolket var samarbetet starkt och blomstrande när vi var där, men det har förändrats den dag som nu gäller på jorden. På vissa ställen hos urbefolkningen i Peru förekommer det, eftersom deras religion innehåller mycket av sambandet med naturen. Ja, det finns kvar åtminstone en medvetenhet om naturens väsen hos rätt många ursprungsfolk i dag, och det är bara att hoppas på att de stora förändringarna på jorden får den att framträda tydligare.”

”Där har Lydia sagt det vi alla vill säga”, smålog Balthori. ”Min hustru och jag, som har mycket av naturens väsen i oss, kommer att finnas på den planet där vi bor för närvarande, men vi är redo att flytta tillbaka till jorden med våra systrar och bröder så snart det blir möjligt.”

Moder Jord granskade oss tyst och intensivt, en och en, tills vi alla skruvade på oss.

”Ni har gjort ett gott arbete”, berömde hon. ”Jag är stolt över er och det ska jag föra vidare till högsta ort. Ni kanske inte förstår vikten av det ni uträttat ännu, men vi ska hoppas att många som läser ditt mediums bok, Jan, tänker om. Det gäller att nå människorna. I och med att naturens väsen accepteras och kanske blir synliga igen kan jorden räddas. Det är en ansenlig bit av kakan, som visserligen inrymmer många räddningsaktioner, men denna hör till de viktigaste.

Nu är det dags att komma med frågor.”

”Får vi veta mer om Anu?” frågade jag. ”Det har du lovat och jag har fått för mig att det hör ihop med vår uppgift här och nu.”

Moder Jord smålog och tecknade åt oss att vara uppmärksamma. Så fortsatte hon att berätta om den kuslige kung Anus svek mot människorna.

”Som jag nämnde förut, uppfann Anu bland annat talet om frälsning och frälsare för att uppmuntra människorna till att längta efter mästare som kan lära dem uppståndelse, att bli frälst, att uppnå nirvana, att leva moraliskt så att man får evig salighet. I och med att människorna längtade efter något ouppnåeligt hade han dem i ett säkrare grepp, eftersom en längtan som inte uppfylls brukar bestå livet ut.

De andliga och religiösa lärarna sitter fast i samma typ av fängelse som alla andra människor. Om några fångar lyckas göra sig fria och fly, skickas genast vakter på dem som misskrediterar dem i allas ögon (media!) och föraktfullt talar om övernaturligt trams och demoner. Alla de andra medfångarna måste inlemmas i materialismens noggrant och säkert tuggande käftar.

Naturligtvis förstår inte fångarna att de befinner sig i fängelse och har vakter som är utbildade av Anus hantlangare. Och de är många och på höga poster!

Anu har dock fiender, och starka sådana. Det är mitt mineralrike, växtrike och djurrike som redan har börjat förstöra delar av fängelset, så att vissa individer från våra sfärer kan återfå sin identitet och upprätta en ny bild av helhetens frihet.

Tyvärr är detta endast en liten del av det hela. Många vill stanna kvar i sin egen trygghet inom fängelsemurarna. De motsätter sig den nya frihetens oändliga storhet. För dem är egots kanaler viktigast och givetvis också den religiösa övertygelsen.

Andra kommer att med lätthet ansluta sig till den nya friheten. Först är de kanske lite tveksamma, som fågelungar när de prövar vingarna. Sen går det snabbt åt rätt håll. Den första delen av processen är viktigast. Om de inte vill riskera att flyga i väggen på fängelset upprepade gånger, måste de beväpna sig med en ovillkorlig enhetskänsla, jämlikhet och ärligt uppsåt hela tiden. Det är nödvändigt för att flygandet ska bli till det liv av frihet och kärlek som det är avsett att vara."

"Har något av allt som du har berättat redan börjat?" avbröt jag. Moder Jord nickade sakta flera gånger.

"O ja", svarade hon. "Annars vore det väl ingen idé för mig att berätta allt det här. Frihetskampen har börjat. Jag hoppas att ditt medium på jorden förstår att det här är den verkliga sanningen, som kommer att skaka om världen när den bekräftas, inte bara i ord. Den pågår redan. Anu har drivit det så långt att människorna nu är i färd med att utplåna min jord. Det tillåter jag inte."

"Anspelar du på den pågående katastrofen med polaris som smälter?" frågade Lydia.

"Och alla krig i sydligare länder, som bara tycks förvärras?" tillade jag.

Moder Jord nickade åter med dyster och sorgsen min.

"Om man tänker på jorden som en kropp i stället för min runda, sköna boll", svarade hon, "kan man förklara det så här: hjärnan i det kollektiva systemet, världssamfundet, är bankerna. Den utgår från att liv är pengar och pengar är liv. Så länge det är så är den nöjd. Vissa signaler har emellertid uppstått som skrämmer det kollektiva systemet. Vissa saker som händer i världen förutspår förändringar och förändringar är ingenting som Anu gillar. För att förhindra detta tar han till sådant som kan göra folk osäkra, få dem att känna obehag, bli nervösa och ouppmärksamma. Överhopade med teknologi, som de är, blir de rädda och maktlösa."

"Vad händer nu?" inföll jag snabbt.

"Det kollektiva systemet kommer att falla. Den kropp jag nyss liknade jorden vid kommer att dö! Det tar kanske många år, men under tiden måste människorna vänja sig vid den nya kropp som håller på att byggas upp och som innehåller det nya själsmedvetandet som gör dem till den rätta sortens själsbärare."

"Kan du förklara närmare hur människorna ska bära sig åt för att komma en bit på väg?" undrade Lydia, som tyckte om att få fakta. "Det finns väl något recept?"

”Ja, andningen”, svarade Moder Jord leende. ”Om de andas så som jag nu ska lära er, så kommer de snart att må bättre. Övningen kallas för Kvant-pausen.

”Den försiggår i fyra etapper. Sitt bekvämt med båda fötterna i golvet och blunda. Välj ett tal mellan 3 och 6 och använd det när ni andas. Jag väljer nu talet 3, så blir det lättare att förstå.

1. Andas in genom näsan och räkna under tiden till 3.
2. Håll andan medan du räknar till 3.
3. Andas ut genom munnen medan du räknar till 3.
4. Håll ute andan medan du räknar till 3.

Gör det tre eller fyra gånger i rad innan du återgår till vanlig andning. Upprepa det sedan 3-4 gånger under dagen när ni kommer ihåg det och när ni har lust. Det blir ganska snart till en vana som sköter sig själv.”

”Det var ett enkelt recept!” skrattade Lydia. De två alverna såg på varandra och log.

”Det blir nog det viktigaste i Jans mediums bok”, sa Moder Jord allvarligt. ”Från min sida är det en kungörelse till världen. En kungörelse ska inte vara komplicerad, den ska vara snabb och effektiv. Seså, mina älskade vänner, nu är det dags för oss att skiljas åt. Tack för en oförglömlig insats i naturens hemliga bok!”

Att skiljas från Vrang hade varit nog så svårt, men det var ännu svårare att skiljas från Balthori och Thesa. Vi tillhörde andevärlden, de var levande personligheter. Ändå visste vi alla fyra att vi skulle återses. Alverna arbetade för jorden och de kände till den grupp i ett annat universum som kallar sig WingMakers. Den dagen skulle komma när vi alla fyra kunde arbeta tillsammans där med det spännande folk som kallar sig för den Centrala Rasen. Vårt hopp stod till WingMakers eftersom vi visste att jorden fanns i centrum för deras uppgifter (se vidare www.wingmakers.se)

”Farväl!” sa Moder Jord och omfamnade oss varmt. ”Jag tänker inte komma med några predikningar eller förmaningar, jag tänker i stället tala om för er att jag har stor tilltro till att min älskade jord ska helas och förkovra sig i skönhet, glädje och kärlek.”

32. Hemma igen

Det kändes ganska tufft att återvända, trots att vi uträttat ett arbete som gav kunskap om det osynliga folket. Naturväsen kändes viktigt och var närvarande i våra känslor och våra minnen. Lydia och jag kallades till Melchizedek och han kramade om oss varmt och innerligt.

”Er hemkomst förebådar bara gott”, utropade han glatt. ”Vi har följt er härifrån och vi vet att ni uppnått en ny kunskap, en kunskap som jordens alla invånare borde ha. Få kommer att tro er, men bättre att få tror er än ingen alls. En ny era för jorden förestår och där är naturens väsen inte längre främlingar eller vidskepelse.”

”Hur kan man förklara för en person att egentligen vem som helst kan se en naturande?” frågade jag.

”För den som vill möta en naturande gäller det att vara uppmärksam. Det är återigen tankens kraft som hjälper till att förverkliga det man önskar”, svarade han.

”Om man blundar och föreställer sig ett naturväsen tillräckligt intensivt, kommer man att förnimma det på något sätt”, tillade Lydia. ”Dessa skygga varelser har olika sätt att visa sig på och det blir mestadels endast ögonblicksbilder. Men de kan också sända en fjäder som dyker upp framför näsan på dig eller knycka ett föremål för att sedan lämna tillbaka det lång tid efteråt och på ett helt annat ställe. De kan uppträda i fågelgestalt och sjunga för dig och de kan röra vid dig, kanske rycka i dina kläder, utan att du ser någon. Husdjur har förmågan att se dem, så om du har något husdjur, ge akt på dess reaktion. Ibland stelnar djuret till och följer något med blicken, något du inte ser. Försök då att med din egen tankekraft se det som djuret ser.”

Melchizedek nickade instämmande.

”Det viktigaste är inte att få syn på en älva eller en tomte. Det viktiga är att förnimma deras närhet, att försöka rena sitt eget liv genom att tänka så positivt man kan och hjälpa andra när det behövs. Egentligen är det enkelt. Det är frågan om att utveckla medvetandet. Det går bara på ett sätt: tankevägen. Tänker man mycket på naturens väsen på ett vänligt, accepterande sätt, så vet de om det. Då händer det något positivt - förr eller senare.”

Plötsligt började min dvärgring att ge signaler. Den sköt blixtar och Lydias hängande opal gjorde likadant. Det hördes ett brak och jag såg ett brett leende på Melchizedeks läppar. Där stod han, naturens högt älskade gud: Pan!

”Jag sa ju att jag skulle kontakta er när ni var färdiga med den här resan!” trumpetade han med sin enorma basröst. ”Som vanligt har ni upplevt många äventyr, för det är alltid ett äventyr att söka upp det förflutna - och framtiden. Moder Jord har berättat att ni lyckats bra med ert uppdrag och att fler uppdrag väntar.

”Mina undersåtar väntar på människorna. De väntar på att människorna ska erkänna dem, ställa frågor och försöka möta dem på sin mark - eller deras. Deras liv just nu är alltför turbulent, de flesta vill inte lämna jorden trots att de inser nödvändigheten av att göra det. Har ni något ord till tröst, något erkännande ord, några frågor? Jan och Lydia kan säkert ordna plats på det kontaktnät som människorna använder så flitigt. Ett sådant intresse skulle åtminstone tillsvidare stoppa emigrationen från jorden, det är vad mina naturväsen drömmer om.

”Farväl mina vänner och tack för det arbete ni nedlagt på att göra mitt osynliga folk så synligt det kan bli!”

Han omfamnade oss och försvann lika snabbt som han kommit.

Vår sista upplevelse med alla naturandarna, men också mötet med Pan, satte djupa spår i mig. Jag skulle så gärna vilja förmedla dessa upplevelser till alla som läser den här boken. Försök framkalla det osynliga folket i era tankar. Ni kan väl åtminstone försöka?

Se en blomma och en älva som lutar sig mot den. Se en fjäril flyga med en skir gestalt på sin tunna rygg. Se pigga ögon, som kisar lite, titta ut från barken på närmaste träd. Se en liten tomtegestalt slå sig till ro framför din öppna spis, i väntan på en skön brasa. Det finns så mycket roligt du kan se, om du bara vill. Kanske förverkligas dina bilder om du är tillräckligt koncentrerad och intensiv i ditt tänkande, din viljeakt. Prova, min vän, prova!

Nu kallas jag, Jan, ut på nya äventyr tillsammans med Lydia. Vi har kallats till ett möte som innebär en förändring för oss båda, en utveckling som kan leda till evolution. Vi ska hjälpa till med en process som vi hoppas kan hjälpa jorden att överleva, att åter blomstra, att åter ge människorna ett paradis att leva i. Vi är kallade till ett annat universum, till den Centrala Rasen, till Urkällan. Jag vet inte när vi kommer tillbaka, eller om vi ens kommer tillbaka, men

jag säger ändå:
På återseende!

Epilog - Budskap från Pan

Under flera års tid har jag haft en grupp i andlig utveckling, där jag bland annat kanaliserat Pan, naturens konung och beskyddare och Moder Jords främsta samarbetspartner. Som framgår av texten som följer kommer han alltid med stora åthävor, dunder och brak. Han börjar och slutar alltid med att tala om att han är Pan.

Varsågod, kära läsare, njut, skratta eller gråt! Ni kan knappast förbli oberörda. Detta är naturens egen hälsning till er genom mig.

Mariana Stjerna

33. Kanaliserade budskap från Pan - Naturens konung

En hel del av det Pan har sagt tycker jag är värt att vidarebefordra. Hans råd och synpunkter är värdefulla, även om han språk ofta är svulstigt. Jag vill gärna förmedla en del av dessa kanaliseringar till mina läsare. Det blir i ”ursprungligt” skick och inte som jag vanligtvis skriver.

Pan lever i naturen, inte bland människorna. Han vill förmedla något av oändligheten och den fantastiska skönheten som hans - men också vår - värld har att bjuda på. Kärleken till hans skyddslingar, djuren, växterna och alla naturväsen, liksom ödmjukheten inför det han berättar kan man inte ta miste på. Syftet är att få oss människor att förstå att vi måste vara rädda om vår vackra natur, hjälpa Moder Jord efter bästa förmåga och bli mer ödmjuka inför naturens skönhet och mångfald, så att vi får behålla den.

Budskap nr 1

Pan: Jag vadar i vattnet och det är sjögräs omkring mig, ja det är inte det enda som finns här. Jag går inte *på* vattnet, jag går *i* det. Det är ingen konst för mig. Här finns delfiner och hajar och alla möjliga fiskar. De har grupperat sig omkring mig där jag står på en korallklippa med sjögräs runt omkring. De har samlats här för att framföra klagomål. Jag får veta att de är missnöjda med att födas till Jorden i giftiga vatten, och i en osäkerhet som egentligen inte alls tillhör deras värld, oceanvärlden. Oceanvärlden ska vara ren och porlande. Den ska ”sisa”, sjuda och svalla omkring fiskarna och andra varelser i det renaste pärlskimrande, koboltblå och turkosblå vatten. Sådan klarhet i vattnet, klarhet i källorna, som kommer via vattenfall från höga klippor! De är rena. Det är, mestadels i alla fall, rent vatten som kommer ner. Men så snart det kommer ner till Jorden så blir det förgiftat. Hur ska fiskarna kunna leva?

Jag ser fångstnät med gråtande fiskar - fångstnät där klara, vackra fiskögon ber om hjälp. Vad ska jag göra med allt det här? Jag har ingen plats på Jorden längre, jag drivs bort. Tillsammans med hela havet drivs jag bort! Hjälp! Tala om detta för människor!

Fiskar kan gråta lika väl som de kan le. Och det är så få som tänker på dem. Därför har de inget riktigt stöd. Jag försöker så mycket jag kan, men nu ber jag er om hjälp också. Hjälp, så att näten lossnar från de sprattlande, smärtsamma rörelserna som fenorna gör! Hjälp, så att inte giftet dödar det lilla nyfödda delfinbarnet redan i mammans mage!

Detta är två små exempel av ett gigantiskt händelseförlopp som sker just nu. Hela Jorden måste förnyas och vi behöver all den hjälp vi kan få!

Jag är Pan och jag har mycken magi till min hjälp, men jag rår inte på ondskan, tanklösheten och våldet! Det är vad jag kan förmedla till er i dag här ifrån tång och havsalger. Vissa ställen på Jorden är någorlunda rena och vi hoppas så att de ska förbli så. Men de är långt borta, borta vid Arktis och Antarktis. Det håller på att ske saker där också. Hjälp!! Hjälp! Ställ er under vårt vattenfall och sänd ut hjälp till allt som har med vatten att göra! Jag ber!

Jag är Pan och jag är ödmjuk för en gångs skull. Trots att det är ni som borde vara ödmjuka inför mig så är det jag som är ödmjuk inför er!

Jag kommer tillbaka och jag ser er, jag hör er och jag känner er.

Budskap nr 2

Pan: Här kommer jag, Pan. - Jag vill så gärna träffa er under vattenfallet, jag vill så gärna att ni ser vattenfallet och att ni står under det nu när jag kommer. Och jag vill så gärna tala om för er hur nära ni är naturens väsen och hur gärna de vill närma sig er, så att ni kan uppfatta deras existens.

Jag tycker det är dags att människan vaknar upp. Hon sover ju, hon är bara ett köttberg som lever i luft. Men det finns andra också, som ni. Och dem är vi glada för. Ni kanske har tänkt på klimatet just nu. Ni kanske har tänkt på att det är en begynnelse. Det kanske inte blir som det brukat vara någonsin mera. Det kanske måste ske något drastiskt. Vi kan snart inte andas, de av oss som finns kvar på Jorden. Vi kan inte andas! Det seglar omkring tjocka moln, som är bruna och svarta, mörkgrå och otäcka och som kväver oss.

Jag vill gärna vara Näcken som sitter i bäcken och spelar. Men jag är inte den Näcken, Näcken är en sagofigur. Pan och Näcken har alltid ansetts höra ihop, men det gör vi inte. Jag är Allfadern för naturen och det är mig som alla naturens andar åberopar. Varje strå har ett väsen och varje strå är viktigt. Även om det trampas ner så har det gjort sitt. Varje blad som finns på ett träd utstrålar det som människan behöver, och när det dör så kommer nya blad. Och även om bladen bara är knoppar, för jag vet att ni har sett att bladen är knoppar som slår ut på våren, så finns det inuti i dessa knoppar välgörande strålar som strålar ut ifrån träden. Men inte nu. De törs sig inte ut. Det är för mycket smörja i luften!

Vad är det ni håller på med, ni människor? Ja, vi är så bekymrade, så bekymrade. Men jag vet att *ni* inte deltar i detta och jag vill å mina och mina undersåtars vägnar tacka för det arbete ni lägger ner på att väcka människor. Men tro mig, ni måste fortsätta. Det är inte gjort på några minuter, det tar tid. Men det går till slut. Och varje gång ni gör något för oss så kommer något gott att hända. Varje gång ni tänker på naturen slår ett litet väsen upp sina vackra ögon och tackar Skaparen för att det finns. Och sedan ska ni veta att om ni sätter er på en sten eller en stubbe i skogen så kan ni prata med alla väsen där. Och de lyssnar, jag lovar er att de lyssnar.

Jag ville bara komma för att bekräfta att vi är väldigt, väldigt på vår vakt samtidigt som vi är tacksamma för all hjälp. Men vi är vakna och vi iakttar er vare sig ni vill det eller inte. Och vi slår tillbaka. Det sista var det inte roligt att lyssna till, men det är inte så mycket roliga saker vi har att komma med nu. Mer än att jag är glad att jag har fått den här kontakten där jag kan få skälla lite grann på det som finns utanför.

Men det som finns inuti er, i era hjärtan, var rädda om det. Jag tycker om att visa mig i den här gruppen och *Jag är Pan!*

Budskap nr 3

Pan: Jag hälsar er! Jag kan inte låta bli att komma en liten stund. Men jag vill bara säga hej och tala om för er att det arbete som ni håller på med uppskattas väldigt mycket av oss. Ju mer ni kan förmedla om naturen och om de varelser som finns där, ju bättre är det, därför att djuren lider.

Har ni sett bilder på hur man går fram i de stora sydliga skogarna. Vet ni hur de går fram där? De bara kör med sina stora fordon och djuren dödas eller jagas till platser som inte tillhör dem och deras liv, och där de inte kan fortsätta att leva. Har ni sett hur djurtransporterna håller på att ta död på djur, på många sorters djur? Har ni sett hur svårt djuren har det? Ja, jag vet, Mariana, fångstnäten, haven blir ju tomma. Jag talade om det sist. Inte bara fiskarna gråter, jag gråter själv och alla mina medhjälpare gråter. Men vad hjälper det? Tårar kan inte stänga av det som pågår, framfarten, den vilda, hemska framfarten, utplånandet av djur av många sorter.

En jägare skulle svara mig: ”Men om vi inte sköt undan djur och om det inte omkom djur så skulle det bli för mycket djur på planeten.” Och då svarar jag så här: ”Så är det inte alls!” Och så var det inte under de hundratals och tusentals år som människa och djur levde tillsammans. Då blev det inte övertaligt med djur på jorden. Nu plötsligt så tas det som argument. Men så är det inte, det lovar jag er. Därför att när det gäller djuren så är det något som sköter sig själv; urvalet, överlevnaden ligger hos djuren själva, i deras celler, och det behöver vi inte alls befatta oss med.

Att skylla på att det blir övertaligt med djur när det är övertaligt med människor! Fast de är väl också djur? Hum!

Ja, jag blir så arg när jag ser hur ni människor gör med allting. Men jag tycker mycket om *ert* arbete och jag är så glad för det. Och jag är så glad för att ni tar med djuren när ni skriver och tänker och talar. Så min kärlek har ni!

Och fortsätt som ni håller på, så ska vi hjälpa er så mycket vi någonsin kan från vår sida.

Vi möts under vattenfallet! *Jag är Pan!*

Budskap nr 4

Pan: Jag vill säga ett par ord. Ni ska veta att det fortfarande finns alvsläkten på jorden. Det finns fortfarande gömda, människoliknande varelser som inte vågar visa sig. Det finns fortfarande alver och älvor. Det finns fortfarande det som ni tror är sagor, men det är verklighet.

Men de är samtidigt delvis gömda bakom en slöja och de kommer att komma fram när tiden är inne. För dessa varelser längtar efter att åter få bo i de ljusa dalarna på denna sköna jord, i den vackra värld som de har blivit tvungna att gömma sig för. De vill inte försvinna.

De finns gömda där ni minst anar det och inte söker efter dem.

Så kom inte och säg att så kallade sagofigurer inte finns längre. Jag finns ju!!! I högsta grad! Och jag önskar att ni accepterar det faktum att ni inte känner till de individer som lever kärleksfullt, gömda i era skogar, i era berg och under havet.

Jag ville bara säga detta för jag tycker att det är så tråkigt att gå omkring och vara förnekad. *Ni* förnekar mig inte, det vet jag. Så här kan jag tala fritt med god publik.

Tack för att ni lyssnade och farväl för den här gången.

Budskap nr 5

Mariana: *Pan, Jag har skrivit om dig i mitt senaste manus.*

Pan: Jag vet. Tror du inte att jag läser vad du skriver? Det är nödvändigt för mig, därför att det är barnen jag vill nå. En gång i världen nådde jag barnen i England genom Pan-boken, som inte skildrade mig riktigt som jag är men som ändå skildrade naturens varelser. Så vill jag ha det i fortsättningen. Jag vill inte bli glömd, det vill jag inte.

Mariana: *Men Pan, det finns en massa tecknade serier också.*

Pan: Ha! Fjolligt! Fjolligt! Så mycket dumheter. Som de framställer oss är vi inte. Nej! Barnen måste förstå att de ska ta kontakt med oss via tanken och därefter kan det bli mer och mer. Om de tänker på att de vill ha kontakt med oss ute i naturen så får de det.

Mariana: *Då ska jag passa på att fråga dig om R. Ogilvie Crombies bok "Pan och naturandarna" som jag har, är den sann?*

Pan: Ha! Klart den är! Klart! Det var ju en rekorderlig herre. Tror du att han ljuger i den boken? Nej, han hade gåvan att se oss och vi var väldigt goda vänner, det är vi fortfarande. Nu är han ju på min sida här, den sida som jag har lätt att få kontakt med.

Men jag vill få kontakt med människorna, hör du det! Jag och hela världen med naturandar vill få kontakt med er igen och samarbeta och känna att var och en av oss har betydelse för Jorden. Det vill vi!

Detta ville jag säga. Vi ses under vattenfallet mina vänner. *Jag är Pan,* och jag älskar er människor! Men jag hatar det ni står för i nutiden!

Budskap nr 6

Pan: Jag kommer raskt och glatt till detta sällskap.

I naturens värld går vi omkring med sorgslöja, det gör vi. Det är många arter som har kommit till genom en fantastisk skapelse. Men många arter har kommit till genom urartade arter också, ska ni veta. Så i min värld finns både gott och ont, precis som i er. Det var väl en ny tanke, va?

Ja, det här sällskapet behöver få lite nya tankar ibland. Ha! Ha! Det är jag som ska förmedla dem för det är trassligt hos oss. Vi går omkring och oroar oss för att bli totalt utplånade. Att vi, fauner, älvor och mitt folk finns här, det är bra, men snart måste vi ge oss iväg. Vi tål inte atmosfären på Jorden och därför vill jag tala med er om vad som händer när vi ger oss av.

Vad händer med er växtlighet? Vi är ju där. Vad händer med ert djurliv? Vi är rädda för det jag nyss nämnde: arter som har råkat skapa arter som inte är bra, och de arterna kan ta överhanden. Många av de här arterna gör så ibland och har redan gjort det. Det är mest insekter av olika slag. Det finns andra djur också som inte är så bra, men insekterna har på något sätt gått baklänges. Det har gjort att vi inte riktigt rår på dem.

Vi vet inte vad de är ute efter. Det är inte bra. De är nykomna, men de påverkar de gamla ursprungliga arterna på ett negativt sätt. Om ni visste så mycket förstånd det finns även bland insekter så skulle ni häpna. Jag sa ju förut att fiskar kan gråta, men det märks ju inte i allt det vatten som de vistas i. Det är samma sak med insekter, fast de kan hånskratta i stället och drivas av onda krafter. Men då drivs de inte ensamma, en och en, utan i samlingar som kan åstadkomma mycket skada. Och det där är på gång och hör också till miljöfaran. Det har förmodligen redan börjat uppdagas och även skrivas om.

Jag ville att ni skulle veta det här. Det är mitt budskap i dag, jag har ju alltid olika budskap till er. Mitt budskap i dag är alltså att lägga märke till detta och använda era tankar, de är väldigt användbara. Hum, ja, där ligger det väldigt mycket arbete för er. Det vet jag och det vet ni. Men det måste göras!

Gruppdeltagare: *Kan det bero på att dessa konstiga och onaturliga insekter har muterat på något vis, genom de gifter som har spridits,* *och blivit mer livskraftiga?*

Pan: Alldeles rätt! Tyvärr är det så.

Gruppdeltagare: *Man brukar säga att insekter håller frekvenserna i luften på liknande sätt som valar och delfiner håller frekvenserna i vattnet. Bli det då negativa energier i luften på grund av dessa insekter?*

Pan: Ja! Det är en av de saker som händer. Det kan också bli anfall och stickande.

Gruppdeltagare: *Och med det följer också sjukdomar och epidemier?*

Pan: Ja, och de sprids! Det är därför som jag tog upp detta i dag. Det är aktuellt. Det kan ta några år, och det kan komma fortare. Vi vet inte det.

Gruppdeltagare: *De kommer att slå hårt mot grödorna?*

Pan: Ja, naturligtvis! De slår hårt mot både människor och grödor. Egentligen skulle var och en av er ha sin egen lilla täppa, men jag vet att det innebär ansträngningar för er.

Gruppdeltagare: *Men det kanske inte kommer att finnas något alternativ så småningom? Att vi åter blir tvungna till småbruk?*

Pan: Det stämmer nog att det kan gå så illa. Men det vore nog bra i så fall. För mycket av den här storskaligheten som pågår har bjudit in dessa främmande varelser. Det går inte att ha kontroll över så stora områden som nu odlas. Det går att ha kontroll över en liten trädgård och vårda den med kärlek. Men här är det inte någon liten trädgård och det handlar inte om kärlek, utan det är insektssprutor som används, om det nu hjälper. Även det giftet kan vara någonting som sätter sig i insekten utan att döda den, och sedan bildas det avarter.

Gruppdeltagare: *Även gödningsmedlen förstör väl, och alla tillsatser?*

Pan: Ja, naturligtvis. Och det är detta som jagar bort mitt folk!!! Vi vill inte bli bortjagade, vi har fått oss Jorden tilldelad och nu måste vi lämna den!

Skriv, Mariana!! Jag vet att du skriver om mig, jag vet att du skriver för barn om mig. Skriv och gör klart för dem att vi finns. Vi är inte sagor! Vi finns på riktigt!! De måste få lära sig att mycket av det som kallas för sagor är verklighet och har varit verklighet genom tiderna, även om det har gått så långt att människans ögon inte längre kan se vad de borde kunna se!

Och därmed är jag färdig för den här gången. Nu har ni fått er lite till livs! Jag kommer tillbaka, och jag älskar er.

Budskap nr 7

Pan: Nu kommer jag på mitt vanliga bråkiga sätt, för att ni ska förstå att ni har mig att tampas med också. Ni ställer inte så många frågor till mig men jag kan prata i alla fall, jag.

Mariana, jag är så glad åt att du arbetar med att föra in naturväsen på rätt sätt i din barnbok, eller i dina böcker som det nu har blivit. Där har du min absoluta medverkan. Och den lille faun du har skapat som du kallar för Laars, med två a:n, han finns på riktigt hos mig. Jag har många fauner som hjälper mig. De är mycket trevliga, humoristiska, glada och vänliga själar som gärna vill hjälpa men som också är lite odygdiga, och lite odygdighet det skadar inte. Det tycker jag att man behöver.

Lite skoj behövs alltid. Ni förstår de är så allvarliga där uppe. Men en del av dem har humor som väl är. Ja, ja, vi skojar här under vattenfallet, men under tiden händer det saker som inte är så roliga. Det fälls för mycket träd, och det kommer ut för mycket gifter. Det är så mycket dödande i naturen som är både onödigt och rent destruktivt. Allt detta dödande är fel. Och nu talar jag väldigt mycket om det animaliska dödandet, dödandet av djurriket. Det skjuts för mycket.

Om ni tänker på de första människorna, ja de kanske inte var de första, det fanns ju flera ”första människor”. I alla fall så klarade de sig med det som de dödade för sitt uppehälle, de dödade aldrig för nöjes skull. Att döda för nöjes skull utmanar alla de negativa energierna hos människan, förändrar henne och gör henne sämre än vad hon borde eller behövde vara. Vi tycker inte alls om det där dödandet. Vi blir skygga och oroliga och vi gråter och vi gnäller och vi rosslar. För vi har ingen möjlighet att försvara oss. Vi är oskyldiga djur, vi är djur som har bildat familjer, och där dör familjemedlemmar och vi kan inte göra något åt det. Hur tror ni det vore om det kom en skytt och sköt ett barn här, en mamma där och en pappa där bland människorna, bara för att det är så himla roligt att skjuta?

Vi vill ha skogarna i fred, ängarna i fred och vattnen i fred. Nu är det så att vi får klättra högt upp i bergen för att vara i fred. Allt det här kommer till mig, dagligen och stundligen får jag veta sådana här snyfthistorier och det är jag som ska göra något åt det. Hur ska jag kunna göra det? Jag kan inte rå över era knivar, gevär och pistoler. Ni behöver inte så mycket. Köttet ruttnar för er. Ni har för mycket och ni behandlar boskapen illa.

Det måste bli en ändring på det här klotet. Vi vill tillbaks till den tid då naturens väsen vågade göra sig synliga, vågade kommunicera med människorna, leva i frid med dem och hjälpa varandra när det behövdes. Så har det varit och så vill vi ha det igen och det målet arbetar vi mot.

Förlåt om ni tycker att jag är negativ. Men jag säger bara sanningen och sanningen i er nuvarande tillvaro är negativ. Sanningen är en fruktansvärd sanning. Ni lever i lögn, ni omges av lögn. Nu talar jag inte om den här gruppen utan om vad som finns runt omkring er. Det är bara lögn. Lögn och förbannad lögn!! Vi vill tillbaka till sanningen och kärleken och det Gudomliga urvalet.

Och med det, mina vänner så har ni fått en ordentlig klagovisa, men den är också berättigad.

Tack för att ni lyssnar. Ni är mina vänner och jag älskar er! Har ni några frågor?

Gruppdeltagare: *Om naturväsendena visade sig så skulle mänskligheten få en annan attityd till dem, eller hur?*

Pan: Ja, naturligtvis. Men i dagens läge vågar de inte göra det. De gör det någon enstaka gång. Säkert har någon här sett glimtar av naturväsen. Men de kan inte visa sig om de inte känner fullkomlig tillit till den som de visar sig för. De kommer dock att göra det, förutsatt att människor ändrar sin attityd till dem. Om ingen trodde på dig, om ingen trodde att du fanns, om alla tittade rakt igenom dig och du satt där och var alldeles synlig, hur skulle det kännas? Så känner mina naturväsen sig. De tål heller inte atmosfären här. De måste ha rent omkring sig, det är också en viktig sak.

Budskap nr 8

Pan: Nuuu är jag här igen! Vi är gröna vänner allesammans, bröder och systrar förstås. Och det gröna, det innefattar allt som har med naturen att göra.

Jag vet Mariana att du verkligen bemödar dig om att arbeta med oss i barnboken *Tunnbindarens barn*. Den studerar vi allesammans här upp från andra delar av kosmos. Vi tycker den är rolig och vi känner igen oss. Det är det så skönt att få göra. Ni skulle se mina små hjälpredor faunerna, som har små horn och en liten svans, ha, ha ha. De är så underbara och så barnsliga, men på rätt sätt. De är så blåögda, men samtidigt så vet de skillnad på gott och ont mina fauner, och alla mina andra väsen också som finns här runt omkring och som ingen tror på. Ha, ha, ha.

Tomtar och älvor känner ni till och kanske alvfolken, som har fått lov att flytta för att ni är så dumma mot dem. Det finns ju några kvar men de är inte många. Alverna är lika stora som människor, bara mer genomskinliga. Inte så att man kan se vad som rör sig i magen på dem och sådana saker. He, he. Det skulle vara förskräckligt, det är inte som på röntgenbilder. Men de är lite ”blekare” än vad ni är, så att säga.

Jag vet att ni har pratat om allt elände som försiggår på jorden i dag. Människor hugger ner skogar och så slåss de. Och de landområden i sydliga länder, t.ex. Irak, Iran och Afghanistan, där man slåss nu är egentligen väldigt bördiga. Där finns en jord som verkligen skulle kunna blomstra och ge skördar av både frukt och blommor och skogar. Nu är där bara aska, nu är där bara torrt, nu är jorden totalt förstörd, nu är hela luften bara en tjock rök, en tjock rök av stridsgaser och sådant…

Förstår ni hur vi känner det? Vi vill ha bort allt det där, vi vill sopa bort alla människor som beter sig illa och så vill vi placera ut odlare, trädgårdsmästare och djur i regnskogar. Vi vill placera ut ett blomsterhav där. Förstår ni att vi gråter allesammans, till och med maskarna gråter, för de har ju heller ingenstans att vara.

Tack för att ni fortfarande väldigt gärna lyssnar till fågelsång. Nu är det mycket fågelsång ute. Och vad jag önskar är att ni lyssnar än mera till fågelsång. Även om ni inte har en aning om vilka fåglar som sjunger så gör det inte ett dugg. Fåglarna runt omkring er kommer att meddela er saker med sina vackra röster, och energierna från dem kommer att flöda in i er som musik och ni kommer att må väldigt bra om ni kärleksfullt sträcker era tankar mot fåglarna. Om ni ger dem föda och om ni verkligen, verkligen lyssnar. Det behövs bara en liten stund, ni kan ha dörren eller fönstret öppet eller ni kan vara ute och promenera. Lyssna till fåglarna, för genom fåglarna kommer jag att dirigera kraften till er. Så det var något nytt och spännande.

Det var mitt budskap i dag. Några frågor?

Gruppdeltagare: *Men Pan, Moder Jord lurar oss lite grann här. Vädret blir varmare. Som vi har det nu, får vi för mycket värme. Det gör att flugsnapparen, till exempel, kommer på sitt vanliga datum och missar en del av det dukade bordet. Fåglarna blir lurade och därmed så blir det färre fåglar av insektsätarna.*

Pan: Det kommer att gå långsamt, men med mitt råd att lyssna till fåglarna så kommer det ändå att finnas platser med mycket fåglar och där de sjunger mycket. Så om ni kan ska ni vara i skogarna.

Om vädret ändrar sig, och det gör det ju, så är det för att jorden förändrar sig. Och varför tror ni att vi har så himla bråttom med att undervisa er??? Varför tror ni att vi jobbar på som vi gör? Jo för att det är bråttom av bara den!!!

Så jobba på bara med de indikationer ni har fått. Nu går jag tillbaka till vattenfallet och stänker lite hälsovatten på er.

Budskap nr 9

Pan: Jaahaaa, nu fick jag komma till tals. Tackar så mycket för det. Ni vet väl att *Jag är Pan!!!??* Är ni rädda för mig, är ni det? Va?

Gruppdeltagarna: *Ja, ja och nej, nej.*

Pan: Det är bra för jag har horn och jag har klor. Ibland visar jag mig med klövar, ibland har jag stora baddare till fötter. Ja, nog vet ni att det är en besvärlig tid ni och vi lever i. Jag ska tala om för er att vi, naturens väsen, undrar varje dag hur det kommer att se ut på Jorden om ett tag, och inte så långt tag. Hur kommer det att se ut för oss?

Vi syns inte men vi finns ju här. Det är ju vårt hem lika mycket som det är ert. Och vi har hoppats på att åter få bli synliga och åter få samtala, kanske till och med samleva med er människor. Men inte ännu. Vi vet att vi är välkomna i en sådan här krets, men om vi går in på ett shoppingcenter, som ni har så gott om, och ställer oss där och blir synliga och säger: ”Hej, hej, här är jag; här är Pan. Observera oss nu!” Och så har jag mina små fauner runt omkring och några älvor som dansar. Vad tror ni de gör på shoppingcentret? De tror att det är någon typ av holistisk uppfinning, ett hologram. Och det är inte alla som kan tänka ens det.

Barnen skulle ta emot oss med förtjusning, det tror vi. Vi visar oss för barn ibland när vi vet att det är speciella barn. Vi hoppas att de föräldrar som hör sina barn säga: ”Jag har sett en konstig farbror med horn i pannan sitta där ute på en sten”, inte blir rädda då. Men de flesta föräldrar säger: ”Du har så mycket fantasi. Du har läst för mycket sagor.”

Vi tycker inte om att vara sagor längre, det är inte det som vi är. Vi arbetar lika mycket som ni, och vi arbetar bakom kulisserna. För vet ni vad, det skulle inte finnas så mycket friska träd och friska, blommande blommor och buskar och allt som nu spirar, om inte vi hade funnits där. Om vi hade övergett er helt och hållet, vilket vi hade väldigt god lust till ett tag, då hade det inte funnits så mycket spirande.

Men vi vill att jorden ska återta sin rika skrud. Vi vill att människorna ska njuta av den natur som skapats för att vi ska sköta om den, och för att den ska vara till glädje för alla ögon, såväl synliga som osynliga. Vi älskar också naturen och vi, precis som ni, ser sjöar och berg och träd och ängar som blommar och vatten som porlar. Naturen är inte bara för er. Den är för oss också och vi vill inte ha den förstörd.

Vi vet vad som håller på att hända och vi har skickat ner folk som ska tala om det för er. Vi vill att människor ska få den ena efter den andra påminnelsen om vad de håller på att ställa till med. Det är alldeles för mycket av den varan.

Så fortsätt du Mariana! Vi vet att du skriver om oss. Men det är inte vi och vårt framträdande som är det viktiga. Det viktiga är att rädda jorden åt alla barn som håller på att växa upp. Vi älskar barnen och vi finns till också för dem.

Jag ville så gärna säga de här sakerna till er. Och nej, jag är så glad att ni vill lyssna i den här gruppen. Lyssnandet behöver vi av hela vårt hjärta. Och vi kommer att hjälpa till så att ni i den här gruppen arbetar för oss på ett mycket tillfredställande sätt.

Så gå bara tillbaka till vattenfallet. Men där inne under vattenfallet ska ni sända ut ljusstrålar av energier som är starka. Och varför ska ni vara under vattenfallet? Jo, för att ni har en benägenhet att sprida era tankar och överhuvudtaget vara lite obetänksamma och lite irriterade och lite så där, ja, det surrar omkring er. Det surrar som när humlor surrar, men det är ju trevligt förstås. Ja, ni ska vara under vattenfallet, för där har ni inte chansen att vara okoncentrerade. Det är för att koncentrera er som vi sätter er under vattenfallet för att meditera, så nu vet ni det.

Så, titta lite på vad jag har sagt förut och sätt ihop A och B och sänd ut goda, kärleksfulla energier till vår älskade jord. Nu är jag färdig. Några frågor?

Gruppdeltagare: *Jag såg nyligen en korsning mellan en björktrast och en ringtrast som jag bedömer det. Är det något speciellt budskap i det?*

Pan: Ja, det är det budskapet att det inte får finnas någon kritik eller ovilja mot korsningar av olika slag. Därför att en av de svåra saker som sker nu är inte bara att ni människor ser ner på oss naturvarelser, ni ser ner på varandra också. Det är svart och vitt och gult om vartannat och det kan synas så vänligt och så gediget och så trevligt. Men inuti svart och vitt och rött och gult strider det. Jo, jo. Så det är bara ytan som visar sig trevlig och underhållande och bra, men inuti viner en vind av ovilja och fördömande.

Gruppdeltagare: *Vad säger du om dessa kloningar som förekommer när det gäller djuren.*

Pan: Jag säger att det är ett förbannat sätt!!! Jag förbannar dem!!! De borde inte förekomma!!! Nu har jag svarat på det. Vi ses igen.

Budskap nr 10

Pan: (bullrar in) Ni tror väl inte att ni slipper mig!!

Mariana: *Oj, oj. Jag blev riktigt skrämd.*

Pan: Jag skojar ju med er. Får jag inte det? Jag sitter här vid ett vattenfall som är så rasande storslaget och tänker på er. Jag tänker på naturen, jag tänker på alla de intressanta och roliga besök i naturens värld, hos naturfolken som jag vill att ni ska göra, och som Mariana gör för närvarande när hon skriver om oss.

Jag tänker på allt det som sker nu ute i världen med mina underlydande. Djuren så väl som växterna och mineralerna hör ju till min värld. Och det händer förskräckliga saker. Jag bli alldeles ifrån mig när jag sitter här i lugn och ro och skådar ut över jorden. Det gör så ont. Men ännu dansar undinerna och salamandrarna. Än dansar mina naturväsen på många, många platser.

Vi här, bland naturens företeelser, vi har beslutat oss för att nu är det dags att komma ut med en kommuniké om oss. Om oss, ja, ja. Vi är trötta på tystnaden, vi är trötta på att gömma oss och ni vet att jag är en handlingens man, så det var därför jag försökte skrämma slag på er när jag kom för jag tänkte att nu kanske de lyssnar ordentligt. Det gör ni, det vet jag. Jag skojar hela tiden.

Men vi vill synas. Vi vill höras. Vi vill tala om att vi finns. Vi visar oss inte, för om vi visar oss nu så blir vi förstörda av er människor. Vi blir dödade, vi blir förgiftade, vi blir bortmotade som boskap. Tänk att den dag skulle komma när jag behövde säga detta! Nej, ingen sorg, inget deppande här inte. Nu ska vi fram! Kan ni göra en film om oss?

Någon form av genomslagskraft vill jag ha. Jag är Pan. Jag regerar över naturen. Och nu har jag fått nog. Bli inte rädda. Det är inte er jag vänder mig mot. Ert land är väldigt oemottagligt, trots att ni har en natur som många, många skulle avundas er om de visste vilken underbar natur ni har. I Norden vill vi vara, vill vi trivas, i Norden finns vi, syns vi ibland. Om det bara fanns människor som vågade berätta att de har sett oss, för det finns människor med den förmågan. Men de törs inte tala om det!

Naturens väsen gör uppror, demonstrerar! Den som ser oss ser oss, och den som inte ser oss får i alla fall reda på att vi finns. Och så är det och så kommer det att bli. Nu har jag bestämt det. Ja, det var vad jag ville säga i dag och det var kanske inte så lite det.

Nuuu måste jag gå, nu kallas jag. Farväl för i dag. *Jag är Pan,* Konung över naturen och kärleken i naturen!

Budskap nr 11

Pan: Äääääännntligen! Förskräckligt vad ni har hållit på länge. Jag har stått här och stampat, och blöt är jag så jag trampar vatten. För jag har just badat i min egen personliga å. Roligt att se er igen!

Mariana, du ska ha tack för boken du har skrivit om oss. Jag är helt nöjd med den, för jag är också med i den. Jag vet att människorna inte tror på naturens väsen. Det är sagor, alltsamman är sagor, tror man. Men har ni tänkt på att sagor om drakar och troll, älvor, feer och tomtar och allt sådant, har ni tänkt på att dessa begrepp inte kunnat uppstå ur ingenting!

Det var faktiskt så att när vi började bli ointressanta för människorna och inte kunde samarbeta med dem längre, då drog vi oss tillbaka. Vi är inte dom som vill kriga eller bråka med människorna. Vi fann en väg att finnas kvar såsom det osynliga folket, Mariana, men den vägen är på tillbakagång nu.

Jag älskar er! Men det kommer jag ingen vart med. Här står jag i min dimension och glor på era dumheter, samtidigt som jag rådbråkar min stackars alvlika hjärna. Hur ska jag få dem att begripa?

Mariana: *Men har du inte märkt att det håller på att hända saker på jorden som pekar åt rätt håll?*

Pan: Jo, jag har märkt att människor börjar vakna, och de vaknar allt mer, men rakt inte då det gäller naturens väsen. Som tur är vaknar intresset för naturen och vi har väldiga svårigheter med att sköta om vissa områden som är förgiftade och förstörda. På dessa områden finns nämligen inga naturväsen längre. De har gett sig iväg. Kanske kommer de tillbaka den dag ni förstår att ni ska återställa ordningen i naturriket.

Jag får då alltid banna och bråka med er fast jag älskar er så mycket. Jag får alltid lov att säga att så ska ni göra och klaga över vad ni gör för dumheter med naturen. Men det finns ju sådant som är bra också. Der finns fortfarande kvar så mycket vackra växter och så många vackra djur. Det finns så mycket att glädjas åt. Och ju mer ni gläds åt det ni ser ju större chans har det att utvecklas vidare och att förstoras, förverkligas, få den hjälp som det behöver.

Så sluta inte att gå ut i naturen och njuta. Varje njutning ni upplever är som en smekning i naturen. En smekning över älvornas tunna gröna slöja till hår, en smekning över faunernas fårliknande ryggar, en smekning över tomteluvor, en smekning över älvornas skira slöjor och undinernas tunna armar, där vattenpärlorna skälver i regnbågsfärgade kaskader. Vi behöver smekningar, vi behöver kärlek, hur mycket som helst. Precis som ni. Och det kan jag inte sluta med att försöka få er att förstå. Jag lämnar er inte. Jag är kapten på den här skutan och vad som än händer så står kaptenen kvar vid sitt roder. Bind vackra kransar och känn att sommaren vaggar er i sitt sköte. De dagar som det är uppehåll och inte regnar för mycket på er, gå ut och njut! Ge dagarna av er egen kärlek, njutning och glädje, så kommer de att bli bättre.

Ja, jag har som vanligt kommit med min pekpinne. Det får ni stå ut med för det är därför jag är här. Jag är inte här för att berömma er för att ni är så duktiga med era trädgårdar och vad det nu är. Jag är här för att ge er en känsla för hela naturens värld. Jag representerar allt och alla i naturen och det är det ni måste känna och det är det som ska ge er kraft att gå ut och känna in allt det underbara som finns på marken, i luften och i vattnet.

Nu har jag pratat färdigt, haha, för den här gången! Farväl och på återseende för jag kommer alltid tillbaka. Ha det bra! *Jag är Pan!!* Glöm inte det, jag har makt, men jag har en god makt.

Budskap nr 12

Pan: Jaa!! Äntligen!! Då var det min tur nu då. Vad är det för en gen ni snackar om, det är något som vi, naturens väsen, inte vet något om. Vi talar inte så mycket om gener. Men när vi ändå är inne på ämnet, vill jag tala om att vi saknar våra vänner och bröder och systrar, alverna, alldeles kolossalt. De är ju så pass mänskliga så de har vissa gener.

Men när ska de få lov att komma tillbaka till jorden? Va! Ni förvisar dem och ni förvisar oss. Det finns många blomsterarter och många djurarter som har sagt adjö. ”Hej, nu sticker jag. Här har inte jag något mer att hämta. Här trivs jag inte längre, här behandlas jag som skit!” Ja, jag använder riktiga ord jag, och ”krumelurar” mig inte så där fint som en del andra, det gör jag inte.

Men kärlek det vet jag vad det är, och kärlek det finns i alla fall i övermått hos naturens väsen, ja, ja. Därför att de vet inget annat. De krigar inte med varandra, för de måste hålla sig till sin art och jobba med att utveckla den. Och om man jobbar med att utveckla sin egen art så slåss man inte med andra arter. Så enkelt är det. Tänk om en gran och en tall skulle börja slåss, va! Det går inte. Och tänk om en apa och en elefant skulle börja slåss, nej det går ju inte heller.

Nej, nej, nej. Så enkelt är det om man håller sig till sin art och försöker att utveckla den, försöker att göra den bättre och bättre. Då behöver det inte bli några meningsskiljaktigheter.

Jag vet att ni är djupt förankrade i WingMakers. Jag vet också att ni har undrat över vad WingMakers säger om naturens väsen. De säger ingenting, det gör de inte. Men de är fullkomligt medvetna om oss, det är bara det att det ännu inte är riktigt dags att ta fram oss i dagsljus. Därför att folk inte tror på vad de ser, och jag tror att om en älva satte sig framför näsan på en människa som går på gatan skulle den människan säga: "Vad är det här för dumheter, väck!" De skulle inte tro på det de såg. Så är det med väldigt mycket för er människor och det är därför som jag behövs!! Ja!!

Ni behövs, men vi behövs också, och det är därför som jag håller fanan högt och kommer till er varje gång ni möts, för mig får ni inte glömma. Och den dag jag inte kommer, den dagen kommer ni att gråta, den dagen gråter hela naturen, alla djur och alla växter. Den dagen får aldrig komma.

Nej, jag känner mig hemma här hos er. Jag vet att ni uppskattar mig och det jag står för och det är viktigt att ni fortsätter med det. Därför gör jag sådana här små korta besök för att få er att förstå att ni måste vara mycket medvetna om min närvaro när ni går ute i naturen.

Farväl för denna gång! Jag äääIskar er!

Budskap nr 13

Pan: Nu tror jag att jag har stått här och stampat färdigt. Ska jag inte få någon chans i dag jag? Jag tycker ni har pratat och pratat och pratat... Och ingen har nämnt ordet natur eller PAN eller naturväsen, eller klimatförändringar Puh!! Det är ju det som hör ihop med allt det här.

Enheten, den är helt rätt, men var är den någonstans? Jag tycker att hela vädersituationen är som en lång trädstam som sågas ut på längden. Och ur den ena halvan kommer det regn och ur den andra kommer det sol. Det har blivit så därför att människorna håller på och sågar och sågar.

Och vädersituationen påverkar inte bara ert klot, den påverkar väldigt mycket utanför ert klot, kanske osynligt för er, kanske till viss del synligt. Vi behöver ju folk av alla slag som kan arbeta även med miljön, och det är den jag står för och den får ni inte glömma. Det är lätt att glömma den när ni talar om det ni har talat om nu, ingen har nämnt miljön. Där behöver vi också grupper som arbetar. Och det vore bra om ni tog reda på om det finns några sådana grupper. Vi har inte märkt någon nytta från några om de nu finns.

Vi tycker att det börjar köra ihop sig ganska ordentligt nu och jag accepterar det inte. Jag accepterar inte att min älskade jord blir förstörd!! Liv är till för att leva och levas, inte för att döda och mördas så som nu sker. Ni förstår, jag spankulerar omkring i skogarna, jag kutar upp på ett berg och ställer mig och tittar och vad ser jag? Jag ser sjöar som krymper, hav som krymper. Vart ska det bära hän? Jag ser så mycket elände inom naturens råmärken att jag blir riktigt ledsen. Löven gråter för ofta, det gör de. Solen har svårt att få av sig morgonkläderna. Jag ska tala om att han kämpar, solen. Han kämpar allt vad han kan för att kunna få skina på rätt sätt. Samtidigt så har han ju blivit lite för stark.

Det är så mycket som behöver rättas till. Var får jag den hjälpen? Vem hjälper mig? Det vill jag att ni tar reda på. Jag vill att ni tar reda på om WingMakers, som har sådana resurser och som har möjligheter till kosmiskt utbyte, på något sätt ställer upp för oss. Det tror jag att de gör, men jag kan inte nå dem. Inte ännu, men jag vill väldigt gärna. Det kan ni hälsa dem. Jag tror att jag har fått säga vad mitt hjärta ville förmedla. Ge mig tillbaka livet, hälsan och skönheten. Det är så stora bitar av natur som går till spillo och förstörs.

Men det kan jag tala om för er att om en äng med vackra blommor blir bebyggd med ett stenhus på nio våningar och det kommer en storm och raserar det stenhuset så att stenarna sprids över hela ängen, ja då tar det en tid, men den tiden kommer, innan gräset växer över stenarna. Det tar en tid, men fröna som ligger där gror och växer upp till blommor och det växer mossa på stenarna. Ängen kommer tillbaka, det gör den, men inte om det byggs ännu ett stenhus på ruinerna. Det är det som jag vill tala om för er.

Jag är Pan och jag säger farväl för den här gången. Jag älskar er och alla mina naturandar hälsar er. Hör ni inte hur de sorlar, känner ni inte hur vinden sveper sin mjukaste mantel omkring er för att tala om min kärlek till er. Farväl! *Jag är Pan*, naturens härskare och Gud, och ingen leker med mig!

Budskap nr 14

Pan: Jaha, nu var det jag då! Äntligen! Jag är lite argsint av mig, nej inte argsint men häftig. Jag är häftig jag, och det trivs jag med och det får ni acceptera. Ha, ha, ha, ha. Lite grobian ibland, lite grobian, ja.

Jag är så innerligt trött på att utvecklingen förvärras och att det som är bra miljömässigt accepteras men skjuts på framtiden. Vilken framtid? Vi har ingen jäkla framtid att se fram emot. Ja, jag svär lite ibland, det vet ni, men det kan man inte låta bli när man sitter så illa till som jag. Hum! Jag tycker väldigt mycket om er och jag tycker det är väldigt roligt att komma hit. Jag gillar att se att ni lyssnar och att ni försöker förmedla det som jag vill ha förmedlat, försöker tänka på vad jag säger ibland, det som är tänkvärt, det är väl inte så ofta men det händer (skratt).

Vi får väl se vad som sker. Jag tror på människorna i alla fall. Jag tror på alla de som älskar naturen och djuren. Det finns i alla fall många som gör det. Jag tror att om vi ber barnen i en skolklass som gillar naturen räcka upp handen, skulle de flesta göra det, och det ska vi jobba på. Barnen är kolossalt viktiga som små naturreservat. Hum! Det är vad de är. Det måste vi försöka att jobba på.

Så tala om för alla barn ni känner att naturen är oerhört viktig. Ni får gärna tipsa dem om mig, jag tycker om barn. Berätta gärna att jag har små fauner som springer omkring i skogen och som gärna vill prata med barnen om så är. En del barn ser mer än vad de vågar tala om, det lovar jag er.

Men jag har fått en rival i Harry Potter. För barn som söker sig till det mörka har ingen större chans att bli övertygade om att faunerna finns. Barn som får det mörka inpräglat i sig från det att de är små tar skada av det. De behöver ljusa barnböcker som är lika spännande som Harry Potter, men som berättar om ljuset och om glädjen. Det får visst finnas strider mellan ont och gott, för vi kan aldrig komma ifrån att ont och gott finns på samma väg. Men det goda ska segra och det dröjde förbaskat länge innan det gjorde det i Harry Potter. Hum, hum.

Jag måste ju hålla mig à jour med allting jordiskt, så jag har någon som har berättat för mig hur det är.

Vi behöver sprida upplysning om vår värld och jag hoppas att ni hjälper till att förmedla om den så gott ni kan, men nu har ni ju så fullt upp allihopa, så vi får ha tålamod ett tag till. Det är fel att barnen får sig så mycket skrämmande saker till livs, genom massmedia till exempel. Och allt detta hemska ska ett barnasinne ta upp och tänka på och vända och vrida på, och inte förstå riktigt vad som är upp och vad som är ner.

Egentligen tror jag att ni alla förstår hur jag har det och nu måste jag tillbaka, tillbaka till mitt vatten och till mina skogar, så länge de finns kvar. Tillbaka till mina snår med vildrosor och mina doftande mossor som jag gärna begraver ansiktet i när jag känner mig vilsen. För det gör jag som den Pan jag är, då tar jag ett stort stycke mossa och lägger mot ansiktet och drar in doften för då kommer klarheten, en enastående klarhet. Tänk på det. Mossa kan man använda till mycket. Nu säger jag farväl för den här gången!

Budskap nr 15

Pan: Ja, nu kommer jag. Nu kommer jaaag, Paaan, med min sedvanliga våldsamhet. Men det är inte våld, det är en kärleksfull våldsamhet, jag är stormaren i era liv just nu.

Har ni tagit reda på varför det finns så lite om naturens riken i WingMakers, har ni gjort det?

Gruppdeltagare: *Ja, vi har tittat på det. Vi fick beskedet att WingMakers gärna vill jobba med roten till det onda, i det här fallet människorna, och koncentrera sig på den för att försöka få ordning på människorna och deras tankar, handlingar, beteenden, samarbete och medvetenhet. I nästa steg kommer som en naturlig följd det stora Naturriket.*

Pan: Jag förstår, jag förstår precis, och det är bra. Jag ville bara höra att ni förstått hur det går till, men vi har inte samma tålamod som människorna, vi är lite otåliga av oss. Det händer så mycket sorgesamma saker. Mer och mer skog försvinner och med den försvinner arterna som bor där. Det är inte så att vi vill skapa nya arter i både växt- och djurriket, utan vi vill att de gamla arterna ska ha lika god miljö som de alltid har haft.

Det har blivit en enorm skillnad, och jag är mycket orolig för att de sista regnskogarna och över huvud taget alla skogar ska försvinna. För då, kära mänsklighet, är det illa för er också. Det är det som jag försöker få er att förstå att när ni tar naturen till er och låter er bli en del av den, då mår ni bra. Men när ni skjuter bort naturen och klipper av de trådar som binder den samman med människan, då går det illa för människorna. Innan det händer alltför drastiska saker skulle vi behöva hjälp. Fast jag vet inte hur, för det är inte min sak. Jag kan inte göra något, för om jag dyker upp på stan med bara fötter, horn i pannan och lurvig kropp tror folk att det är maskerad på gång. Eller så tror de att det är någon som skojar med dem och lurar dem. För de är så vana att bli lurade, med det är vi också nu. Vi blir så lurade, så lurade.

Bort med alla störande moment i naturen, bort med sågar, bort med förpackningar. Dessa helvetes förpackningar. Naturens gåvor behöver inte förpackas, en klase vindruvor och lite äpplen kan säljas fritt. Ni kan ta meder påsar själva. Det var en av de tusen saker jag skulle kunna komma med.

Vad gör ni med fisken, vart tar den vägen? Ni fiskar ju så att fisken dör ut. Och vad gör ni med de stackars djuren som ni släpar iväg och dödar så att ni får ett övermått av allting. Det finns inga brister utan det slösas med allt i övermått och vad gör ni av det som blir över, för det är mängder. Det vet inte ni som sitter här men det vet jag. Det blir sopor som vräks ut på sådana platser där de ruttnar till giftångor som sprider sig.

Jag vet inte vad ni kan göra, jag vet bara att jag vill ställa mig på ett högt berg, på Himalaya, och gallskrika så det hörs över hela jorden: ”Ändra er, tänk om!! Låt/inte avfallet regera era liv. Låt inte avfallet förstöra den jord som har blivit er given av Skaparen för att bli en ädelsten i kosmos.” Det är vad jag vill säga. Och ni lär inte höra så mycket annat från mig än klagomål på hur jag och de mina behandlas. Men samtidigt har jag en förhoppning om att tillräckligt många ska förstå att det behövs göras något. Och det snart!!

Ja, *Jag är Pan* och jag tar farväl av er för jag älskar er och jag vill komma tillbaka till er. Det är skönt för mig att få tala om hur jag känner, få tala om det för den som hör mig, för de är så få!! Farväl för den här gången.

Budskap nr 16

Pan: Nu är jag här igen, *Jag är Pan!!!* Jag ser att ni ser lite dävna ut, men jag har ingen medicin att ge er, jag har bara klagomål. Hu vad det är hemskt runt omkring. Så folk bär sig åt mot djuren och mot naturen. Oj, vad det är svårt det här.

Vet ni att varje gång ett träd huggs ner så känner det en fruktansvärd smärta fysiskt. Det visste ni inte tror jag. Därför bör man tala med träden innan man hugger ner dem, om man nu måste göra det, och förklara varför man gör det. Be dem om förlåtelse och ge dem kärlek så att de känner att de får kärlek. Det är viktigt.

Det är egentligen samma sak med alla växter, men det är klart att när ni är ute och plockar blommor kan ni ju inte be om förlåtelse varje gång ni tar en blomma. Det fordrar jag inte heller. Men just när det gäller så stora växter som träd. Ni förstår, i varje träd bor en deva (trädande) och trädets deva känner också den här smärtan. Och när man går över ett helt skogsparti och bara skär av stammarna som om de vore tändstickor och alla faller, då måste ju devorna klara sig ut ur stammarna annars blir också de dödade. Och hur ska de hinna med det, och om de hinner vart ska de då ta vägen?

Det finns ju ställen som tar emot dem. Ni har ordnade samhällen, men ni kan inte ana så välordnade en del liv är i naturen, sådant som inte är synligt. Det finns faktiskt, förstår ni, grupper som tar hand om förtvivlade devor och älvor och andra naturväsen, som har förlorat fästet på grund av att deras boplatser är skövlade och att de inte har någonstans att ta vägen. Men det har de alltså, det ordnas för dem precis som på en platsförmedling. Ja, det låter skoj men det är faktiskt på ett liknande sätt, det är nödvändigt. Nu är läget förtvivlat därför att de grupper som tar hand om de sina och slussar dem åt olika håll, för att de ska få tillbaka sin värdighet, är överfulla. Överfulla sa jag!

Man kan ju tro att det finns hur mycket plats som helst i luften, men se det finns det inte. För rymden är indelad i dimensioner på ett sådant sätt att det finns plats till en viss gräns för vissa saker. Det tror ni förstås inte, för ni trodde att allting sådant där är oändligt.

Det finns också de som blir omhändertagna och helade. De kan ha förlorat en fot, en arm, ett ben, ja till och med huvudet. Då blir de helade. Vi kan hela sådant, det kan vi. Och jag får vara med ibland och hjälpa till när krafterna inte räcker till. Då ropar de förstås på Pan och jag kommer och jag hjälper dem för jag älskar de mina. Jag vill att de ska ha det bra men hur ska de kunna ha det bra nu?

Titta på växtlivet och titta på djurlivet. Aj, aj, aj, det är inte bra. Men nu har jag fått gnälla av mig lite grann och ni har fått veta lite grann om hur det är. De här dimensionerna, förstår ni, ligger tätt intill varandra och det är inte så himla lätt att slussas över från en dimension till en annan.

Ni anar inte hur mycket liv det finns bakom livet, och det livet vet ni inte ett dugg om. Men det existerar lika starkt och kraftigt och på sätt och vis fysiskt. Det kallas av mig för det fysiskt ofysiska. Bra, va? Det tycker jag är ett bra uttryck, det fysiskt ofysiska. Jättebra! Det tycker jag gott att ni kan lägga till er vokabulär.

Ja, jag tror att jag ha sagt vad jag vill. Jag har gnällt tillräckligt nu. Är det något som ni vill mig så får ni säga det? Det var förskräckligt så tyst det blev, ha, ha.

Gruppdeltagare: *Du gav mig dåligt samvete, Pan, jag hugger ju ner ett och annat träd ibland. Men när man tar bort små träd så gör man ju det för att de andra intill inte ska självdö.*

Pan: Det håller jag med om, det är inte den sortens träd som jag talar om.

Gruppdeltagare: *Du menar stora kalhyggen?*

Pan: Ja, jag kan inte tänka mig att du skövlar. Jag tror bara att du rensar och det är en helt annan sak. Någon mer som vill säga något?

Gruppdeltagare: *Jag topphögg björkarna här på tomten för att de inte skulle bli för höga. Vilken påverkan har det? Det kändes inte särskilt roligt att göra jobbet.*

Pan: Ja, det är klart att du gjorde det av estetiska skäl.

Gruppdeltagare: *Vi ville ha in sol här.*

Pan: Och då är det förlåtet, men innan man gör en sådan sak måste man tala med trädet. Man kan till och med klappa trädet om man är riktigt snäll och förstående. Gjorde du det?

Gruppdeltagare: *Jag hade en inre kommunikation i alla fall.*

Pan: Det hade du, det är bra.

Gruppdeltagare: *Men det kändes inte särskilt trevligt att utföra* *jobbet.*

Pan: Jag förstår det. Och det gjorde nog lite ont i björkarna, men devorna finns kvar, för de finns kvar så länge de har någon att sköta om, och de har ju kvar björkarna. Då är det inte någon fara. Vi kan ju till och med vara snälla och säga att ibland måste man klippa håret, och att du klippte håret på björkarna. Det kom en liten dikt i mitt huvud:

Jag blir till en skummande sjö.
Jag blir till ett ulligt moln.
Jag blir till ett stolt träd som sträcker sin krona
mot det ulliga molnet.
Jag blir till en doftande mull under era fötter.
Men jag kan också bli till isande snö.
Och jag kan också bli till snötäckta fjälltoppar.
Och jag kan också bli till ett hav som är förorenat.
Och jag kan också bli till ett isberg som håller på att smälta.
Och jag kan också bli till ett vilt djur som snart är utrotat av människorna.

Farväl mina älskade vänner! Vi ses snart igen!

Budskap nr 17

Pan: Jag är Paaan och jag kan inte se mer än tre personer här, men det gör ingenting för vi kan ha ett riktigt hemtrevligt snack då. Ha ha ha. Alltmedan snön ligger tung på taken, men jag är vaken. Jag måste fungera i snö, i dimma och i regn lika väl som i vackert väder. För under snön där knoppas det, under snön växer skönheten och kraften. Och det är väl bra. Jag undrar om ni har funderat på något som ni vill fråga mig om?

Gruppdeltagare: *Vi har tidigare pratat om Ambres och han säger bland annat att: "Människan är en naturkatastrof, en fruktansvärd naturkatastrof."*

Pan: Ha ha ha. Det var en väldigt bra och rolig vinkling. Ha ha ha.

Gruppdeltagare: *När jag hörde det tänkte jag på dig Pan och vad* *dina riken får utstå på grund av människan.*

Pan: Ja, så är det. Men vad kan jag göra åt människan mer än att möta naturkatastrof med naturkatastrof. Förstår ni?

Gruppdeltagare: *Ja. Kraft och motkraft är lika och motriktade (en fysikalisk lag).*

Pan: Ja, och praktiskt taget varje dag ser ni i massmedia vad som händer på jorden av översvämningar och annat. Och det är för att vi ger tillbaka.

Gruppdeltagare: *Det är pendeln som svänger tillbaka.*

Pan: Ja, ja, och vi är beredda att börja från början om det behövs, så det så.

Mariana: *Pan, vad menar du?*

Pan: Börja från början med jorden, rensning av människor, rensa i rabatten. Rabatten finns och det är människan som är ogräset. Vi börjar bli trötta på det här, väldigt trötta. Vi vet att en eller två personer inte kan göra så mycket. Men tänk efter, kan ni inte det ändå? Om ord kan göra något så har ni ju dem. Om en börjar så följer kanske de andra efter. Men vi vågar inte tro på det heller för nu börjar det gå för långt med alltsammans.

Nu täcker snön ert vackra land. När den har smält kommer andra tider och jag vill inte kalla dem för underbara. Jag vill kalla dem för undrens tider, därför att det kommer att ske stora förändringar på jorden när snön har smält.

Gruppdeltagare: *Blir det ett uppvaknande eller katastrofer?*

Pan: Båda delar.

Gruppdeltagare: *Vi får hoppas att det kärleksvirus vi pratat om tidigare i kväll kan rädda en del av det katastrofala inom mänskligheten.*

Pan: Om det bli klart till dess, det går inte fort. Men vi i de andra dimensionerna utgör verkligen en väldigt talrik hejarklack. Så vi hoppas på förändringar, inte bara de som vi själva åstadkommer, utan vi hoppas möta förändringar av ett helt annat slag.

Sverige är ett väldigt vackert land. Jag tycker så mycket om att flyta omkring i ert land. Jag tänker på alla höga fjäll, jag tänker på alla vilda vatten, jag tänker på all grönska, på alla djur. Ja, det vore sorgligt om Sverige skulle ryckas upp med rötterna och bli en grushög.

Mariana, jag har sänt lite tecken till dig, vet du det.

Mariana: *Rådjur?*

Pan: Ja, just precis. Jag vet att du är väldigt förtjust i rådjur, så jag har skickat dem till dig lite då och då.

Mariana: *Jag har märkt det.*

Pan: Det är tecken på att vi lyssnar inom min avdelning, i min dimension, att vi lyssnar mer än ni tror. Det är också tecken på beskydd. Har ni andra sett några rådjur?

Gruppdeltagare: *Jag har också sett rådjur. För bara ett par veckor sedan när jag var ute och gick med vår hund stod tre stycken stilla under en gran och tittade storögt bara 10-15 meter ifrån oss.*

Pan: Rådjur är väldigt bra sändebud för oss. Deras gracila skönhet och deras möjligheter att visa sig för människan utan att på något sätt bli fångade eller förstörda, om det inte är jägare ute förstås, gör att vi tycker om att skicka rådjur som glada budskap. Så det kan ni tänka på när ni ser dem.

Gruppdeltagare: *De representerar ju mildhet.*

Pan: Ja det gör de, kärlek och mildhet. Det är ett mycket kärleksfullt djur.

Ja, jag vet inte om det är något mer jag har att säga till er. Vi står och stampar på samma fläck varenda gång vi träffas, och den fläcken finns inte hos er utan hos hela mänskligheten just nu. Men det är många saker i görningen och det har ni fått veta i kväll, och det är vi glada över att kunna meddela er. Det är alltid skönt att bära ett hopp i hjärtat. Så länge man hoppas på något gott och glädjefullt, så länge mår man inte dåligt.

Jag är Pan och jag välsignar er, mina vänner och budbärare. Min länk till mänskligheten, det är sådana som ni. Jag älskar er! Farväl för den här gången.

Budskap nr 18

Pan: Ni har pratat så länge i dag och jag har stått här och väntat och väntat. Ni har pratat om farsoter och om alla möjliga saker som ska hända på jorden. Och för mig är varje hål i jorden, ja varje hål, fyllt av smärta. Och jag antar att det behövs en omstart som ni säger.

Men då vill jag vara med, för då ska det bli en omplantering också, förstår ni det?

Då vill jag att alla människor ska så fröer i jorden, naturligtvis ska de inte tvingas, men de borde själva inse fördelarna med det. Alla skulle ha växter som de själva planterat i sina hem, både matnyttiga och vackra. Växter som de kan njuta av, som de kan byta med varandra och sköta om, och som får dem att förstå att deras händer måste vara aktsamma vid planteringen, och kärleksfulla. De måste också förstå att de ska prata med växterna, både med köksväxterna och med prydnadsväxterna. Hum. Då kommer deras prat att ge en strålning av kärlek till växterna.

Här är mitt personliga råd till alla människor:

Varje gång ni sår ett frö eller sätter en planta, tänk då på att naturens väsen är med er och hjälper till så att det blir lyckat. Be gärna en liten bön om det i ert hjärta. När ni köper en krukväxt, omge den med naturväsen som tar emot er kärlek till växandet. Plantorna hör er, var förvissade om det!

Det behöver inte vara så många krukor med växter men jag skulle vilja att det skedde i varje hem och att barnen fick lära sig att handha frön från början; att de redan i skolan fick plantera och lära sig mer om växterna, inklusive vad olika växter kan användas till som botemedel.

Det har vi inte talat om någon gång, men jag, Pan, är också världens doktor, hum! Jag är en så bra doktor förstår ni att bättre finns inte. Jag har alla läkeväxter till mitt förfogande och jag kan använda dem. Jag anser att sådana läkemedel som görs av växter i min trädgård och som botar människors sjukdomar borde vara de enda läkemedlen som fick förekomma på jorden. Här tillverkar ni så mycket smörja med så mycket biverkningar och med så mycket skit. Hö!

Och ni säger att ni har laboratorier som är så faaantaaastiska. Hö! (Skratt) De ger miljöpåverkningar som är rent snuskiga! Jag har smärtstillande medel lika väl som uppiggande, jag har medel mot precis varenda jäkla sjukdom som finns på jorden, till och med mot HIV och cancer, ja allt.

Vad bryr ni er om det, ni förbjuder läkemedel av det slaget, ni förbjuder utbildade doktorer att arbeta med sådant. Visst ska doktorer finnas, men doktorer ska arbeta med naturens läkemedel. Det finns ingenting av naturens läkemedel som inte hjälper, men ni har hittat på en förskräcklig massa konstgjorda produkter som naturligtvis också läker men som också har biverkningar av olika slag. Det har de flesta.

Det finns strålningar i naturen, det finns strålningar som är underbara, åhhh, vilka nyttiga strålningar vi kan åstadkomma. Men det har ni inte ens orkat upptäcka ännu. Så jag får väl ta en av mina "slavar", nej det menar jag inte. Det finns ingen som är slav här inte, jag bara skojar med er, men jag får väl ta någon av mina medarbetare här och skjuta iväg honom eller henne till er. Så får ni lära er att göra strålning som inte är skadlig. Kan ni tänka er det?

Gruppdeltagare: *Oh, ja. Jag tycker jag känner av den strålningen från kristaller.*

Pan: Nu kommer du in på något jättebra. Det är inte bara växterna som har en läkande kraft utan även stenarna. Det finns så mycket-botemedel i naturen att det anar ni inte. Men när det gäller strålning så är naturligtvis kristallerna en utgångspunkt.

Ja, det är mycket ni inte har tänkt på och som jag har öppnat nya fönster för här. Jag tycker så mycket om er, ja jag tycker väldigt mycket om er alla fem och jag är så glad för att ni arbetar så som ni gör. Jag tror att ni inom en inte så avlägsen framtid kommer att komma fram till ett mönster av allt det som vi har lärt er och som ni kan använda på yttervärlden. Därför att ni tänker och det är det inte alla som gör. Har ni frågor till mig?

Gruppdeltagare: *Pan, du talade förra gången om rensningar i* *rabatterna.*

Pan: Det stämmer, men då talade jag inte om de här små krukorna som jag talat om i dag. Det är meningen att de små krukorna ska öppna vissa kanaler i människan. Har ni någonsin arbetat med ett frö, petat ner ett frö, utan att känna hjärtats medverkan, alltså kärlekstankar?

Gruppdeltagare: *Och förhoppningen om att se när fröet kommer upp i form av en grodd. Det är så roligt. Man är där och pillar och pillar.*

Pan: Precis! Det är så vi vill ha det i hela världen.

Gruppdeltagare: *Det där fick man lära sig i folkskolan för många år sedan. Man fick till och med plantera äppelträd, kommer jag ihåg, och ta med sig dem hem.*

Pan: Det var bättre på den tiden. Sedan har det sakta gått utför.

Gruppdeltagare: *Förut levde vi av vad naturen hade att ge, nu lever vi av vad snabbköpet erbjuder.*

Pan: Och det är mest kemikalier och det är sådana som tas fram i dessa förskräckliga laboratorier.

Gruppdeltagare: *Det finns mycket syntetiska tillsatser som människokroppen inte kan ta till sig utan den förstörs. De passerar rakt igenom kroppen och kommer ut i vattendragen och där blir de kvar.*

Pan: Ja, och de reningsverk ni har är inte alltid av bästa kvalitet. Precis på samma sätt är det när en ko går till slakt. Hela hennes kropp vet att hon ska slaktas och ätas upp av människor, och dessa negativa känslor sitter kvar i koköttet som människorna äter. Det är därför jag ber er människor att sluta äta kött. Alla djur har sådana känslor. Varje gång ett djur gråter inför sin slakt så gråter jag och mina bröder också. (Suckar djupt.)

För väldigt länge sedan, och även nu i små grupper på undangömda ställen uppe i bergen, hålls djur inte för att ätas utan för att producera mjölk och ge av sin väldigt kraftiga hårman samt för att ridas på. Dessa djur har det bra, de är älskade och ger ifrån sig så mycket som människorna orkar ta emot. Det är så som det från början var menat, det är så vi ska ha det när omvälvningen kommer. Omvälvningen måste ta bort allt det artificiella, allt det giftiga, all denna ondska.

Ja, då säger jag, Pan, farväl för denna gång. Jag är lika glad varje gång min lilla trädgård här blommar framför mig.

Farväl, farväl. *Jag är Pan*, till er tjänst, jag älskar er!!!

Budskap nr 19

Pan: Här är jag!!! Och jag är lika arg ... som förra året (skratt). Ja, det kan man gott säga, och jag är lika glad som förra året åt att vara här. Och det här året kommer ni att behöva mig, så det så!! Ni kommer att behöva mig och jag kommer att ställa upp för er.

Jag har tänkt igenom vad jag ska hjälpa er med. Först och främst ska jag hjälpa er med energierna, för de är nödvändiga för er att ha. Att förstärka dem med naturens kraft, det är väl inte så dåligt, va? Och är det inte jag så är den någon av de mina som gör det.

Jag börjar tappa tålamodet och jag börjar förstå att det som ska hända med Jorden nu är det bästa som kan hända, nämligen förändringar av både jord och vatten.

Himlen har ni där ni har den. Luften har ni där ni har den, men ni har fått reda på att luften innehåller mycket mer än ni någonsin anat. Men jorden är min och här härskar jag, ända in i mitten av klotet, till jordens hjärta.

Och ni vet inte att omkring jordens hjärta är det bebott. Jag kan inte kalla det för människor, men jag kan kalla det för naturväsen. Det finns väldigt mycket naturväsen inne i jordens mitt, naturväsen som faktiskt är ganska människoliknande, åtminstone en del. Som finns där och lever där och som också behöver renas, och som hjälper till, som hjälper Moder Jord.

Gruppdeltagare: *Men visst lever de i harmoni med Jorden?*

Pan: Oh ja, de lever i harmoni med varandra och Jorden, inte med människorna. Det händer att de piper fram och kikar på människorna, men de blir väldigt ledsna över vad de ser. Ja, jag har alltid kontakt med dem.

Gruppdeltagare: *Men nu när det blir så stora omvälvningar och översvämningar, vart tar djuren vägen, alla landlevande djur? De får ju inte plats och de dränks?*

Pan: (suckar tungt): Ja, det hör verkligen till sorgen i vårt naturrike.

Gruppdeltagare: *Så det blir ännu färre djur?*

Pan: Det måste det. Det måste det bli, men vi ska nog försöka att ha kvar stora landområden.

Gruppdeltagare: *Det kommer alltså att innebära att många arter utrotas?*

Pan: Absolut, tyvärr. Men det kommer att finnas människor som tar sig an detta problem. Det kommer att finnas människor som var med när alla dessa arter fanns här.

Gruppdeltagare: *Som har en genbank?*

Pan: Ja, det kan man säga. Det jag vill komma fram till är att dessa människor, som samtidigt ofta är forskare, kommer att göra vad de kan för att bibehålla generna för att sedan återskapa djuren. Men land kommer att sjunka, det kommer också att stiga upp land. Och vid polerna kommer det att finnas land som vi nu ser det.

Gruppdeltagare: *Vad sker på den här breddgraden?*

Pan: Den breddgrad som ni nu lever på ..., menar du Dalarna? Dalarna blir kvar. Därför har jag jobbat så intensivt med er och försökt få er att förstå att ni ska plantera lite grann ibland. Det kan ni göra nu när våren kommer. Och att ni ska glädjas åt det landskap ni har. Dalarna men också Värmland kommer att finnas kvar. Och fjällkedjan ... Oroa er inte för det som försvinner för det kan inte hjälpas. Landområdena kommer inte att försvinna för evigt, utan som jag säger, en del kommer att torka upp, en del kommer att stiga upp. Det ska jag se till. Jag behöver mycket mark jag. Jag vill regera över så mycket som möjligt av både fauna och flora.

Men detta med djuren som sagt, det bekymrar mig. En hel del får vi ta och flytta över till en annan planet, det kan vi också göra. Vi kan ta gener av djuren på jorden och flytta till en annan bebolig planet så att de inte försvinner. Det vill vi inte.

***Gruppdeltagare:** Då ska jag passa på att fråga, har djuren en gruppsjäl?*

Pan: Ja, de flesta djur har en gruppsjäl, särskilt mindre djur, men det finns faktiskt djur som har en egen själ, delfinerna till exempel. Den egna själen är alltså ett fragment av en gruppsjäl när det gäller djuren. Det gäller även husdjur, som katter och hundar.

***Gruppdeltagare:** Jag såg nämligen ett program på teve där en kvinna påstod att den häst som hon haft för många år sedan hade kommit tillbaka till henne. Hon kände igen vissa beteendemönster hos hästen.*

Pan: Det kan ske. Det händer att djur som varit väldigt starkt sammanflätade med sin ägare, husse eller matte, går över igen i en liknande skapelse och relation. Ibland utvecklas de på ett annat sätt, från en lägre djurart till en högre och så vidare, men det kan mycket väl hända sådana saker som du berättade. Ja, vi har mycket att ta itu med och vi har fem år framför oss som kommer att bli oerhört starkt beroende av de människor som hjälper till. Energier är viktigare än vad någon anar. Det måste vara ordning på de energier som vi skickar ut och det tror jag att ni kan åstadkomma. Och de måste vara oerhört starka och oerhört koncentrerade.

Ja, ni har mycket att göra, ni har redan mycket att göra och ni kommer att få mycket mer att göra. Ha, ha. Det ska bli roligt när ni kommer därhän att ni kan se oss med era fysiska ögon. Jag vet att ni kan se oss med era psykiska ögon, men när ni kan se oss med de fysiska ögonen då kan vi kommunicera på ett helt annat sätt.

Då får ni se vilken fantastisk ordning det är i naturens riken. Ni anar inte hur oerhört väldisponerat allt är, och balanserat. Och samtidigt med skönheten finns kärleken. Den är med överallt. Och när man förstör växterna och växtligheten då förstör man en bit av kärleken. Nu har jag sagt en hel del av vad jag ville säga. Nu ska jag sätta mig högst uppe på ett skummande vattenfall och åka rutschkana ner, och därför säger jag hej!

Jag är Pan, och nu sätter jag mig på det högsta vattenfall jag kan finna. Farväl för den här gången. Nu är jag hos er, nu stannar jag och de mina i era energier, kom ihåg det!!

Budskap nr 20

Pan: Jag tycker att ni pratat om väldigt bra saker, för även jag har haft sådan oro för alla dessa underbara saker som finns under jorden, och som ni inte ser och som vill upp och ut. Jag har sådan oro för smutsiga vatten. Det behövs en enorm rengöring av vatten. Det låter väl tossigt, eller hur? Rengöra vatten! Vatten som kommer ner har så mycket smuts i sig idag. Det finns fortfarande, högt uppe i fjällvärlden, rena klara källor som man kan dricka ur direkt. Men det är allt.

Ja, ni har nog sett det, och jag kan tala om för er att vi tjuvtittar på er teve ibland, för vi måste ju veta vad ni håller på med, så vi har våra spanare som talar om för oss vad som sker.

I en tidning kan ni läsa att det här med miljö är överdrivet, det är bara naturligt alltsammans. Där står att det bara är naturligt att en stackars isbjörn halkar omkring på ett isflak utan att komma till sin kust, till sin fasta boplats osv. osv. Sedan i en annan tidning står det att nu är det dags, nu är det fruktansvärt, nu står vi inför en miljökatastrof. Vad ska ni stackars människor tro? Det undrar vi här.

Jag har här bakom mig, ser du Mariana, titta Mariana, en hel här av naturväsen som företräder olika saker och som är ruskigt upprörda. Jag sa ruskigt men jag tänkte säga ett fulare ord. Jag ska inte skämma bort er med alltför fula ord, då tycker ni bara att det är roligt.

Ja, jag har den här skaran bakom mig som Mariana kan se, men nu sitter hon så långt borta att hon inte kan kommunicera med er, och det är, mina kära vänner, en skara i uppror. Det är en demonstration förstår ni, det är en demonstration av naturens väsen, det har ni inte förut haft ännu på jorden. En riktig demonstration där man går med flaggor och ser väldigt, väldigt arg ut. Det gör de flesta.

Den här demonstrationen skulle nog väldigt gärna vilja materialisera sig, men det kan den inte nu. Den kommer att kunna göra det så småningom och då blir det inte roligt för människorna om ni inte ändrat på er. Ja, jag ska inte fortsätta att hålla på och gapa om miljökatastroferna, som absolut finns där och som lurar bakom varje hörn, som ni läser om varenda dag och som ni ser på era bildskärmar.

Det skjuts fullkomligt besinningslöst. De som skjuter för

skjutandets skull skulle själva bli skjutna, det låter grymt men så borde det vara. Sådana människor skulle antingen tas bort eller få sadla om helt.

För den där stackars isbjörnsmamman står verkligen på ett litet isflak och kan inte nå sina ungar för de ligger på ett annat litet flak. Hur tror ni det går? Djuren hjälper oss och det kan man inte säga att människorna gör.

Så mitt budskap till er i dag är att den skara av naturandar som jag har bakom mig är beredda att gå in. Utan att de själva fysiskt kan göra något, kan de via sina möjligheter att tala med djuren och med andra delar av naturen, även med växtriket, ge varningar och det här var säkert en sådan varning.

Jag ska inte stanna så länge i dag, jag ville bara berätta detta om skaran jag har bakom mig och att de faktiskt är helt beredda på att agera genom djurriket och växtriket. Det tycker jag är viktigt att ni fick höra, för det gör att ni på ett helt annat sätt kan förstå saker och ting som händer, eller hur? Så, mina vänner, med den kunskapen som är alldeles färsk, lämnar jag er för den här gången. Jag kan tala om för er att den här skaran bakom mig väcker hopp i hela naturens rike. De har fått nog och de agerar. Men inte mot er, mina vänner, för ni är mina älskade vänner och för er berättar jag om sådant här för att hjälpa er.

Jag är jag, är jag, är jag!! Pan är jag.

Budskap nr 21

Pan: Ja nuuuu kommer jag! Pan är här och hälsar sina kära vänner. Jag undrar om ni har några frågor att ställa mig i höstens rödgyllene ljus? Det verkar inte så.

Ja, vi går mot en tid nu som blir mer och mer fuktig, kall och dimmig, för att sedan övergå i ren kyla. Och då är det dags för er att leva åtminstone delvis i mitt land, i min natur, och i den natur som ni kan skapa omkring er, inuti er. För utanför er är det en helt annan sorts natur.

Ni måste också lära er förstå vad den sortens natur som ni möter nu kan göra för er. Vad har den i beredskap åt er och hur ska ni ställa er till den? Var det verkligen från början menat att solen inte skulle skina varje dag? Att alla blad skulle blåsa bort från träden och alla blommor luta sig ner mot marken för att gå in i sin nästa inkarnation? Var det meningen att hösten skulle komma och övergå i vinter och kyla, så att människorna skulle börja vantrivas med sig själva och det som de har omkring sig?

Ja, det var meningen att det skulle finnas olika klimat och att de skulle utvecklas på olika sätt i olika länder, men det var inte meningen att människan skulle misstycka, känna sig illa till mods eller helt enkelt avsky den tid som kom, utan varje årstid skulle ha sin egen tjusning.

Det är det som ni måste inse. Jag lever inte bara i min trädgård, i mitt vattenfall, i mitt solsken. Jag vandrar omkring och jag ser precis vad som sker på den jord jag vandrar ovanpå.

Och det är inte bara fina saker, det är inte bara roliga saker, det är väldiga katastrofer som pågår och det är väldiga svårigheter av olika slag som sker nu och kommer att göra det i framtiden. Men allt det som sker är bra. På något sätt är det faktiskt bra.

Om ni tänker på att den tid ni lever i är en bra tid, för det är en tid av utveckling, upplysning och kärlek framför allt. Då kanske ert liv får en annan inriktning. Ja, jag predikar ju som vanligt när jag kommer till er, för jag vill så gärna att ni ska kunna besöka mig ibland, besöka mitt rike. Leva med min skönhet. Jag talar inte om mitt utseende, jag talar om skönheten omkring mig. Det tror jag nog att ni gör väldigt ofta.

Jag tycker så mycket om den här gruppen därför att ni på något sätt lever med i mig.

Ni lever med i vad jag gör, och det jag vill att ni ska göra, och ni lever med på en jord som håller på att förstöras. Ni lever med på en jord som håller på att utvecklas mot nästa skönhetstid, nästa period av en helt annan skönhet. Den yttre skönheten, men framför allt den inre skönheten kommer att växa. Ju mer den yttre skönheten försvinner på grund av krig, förstörelse och miljökatastrofer, desto mer kommer den inre skönheten att växa. Det är nödvändigt för att ni ska få tillbaka den yttre skönheten, då måste den inre göra landvinningar helt enkelt. Det hoppas vi på.

Jag ville bara hälsa på er en liten stund i dag för att säga att jag älskar er, och att ni är mina vänner. Jag är med er varje gång era tankar rör det minsta som har med naturen att göra. Då kommer en blixt med kärlek från mig och slår ner i er.

Märker ni det så vet ni vem det är. Tack för i dag! Tack för att ni finns och tack för att jag fick komma hit.

Jag är Pan och jag säger: På återseende!

Budskap nr 22

Pan: Åh, det var för väl!! Här står man och väntar och väntar och väntar!!! Vad mycket folk! Hoppas allihopa tycker om blommor och djur!

Gruppdeltagare: *Ja, det gör vi.*

Pan: Det gör ni, det var skönt det, för det är dem jag basar för. Ni vet väl allihopa vem jag är? - Jag är Pan.

Och där sitter min vän sedan barndomen. Hon har fått gåvan att ta emot mina klagomål och mitt beröm. Se jag berömmer och klagar om vartannat. Och hon har fått gåvan att förmedla det som jag vill ha sagt. Hon hjälper mig att nå ut till er. Ja, här sitter jag i min trädgård och njuter av solen och alla de vackra blommorna. Vet ni om att det faktiskt finns blommor och djur på andra planeter också, fast de ser inte likadana ut. Men en hel del är sig likt, bland annat mossa. Mossa har vi på väldigt många planeter. Den är lite olika färgad.

Vi har berg på väldigt många, ja de flesta, eller på alla planeter. Berg med olika beståndsdelar, bergarter som är farliga för er människor, och underbara bergarter och ädelstensbergarter, som ni gärna skulle vilja åt. (Skratt). Men det ska vi nog se till att ni inte lyckas med. Ja, det finns mycket. Jag hörde när jag stod här utanför att ni pratade lite om rymden och rymdbesökare och sådana saker.

Jag har fått lov att hjälpa väldigt många alver och devor och olika figurer som hör ihop med växtligheten, men även sådana som hör ihop med djuren. Jag har fått lov att hjälpa många över en gräns så att de har kunnat slå sig till ro på en annan plats. För Jorden börjar bli en farlig plats att vara på. Jorden börjar på att utrota det ena efter det andra, både djur och växter. Vem är skyldig till det? Ni kan inte ta vara på den skönhet som bjuds er.

Från början var jorden en grönskande trädgård. Då var det sommar och det fanns sjöar, det fanns vattenfall och det fanns hav. Det fanns också en helt annan sorts varelser än styggingarna som lever där nu. Jag tycker ni är bra stygga, inte ni som sitter här, men alla människor är inte snälla. Vad har de gjort med djuren? De har avlat fram både det ena och det andra. Jag tycker de ska sluta med det, jag. Hum!

Det är skrutt och otäckheter på gång på jorden, men det är inte sådant vi ska prata om. Vi ska prata om det som är trevligt och vackert. Det är höst hos er nu, och hösten är fin. Löven färgas gula och blanka och har ett budskap till er:

”Nu sjunker vi ner och blir till mull, men till våren låter vi våra knoppar spricka upp och slå ut igen för att ge er glädje. Det är vår uppgift.” säger löven. Så är det och var det även från början när jorden skapades, och även när människorna skapades. För när människorna skapades var det meningen att de skulle välsignas med födelse och en död som inte var en död, utan en återfödelse som var synlig och förståelig, och inte som nu, skräckfylld.

Så är det och så har det varit och jag har varit med från början och sett alltihopa. Och jag kanske använder mig av lite grova ord och tankar ibland, men det är för att få er att vakna. Jag vill att ni ska vakna för naturen mer än vad ni gör. Ni har inte tid med naturen längre, ni stoppar näsan i era böcker eller också sitter ni och glor på den där bildrutan ni har, teven. Ni glor på den och ni glor på datorn och så sitter ni där på era bakar och kommer inte längre.

Ut med rumpan i naturen, det säger jag!!! Gå ut mycket mer än vad ni gör och när ni kommer ut, bli medvetna!!! Ni har natur omkring er, tänker ni på det? Nej då, ni går där och tänker på vad ni ska ha till middag! Höö!!

När ni går där, allra helst på en skogsväg eller på en väg som inte är så trafikerad och där det finns natur omkring er, när ni går där, titta lita närmare på löven. Titta lite på gräset som ni trampar ner. Varje grässtrå tillhör grässjälen, varje löv tillhör sin själsgrupp. Det tänker ni inte på.

Njut, ta ett löv från trädet och smek det, titta på det. ”Å vad du är vacker” ska ni säga, ”Vad du är fin, tack för att du finns.” Sen kan ni släppa det, för då har ni gett naturen ett vänligt ord och det behöver den nu, så som den behandlas.

Ja, det var egentligen min lilla lektion för i dag. Någon liknande har jag kanske hållit tidigare, men det är så många nya här som också behöver få lära känna naturen.

Och djuren, det blir allt färre och färre av så många sorter. Men när ni ser en skalbagge på vägen, ja, den går så fort den kan, böj er ner och smek den lätt med pekfingret och säg: ”Vad du är söt, lilla skalbagge.” Är det någon som gör något sådant? Nähä!

Gruppdeltagare: *Joho!!*

Pan: Är det! Det gläder mig att höra, det gläder mig väldigt! Därför att i det allra minsta finns det allra största. Det ska ni komma ihåg.

Jag älskar er allesammans med naturens oförstörda kärlek! Jag är glad att få träffa er i dag och vi ses snart igen. Vi möts i era drömmar och vi möts i er verklighet.

Jag är Pan! Farväl!

Budskap nr 23

Pan: *Jag är Pan* och jag är glad åt att få ser er igen. Det är mycket som ni behöver lära er och nu är det den årstid som är svår att genomleva här uppe i Norden. Ni har ingen värme, ni har slask och smuts och svårt att ta er fram ibland. Men klaga inte, för jag kan trösta er med att *under* allt det här så spirar våren. Där spirar växtligheten och där väntar djuren sina små ungar, som ska födas till våren. Det är så underbart med allt liv som inte syns men som pågår för fullt. Det är det ni ska tänka på nu, ni ska tänka på det liv som finns under era fötter och som är rent och strålande och nytt. Nyfött som en liten baby som ska växa upp under allt det här.

I ert land och många andra länder måste träden tappa sina löv och gräset tyngas av snö. Det sker hos er, det måste ni acceptera. Men jag förstår också att när det är tungt att gå så blir tankarna lite tyngre.

Därför vill jag pigga upp er med att tänka på ljuset under era fötter. Det är det ljuset som är så viktigt, det är ett ljus som ni bär med er hela tiden. Det får ni inte glömma. Absolut inte. Och ljuset som finns under den där smutsiga pölen av lera blandad med snö som är så otäckt äcklig, det är rent och fint. Under allt det här pågår en febril aktivitet.

Ni kan tro, om ni gräver lite i jorden, att alla rotgubbar och rotgummor har fullt upp där nere. Älvfolket som bor under jorden har mycket att göra och de trivs med det liv de har under jorden. När allt växer upp så följer de med och dansar kring växterna.

Men nu är de tvungna att ansa rötterna och sköta om alltsammans, annars blir det inget vackert i vår. Tänk på våren, tänk på att det förbereds en vår under era fötter. Om ni tänker så, om ni tänker att ljuset finns under era fötter, då tror jag att ni mår alldeles väldigt bra.

För jag är Pan och jag vet vad jag säger. Jag vill så gärna hjälpa er. Har ni frågor till mig? - Inte i dag. Nå, då tar jag farväl av er. Jag har sett er en stund och jag har pratat med er och jag har talat om för er att ljuset finns under era fötter. Det var dagens budskap från mig!

Jag är Pan, och jag kommer så gärna tillbaka till er. Farväl för den här gången.

Budskap nr 24

Pan: Jaaaaaa, här är jag, Pan!!! Jag säger heeejjj till er. Har ni trampat hårt på marken och känt att det gror inunder?

Gruppdeltagare: *Jag har tänkt på det. Ljuset under markytan.*

Pan: Det är bra det. Det är viktigt och det kan ni fortsätta med då och då. Ja, det är mycket som ni har varit med om och det är mycket som ni håller på att gå igenom. Det är mycket jag har att ge er av kärlek, av blomning och av glädje! För glädjen spelar en väldigt stor roll, känner man sig glad så är allting mycket lättare.

Känna sig glad måste man väl när man är människa och har kontakt med Mig. Ha, ha, ha!!! Med Mig! (munterhet). Ni ska vara glada att ni har fötts till Jorden som spirar runt omkring er, även under snön.

Ni ska vara glada att ni har fått chansen att få veta så mycket om det som finns bortanför Jordeporten.

Ni ska vara glada över att jag tycker så mycket om er och över att jag vill ge er så mycket. Så mycket frön så att det växer överallt hos er.

Jag vill ge er frön till att växa vidare, jag vill ge er frön till att bilda rötter under jorden, jag vill ge er frön till att sjunga, sjunga vackra härliga sånger.

Musik, det vill jag ge er. Jag vill ge er naturens musik. Den musik som ni lyssnar på när ni går i en rosengård, den är vacker den.

Jag är Pan så jag kan musicera alldeles själv jag. Jag har en panflöjt och den spelar jag på och då sträcker blommorna på sig, då slår grenarnas blad ut i små gröna, ljuvliga kottar. Jag har väldigt mycket musik att ge er. Spela om ni kan, och om ni har en panflöjt, spela på den, lyssna på hur den låter.

Gruppdeltagare: *Jag har en panflöjt, men jag kan inte spela på den. Jag kanske ska pröva.*

Pan: Ni behöver inte spela själva, ni kan lyssna på inspelad panflöjtsmusik, eller försök och blås lite i den själva.

Gruppdeltagare: *Jag ska försöka.*

Pan: Ha, ha. Ja, jag försöker att få er att inse att ni ska känna glädje. Även om döden finns nära så är den inte svart och ovänlig, utan ljus och kärleksfull. Jag lovar er att nästa år kommer det att ske väldigt mycket förändringar till det bättre. Det kommer att ske positiva förändringar, både för var och en av er och för er grupp och för alla oss som arbetar för en bättre miljö. Det kommer att ske väldigt mycket nästa år, det kommer att ske svåra saker också, men det är för att röja undan för de goda sakerna.

Det kan jag förutspå fast jag inte precis är någon spåman. Jag kommer kanske, och det hoppas jag verkligen, att kunna ta er med till det land av dimmor som omger min egen lustgård. Genom Mariana kanske vi kan ta en promenad där på nyåret och känna doften och se alla vackra blommor och andra vackra växter som finns i min egen trädgård.

Jag skulle gärna vilja att ni följde med mig på en riktigt skön promenad där. Men det ska vi inte göra i dag, för det tar lite tid. I dag ska jag bara säga åt er att vara tacksamma och glada åt att ni lever och är friska, att ni finner rötterna spira under fötterna, att ni går mot en ljusare tid hur ni än beter er och även om ni tycker att det är mörkt omkring er så går ni mot ljusare dagar. Det är vad jag i dag vill ge er, en vintertröst. Den behöver ni säkert och den hoppas jag att ni tar emot.

Gruppdeltagare: *Tack, tack.*

Pan: Och nu sänder jag ut vintertröstens sköna, härliga vibrationer och energier över er.

Jag är Pan, och jag säger farväl för den här gången. Vi ses snart igen. Jag är Pan och jag älskar er!!

Budskap nr 25

Pan: Jaaa, jag säger då det, vad ni snackar. Jag är Pan och jag vill också vara med och snacka! Ja, ja, hahaha!

Jag tycker det var länge sedan jag träffade er nu så har ni

frågor till mig? Jag vet att ni tänker på naturen, jag har faktiskt varit med i bakgrunden tidigare här i dag. Och ni kanske äntligen börjar förstå att naturen är den viktigaste faktorn på jorden. Naturen kom till före människor och djur. Naturen är grunden till jorden, till blomstringen, till födan. Utan natur kan ni inte leva!

Det är väldigt viktigt för mig att få en plats i era hjärtan, och det tror jag att jag har.

Det är också väldigt viktigt för människorna att få veta att jag finns, för det tror de inte. Jag är en sagofigur. Ja, låt mig få vara en sagofigur i sagorna, men i verkligheten, i den verklighet som ni arbetar med nu, finns jag i högsta grad och jag har en struktur som är väldigt mänsklig.

Människorna har liksom skapat en bild av mig, för jag måste höra naturen till och då ska jag ha bockfot och horn. Bara för att skoja med er så har jag visat mig så för er många gånger, men i verkligheten är jag precis likadant utrustad som våra vänner i WingMakers. Mästarna kan vi kalla dem för. Jag ser ut som en människa faktiskt. Blev ni besvikna nu?

Gruppdeltagare: *(skrattande) Jaaaa.*

Pan: Jag kan ta gestalt som Pan också (skrattar).

Gruppdeltagare: *Har du inte ens svans?*

Pan: Det har jag ifall jag vill ha det (skrattar). Jag kan skapa en svans. Men egentligen undrar jag vad jag ska ha den till?

Gruppdeltagare: *För att vinka med och för att vifta bort flugorna. (Skratt.)*

Pan: Vi har ju hundarna som visar sin glädje med svansen, men jag kan visa min glädje och min gemenskap med er genom att prata med er och genom att ge er olika små uppdrag, som det här med att sätta fötterna i marken och känna att det växer under era fotsulor. Det var en sådan där bild som jag hoppas ni får tillbaka lite då och då och använder er av. Det är en viktig bild som kan skapa väldigt mycket gott inuti er.

Naturen är på väg tillbaka. Jag tror faktiskt inte att det tar så lång tid som jag trodde förut förrän naturen har blivit vad den egentligen ska vara. Naturen ska vara i samklang med människorna och inte förstöras av dem. Det är det som är på väg tillbaka nu. Vi arbetar kolossalt med naturen, och människorna börjar bli lite miljömedvetna, ja, mer och mer för varje dag som går.

Det är väldigt viktigt att alla barn, alla små barn, blir medvetna om naturen och naturens gåvor. Därför är mitt uppdrag till er som har barnbarn eller små barn omkring er att tala om hur viktig naturen är och hur mycket den betyder. Ni får gärna måla upp bilden av den snälla naturguden Pan precis som ni vill. Jag behöver barnen till min hjälp.

Barnen får inte vända sig ifrån naturen för då blir det ännu värre det som kommer att hända, utan barnen kan gott ha en naturgud att vända sig till också. Jag älskar barnen. De är knoppar som kanske utvecklas till något bra, men kanske också till något giftigt eller förorenat.

Ni får inte glömma naturen. Snälla ni, prata med naturen, den uppfattar vad ni säger. Prata med träden, även om snön ligger tjock så lyssnar de, det lovar jag er. Prata med blommorna, ja med allt som är natur. Prata med gräset som ni går på. Ja, ni kan prata med snön också om ni vill, men jag tror inte ni får så mycket svar då. Jag vill liksom förstärka ert medvetande om naturen, det är därför som jag kommer till er.

Jag hoppas att ni, trots att ni nu ska fira jul där ingenting annat än granen är från naturen (och egentligen en påhittad natur, eftersom den numera mest finns i plast), sätter er ner under julen och tänker på en sommaräng. Njut av sommarängen, sänd kärlek till den, till fåglarna som sjunger och till rådjuren som betar på den. Det är mitt råd till er i dag.

Jag är Paaan och jag välsignar er och jag sänder er min kärlek och min glädje. Farväl för i dag.

Budskap nr 26

Pan: Jaaaa, hääär ääär jaaaag och det var sååååååååå läääänge sedan jag fick prata med er. Hur har ni det mina vänner? Har ni kommit fram till någonting som är viktigt och som betyder någonting för er? Har ni frågor till mig? Jag har en känsla av att ni har det.

Gruppdeltagare: *Jag har en fråga som Mariana har förmedlat. Du* *har nämnt för Mariana att du gärna ser en hemsida med material som du vill ha ut? Har Mariana uppfattat det rätt?*

Pan: Ha, ha. Jaaa. Alltså, jag har sagt till Mariana att jag gärna vill in på någon hemsida. Jag skulle vilja uttrycka en hel del av vad jag har att säga, så att människor förstår det och ser det. Jag skulle vilja påminna människorna om hur viktigt det är med naturen, säga till dem att de måste vara rädda om den, känna kärlek till den och uppskatta och värdera den så länge det finns en så fin natur som det gör omkring er. Och allt det där som jag har att säga, det når inte ut till dem, det är ju ingenting mer än ord än så länge. När det kommer på en hemsida så kan det ju i alla fall bli läst och förstått av folk. Det är min önskan.

Jag har inte sagt att jag vill ha en hemsida, det är lite väl mycket begärt. Jag har sagt att jag vill medverka på en hemsida.

Gruppdeltagare: *Då tror jag att jag har ett förslag att arbeta på. Jag tror att det går att ordna på ett bra sätt på ett ställe.*

Pan: Det vore bra. Det är jag tacksam för, verkligen. Och jag vill ha så mycket blommor med så att det blomstrar om sidan. Och lite djur som tittar fram ibland! Det är ju det som är så viktigt för mig. Vi kanske kan tala mer om det nästa gång vi träffas. Det är inte så lätt att tala om blommor och djur när snön ligger runt knutarna.

Gruppdeltagare: *Vi hade två rådjur här alldeles nyss utanför huset.*

Pan: Vilken lycka! Varje gång ni ser ett rådjur ska ni tänka: det är ett tecken, det är en vänlig gest från Pan. För det är det. Det tycker Mariana och det vill jag att ni alla ska göra, rådjur och hjortar är faktiskt Guds barn, om jag nu får uttrycka mig på det viset.

Eftersom vi inte talar om någon Gud utan om kraften, kärleken och skönheten i kosmos, kan jag tala om att den finns i dessa underbara djur och i många därtill, delfinerna, till exempel, och många andra. Sen finns det många djur som blivit till av misstag på er jord, som inte skulle utvecklas på det vis de har gjort. Risken finns ju att också människor utvecklas på fel sätt, så varför ska det alltid gå rätt till när det gäller djur?

När det gäller växter däremot så är det inte så att de kan bli felaktiga, eller att de utvecklas på fel sätt. Växterna har ett annat slags liv och de är trofasta väktare åt människorna, vilket människorna inte alls anar.

Men det har ni inte förstått. Träden är väktare, och det är underbart med träd, till exempel ekar och pilar, ja alla sorters träd ni ser omkring er. Även barrträden som ju sticks, men om ni smeker dem medhårs så är de som silke. Detta är något som är väldigt viktigt för er att tänka på.

Varje gång ni tittar på ett träd, även om det är snötäckt nu, så tänk: ”Tack gode Gud för att det står ett träd där.” Och ni vet att jag inte alls tycker om när folk fäller träd. Ibland måste man göra det, men då gråter trädet. Om man inte har talat om för trädet att det ska fällas, då gråter det. Och då kan inte devan överleva. Det är väldigt sorgligt och det förekommer ofta på er jord.

Men nu ska vi inte tala om tråkiga saker, vi ska bara tala om allt det sköna, allt det vackra som väntar oss. Ni har vinter, inte i era hjärtan men runt omkring er. Men det dröjer inte länge förrän ni kan se den bruna jorden och det gröna gräset och höra gruset knastra när ni går på det. Då kommer den tid då människorna lever upp och njuter, och då kommer det att hända väldigt mycket saker som har med människornas utveckling att göra.

För nu är det en brytningstid, det vet ni, det har ni redan hört på annat håll. Denna tid kommer att föra med sig både goda och dåliga saker. Det är självklart, det måste alltid en brytningstid göra, men när det hela är klart, då ska det vara väldigt bra ordning på jorden. Det hoppas vi och det arbetar vi på.

Nu ska jag gå hem till mitt vattenfall och sätta mig och spela och tänka på er mina vänner, som verkligen vet att jag finns och vad jag önskar och drömmer om, och som inte vill att det ska förbli bara fantasi att jorden ska blomstra igen.

Jag välsignar er och vi ses snart igen, alla mina kära vänner. Farväl för den här gången. Och tack för att ni finns här för mig!

Budskap nr 27

Pan: Hej, jag visste väl att jag skulle få komma in, jag är Pan jag och jag har ställt frågor till er och bett om hjälp. Har ni något att säga?

Ja, både Mariana och jag har varit i kontakt med en härlig kvinna som med glädje tar in material från dig på sin hemsida, vilken är ganska väl etablerad, framför allt är den ren och fin.

Pan: Hurra! Det blir jag glad att höra! Då sätter vi igång så snart som möjligt, det behövs ju inte så mycket varje gång. Det är viktigt med blommor och växter och träd och gräs och mull och vatten, det är viktigt med allt detta för det är jag och det är Jorden. Jag vill förmedla natur till människor så att de känner att naturen tränger in i dem och gör dem fyllda av en glad mull som det spirar i, en växande kraftigt utvecklande planta. Det är vad jag kommer att göra.

Tack! Jag är så glad för detta! Jag ska försöka att ge människor våren på ett nytt och mera betagande sätt. Då vet ni var ni har mig och jag gläder mig så åt samarbetet och jag tackar för att jag får komma hit och tala om hur underbar den natur är som jag företräder, inklusive djuren.

Tack ska ni ha, jag går med glädje och förbereder det här i mina tankar.

Farväl och tack! *Jag är Pan* och jag älskar människorna fast de inte tror det och inte vet om det!

Hemsidesadresser med anknytning till boken:

www.wingmakers.se
www.soullink.se

Lightning Source UK Ltd.
Milton Keynes UK
UKHW021108180821
389055UK00012B/855